KB123694

퇴마하는 톱스타 10

2023년 10월 6일 초판 1쇄 인쇄
2023년 10월 12일 초판 1쇄 발행

지은이 이상한하루
발행인 강준규

기획 이기헌 왕소현 임동관 박경무 강민구 조익현
책임편집 김홍식
마케팅지원 이원선

발행처 (주)로크미디어
출판등록 2003년 3월 24일
주소 서울시 마포구 마포대로 45 일진빌딩 6층
Tel (02)3273-5135 **Fax** (02)3273-5134
홈페이지 rokmedia.com **E-mail** rokmedia@empas.com

ⓒ 이상한하루, 2023

값 9,000원

ISBN 979-11-408-0874-8 (10권)
ISBN 979-11-408-0693-5 04810 (세트)

이 책의 모든 내용에 대한 편집권은 저자와의 계약에 의해
(주)로크미디어에 있으므로 무단 복제, 수정, 배포 행위를 금합니다.

작가와의 협의에 의해 인지는 생략합니다.
잘못된 책은 구입처에서 바꾸어 드립니다.

ROK
MEDIA
롤크미디어

퇴마하는
톱스타

이상한하루 현대 판타지 장편소설

10

CONTENTS

분신사바의 저주 [2]

박일우의 입에서 침음이 흘러나왔다.

-지, 지금 무슨 소리 하는 거요?

"지금 아내분의 영혼이 박일우 씨에게 복수를 생각하고 있습니다. 이유는 박일우 씨가 잘 알고 있으리라 생각합니다. 저희 프로그램을 보셨다면 지금 박일우 씨의 생명이 위험하다는 것도 알 수 있을 거예요. 박일우 씨, 지금 어디 계세요?"

-…….

"박일우 씨?"

-난…… 지금 집에 있습니다.

박일우가 카톡으로 집 주소를 알려 줬고 태수는 현준과 함께 곧장 달려갔다.

태수는 박일우의 집으로 가는 동안 현준에게 사이코메트리 능력에 대해 설명해 줬다.

지금까지 태수의 사이코메트리 능력을 알고 있는 사람은 강 신부밖에 없었다.

태수는 사이코메트리를 통해 한현주의 잔류사념 속에서 봤던 내용을 현준에게 설명해 줬다.

현준은 설명을 듣고도 이해가 가지 않는 표정이었다. 박일우가 아내가 있는데 다른 여자를 만나 바람을 피우는 것도, 재산을 차지하려고 아내를 살해한 것도.

이제 중학생에 불과한 현준이 이해하기엔 복잡한 문제였다.

현준이 물었다.

"그런 사람을 우리가 꼭 구해 줘야 하나요?"

"우린 박일우를 구하는 게 아니라 악귀가 더 이상 악행을 하지 않도록 막으려는 거야. 박일우 씨 외에 선량한 다른 사람들도 피해를 많이 보니까."

현준이 그제야 고개를 끄덕였다. 만약 박일우만 구해야 하는 일이라면 생각이 복잡해진다.

태수와 현준이 박일우의 아파트로 올라가서 초인종을 눌렀다.

하지만 안에서 아무런 대답도 들려오지 않았다.

태수가 대문을 두드리며 소리쳤다.

"박일우 씨! 안에 계세요? 저 장태수예요! 박일우 씨!"

하지만 대문을 두드려도 안에선 아무런 대답이 없었다.

"어떻게 된 거지? 집에 없는 건가?"

현준이 뭔가를 감지하려는 듯 눈을 감았다.

태수는 현준의 전신에게 차크라가 발동되는 걸 봤다.

현준이 눈을 뜬 후에 말했다.

"집 안에서 원혼이 남편을 죽이려 하고 있어요."

태수가 놀라서 물었다.

"너 방금 투시를 한 거니?"

"그런 것 같아요. 벽을 지나서 안쪽의 모습이 보였어요."

현준의 능력 한 가지를 또 찾아냈다. 현준도 새롭게 발견한 자신의 능력이 신기한지 어리둥절한 표정이었다.

태수가 도어락에 손을 대고 주문을 읊었다.

사이코메트리.

화르르르륵.

허공에 박일우가 비밀번호를 누르는 모습이 환상으로 나타났다.

정말로 긴급한 상황이 아니라면 이런 식으로 영능력을 사용하지 않을 것이다.

태수가 환상에서 본 비밀번호를 누르자 띠리릭 소리와 함께 문이 열렸다.

태수와 현준이 안으로 들어가자 놀랍게도 이미 피투성이가 된 박일우가 허공에 둥둥 떠 있었다. 박일우의 아래쪽 바닥에는 부엌칼이 수직으로 똑바로 세워져 있고.

태수가 다급하게 주문을 읊었다.

"안명부."

화르르르륵.

허공에 노란 부적이 떠올랐고 손으로 부적을 잡아서 눈에 문질렀다. 시야가 푸르스름하게 바뀌며 박일우를 노려보고 있는 한현주의 원혼이 보였다.

"멈춰요, 한현주 씨! 복수하고 싶은 마음은 알지만 그렇게 업을 쌓을수록 당신도 저승에서 끔찍한 고통을 당하게 됩니다."

한현주가 고개를 흔들며 또박또박 말했다.

ㅡ너희들은 참견하지 마.

사람처럼 저렇게 분명한 발음을 낼 수 있다는 건 그동안 수차례 저주를 수행하며 생각보다 많은 귀기를 획득했다는 얘기가 된다.

한현주가 인상을 찡그리자 박일우의 허리가 꺾일 것처럼 뒤로 젖혀졌다.

박일우가 비명을 지르며 애원했다.

"잘못했어, 여보. 내가 잘못했어. 제발 용서해 줘."

태수가 다급하게 소리쳤다.

"박일우 씨, 용서해 달라는 말은 지금 해서는 안 되는 말이에요. 자신의 잘못을 먼저 뉘우치고 용서는 그다음에, 나중에 구해야죠."

태수는 조용히 주문을 읊어서 설호검을 소환했다.

한현주가 이를 갈며 말했다.

─내가 그동안 영혼이 되어 지켜봤지만 이 인간은 절대로 자신의 잘못을 뉘우칠 인간이 아니야. 나 말고도 수많은 여자를 울리고 상처를 줬어. 용서해 달라고? 흥, 용서? 죽으면 끝날 것 같지? 착각하지 마, 죽은 후부터가 진짜 시작이야. 죽어!

한현주가 인상을 썼고 그 순간 허공에 떠 있던 박일우의 몸이 아래로 추락했다.

태수는 손안에 있던 설호검을 바닥에 세워진 칼을 향해 던졌다.

쇄액!

팅!

박일우의 등이 칼끝에 닿기 직전 설호검이 칼을 쳐 냈다. 만약 귀기가 서리지 않은 일반적인 칼이었다면 설호검은 투명한 검처럼 그냥 통과했을 것이다.

칼이 저만치 날아갔고 박일우의 육신이 바닥으로 떨어지

려는 순간 허공에서 멈췄다.

태수가 돌아보니 현준의 차크라가 박일우를 붙잡고 있는 모습이 보였다. 불과 며칠 사이에 현준이 차크라를 저 정도로 운영할 수 있게 됐다는 사실이 놀라웠다.

하지만 현준이 힘을 유지할 수 있는 건 거기까지였다.

현준이 오래 버티지 못하고 차크라를 거둬들이자 박일우의 몸이 가볍게 바닥으로 떨어졌다.

설호검이 손안으로 돌아왔다.

"한현주 씨, 그만하지 않으면 나도 어쩔 수 없이⋯⋯."

순간 귀기가 서린 주방의 칼들이 휙휙 날아와 박일우를 향했다.

태수도 다시 설호검을 날려서 칼들을 쳐 냈다.

텅! 텅! 텅!

화가 난 한현주가 귀곡성을 내지르며 태수를 향해 집 안의 물건들을 마구 날렸다.

태수가 손바닥에 기공을 실어서 날아오는 물건들을 쳐 냈고, 물건들이 박살이 나며 파편이 사방으로 튀었다.

그사이 박일우가 허겁지겁 밖으로 빠져나갔다.

"박일우 씨, 돌아와요!"

현준이 잡으려고 했지만 막무가내로 뿌리쳐서 어쩔 수가 없었다.

박일우가 밖으로 나가자 한현주의 영도 태수를 버리고 창

밖으로 빠져나갔다.

"우리도 나가 보자."

태수와 현준도 밖으로 달려 나갔다. 엘리베이터가 이미 아래층으로 내려가고 있어서 비상계단으로 달리는 수밖에 없었다.

태수가 신법을 이용해서 몸을 날리는 것처럼 계단을 성큼성큼 내려가자 현준도 그에 못지않은 몸놀림으로 뒤를 따랐다.

태수는 다급한 와중에도 그런 현준을 보며 흐뭇한 기분이 들었다.

태수가 1층에 도착했을 때는 이미 아파트 동 입구를 빠져나간 박일우가 광장을 가로지르며 저만치 달려가고 있었다.

"박일우 씨!"

태수가 불렀지만 박일우는 뒤도 돌아보지 않았다. 그런 박일우의 머리 위를 한현주의 원혼이 둥둥 떠서 따라가고 있었다.

태수가 부적을 날리려는 순간 한현주의 원혼이 날아가더니 박일우의 등에 찰싹 달라붙었다.

박일우가 비명을 질렀고 바닥에서 발이 살짝 떨어진 상태로 박일우의 몸이 빠른 속도로 허공을 날아갔다. 마치 달려가는 것처럼 박일우가 엄청나게 빠른 속도로 아파트 정문 담벼락을 향해 날아갔다.

박일우가 미친 듯이 비명을 질러서 주위에 있던 모든 사람들이 그 광경을 볼 수가 있었다. 처음엔 사람들이 다들 날아가는 박일우를 보고 영화라도 찍는 줄 알았다.

몇몇은 휴대폰으로 그 광경을 촬영하기까지 했다.

그리고 누군가 비명을 질렀다.

"아악!"

날아가던 박일우가 정문 담벼락에 커다란 충격음과 함께 부딪쳤고, 숨을 죽이고 지켜보던 사람들이 그제야 비명을 지르며 경악했다.

박일우는 형체를 알아볼 수 없을 정도로 얼굴이 부서졌고 바닥에 쓰러져서 더 이상 움직이질 못했다.

정신없이 쫓아가던 태수도 걸음을 멈췄다.

조해천은 자신의 집 앞 마트에서 물건을 사오다가 박일우가 죽음을 맞이하는 충격적인 장면을 모두 목격했다.

조해천은 반사적으로 소형 카메라를 꺼내 날아가는 박일우의 동영상을 찍었다. 박일우가 아파트 정문 담벼락에 부딪쳐서 죽는 순간에는 저도 모르게 악 하고 비명을 질렀다.

하늘일보 사회부 기자인 조해천은 지금까지 온갖 험한 범죄 현장을 취재한 베테랑 기자다. 하지만 방금처럼 충격적인 사건은 처음이었다.

1년여 전부터 과학으로 설명할 수 없는 초자연적인 현상의 사건들이 지구촌 곳곳에서 발생하기 시작했고, 최근에는 이곳 대한민국에도 심심찮게 발생하고 있다는 걸 알고 있었다.

하지만 자신이 직접 눈으로 목격하는 건 이번이 처음이었다.

기사나 유튜브 동영상으로는 아무리 봐도 실감이 나지 않았는데 눈앞에서 직접 심령 사건을 목격하자 그 충격이 남달랐다.

조해천은 재빨리 주위를 살폈지만 주위에서 박일우를 날아가게 만든 그 무엇도 찾을 수가 없었다.

그런 조해천의 시야에 사건 현장에서 20여 미터 떨어진 곳에 서 있는 낯익은 얼굴이 보였다. 최근 영혼을 보는 남자로 폭발적인 인기를 얻고 있는 장태수였다.

장태수가 이 시간에, 이곳에 우연히 나타났다는 생각은 들지 않았다. 분명 방금 사망한 남자의 죽음과 장태수가 연관이 있다는 생각이 들었다.

조해천도 태수의 〈영혼을 찾아서〉를 꼬박꼬박 챙겨 보는 열혈 애청자지만 프로그램 속의 세상을 완벽하게 믿는 건 아니었다. 아무리 연출이 아니라고 해도 텔레비전 속의 세상은 현실이라는 느낌이 들지 않았던 것이다.

최근 교황청에서 퇴마사 협회라는 걸 승인했다는 소식이 전해졌지만 그조차도 애써 외면했다. 그러한 조해천의 시각은 다른 주류 언론들도 마찬가지였다.

장태수의 영능력이나 심령 사건을 다루는 언론은 비주류나 인터넷 매체, 케이블 TV 정도였다. 장태수가 전국적인 인기를 얻은 건 오히려 드라마에 출연한 덕분이었다.

1년여 전부터 지구촌 곳곳, 대한민국에서 심령 사건이 폭발적으로 증가하고 있었지만 그런 이유로 심령 사건을 진지하게 다룬 주류 언론은 없었다.

비이성적인 사건을 선뜻 받아들이지 못하는 심리적 장벽 같은 게 있었던 것이다.

근데 지금 조해천의 심장은 터질 것처럼 쿵쿵거리고 있었다.

그야말로 장난이 아니라는 생각이 들었고 세상은 비로소 그에게 진지한 태도로 이 사건을 바라보라고 질타를 하고 있는 것 같은 생각이 들었던 것이다.

그건 곧 자신이 지금까지 살면서 철석같이 믿어 왔던 현실이라는 견고한 벽에 서서히 실금이 가고 있다는 걸 의미했고, 지금까지 알고 있던 모든 물리법칙이 뒤집어질 수 있다는 사실을 인정해야만 한다는 걸 의미했다.

조해천은 재빨리 카메라 렌즈를 장태수에게 맞췄다. 장태수는 아무것도 없는 허공을 뚫어지게 바라보고 있었다.

그건 곧 자신에겐 보이지 않지만 장태수에겐 보이는 뭔가가 저 위에 있다는 걸 의미했다.

조해천은 지금부터 자신이 가지고 있는 세상에 대한 모든

퇴마하는
톱스타

선입견을 내려놓고 장태수의 행동을 동영상으로 촬영하기 시작했다.

태수는 허공에 떠 있는 한현주의 영혼을 주시하고 있었다.

한현주의 영혼은 박일우의 시신 위에 둥둥 떠서 영혼이 분리되기를 기다리고 있었다.

이윽고 시신에서 박일우의 영혼이 분리됐다.

영혼이 된 박일우가 한현주의 원혼을 보고는 미친 듯이 비명을 질렀다. 한현주가 그런 박일우의 영혼을 뒤에서 휘감으며 끌어안았다.

이제 막 영혼이 된 박일우는 엄청난 귀기를 품고 있는 한현주에겐 걸음마를 시작한 어린아이에 불과했다.

한현주의 영혼이 박일우의 영혼을 뒤에서 끌어안고 태수를 향해 날아왔다.

한현주의 눈에서 별빛처럼 반짝이는 입자들이 흩어지고 있었다.

눈물을 흘리고 있는 것이다.

원혼이 눈물을 흘리는 경우는 한이 풀렸을 때나 인간의 감정을 되찾아 잘못을 뉘우쳤을 때다.

한현주의 원혼이 흐느끼며 말했다.

─내가 얼마나 많은 죄를 지었는지 이제 알겠어요. 그동안 내 안에는 오직 복수의 감정만 들끓어서 그런 걸 생각하지

못했어요. 하지만 방금 깨달았어요. 내 복수를 위해 지금까지 얼마나 많은 사람들을 해쳤는지.

태수가 말했다.

"제가 할 수 있는 만큼 최대한 업장을 소멸시켜서 천도를 시켜 줄게요."

물론 지은 죄가 너무 많아서 그 또한 한계가 있겠지만.

한현주의 원혼이 고개를 흔들고는 담담하게 말했다.

─나한테는 아직 해야 할 일이 남았어요. 그쪽이 말한 것처럼 어차피 난 저승으로 들어도 끔찍한 고통을 겪게 될 거예요. 그러니까 지금 차라리 날 소멸시켜 줘요. 대신 이 사람도 함께.

박일우의 영혼이 발버둥을 치면서 울부짖었다.

─아, 안 돼. 그러지 마. 난 싫어. 이봐, 하지 마! 만약 그랬다간 가만있지 않을 거야. 내 변호사를 불러서…… 크억!

한현주가 귀기로 박일우의 입을 다물게 했다.

박일우는 여전히 자신의 잘못을 깨닫지 못하고 있었다. 어쩌면 자신이 이미 죽었다는 사실조차 인정하기 싫은 모양이었다.

살인을 저질렀으니 박일우 역시 저승으로 건너가면 가혹한 심판을 받게 될 것이다.

태수는 어떻게 해야 할지 몰라 갈등이 됐다.

노인의 목소리가 들려왔다.

─소멸시켜 주게. 그렇지 않으면 저 원혼은 어차피 남편의 영혼을 끌고 영영 어둠 속으로 숨어 버릴 걸세. 그렇게 되면 저 남편의 영혼도 급기야 끔찍한 악귀가 될 가능성이 높아.

태수도 무슨 소리인지 알 것 같았다. 어차피 태수는 한현주의 영혼을 지금 붙잡을 방법이 없었다. 붙잡아서 저승으로 보내는 게 옳은 방법인지 확신이 들지도 않고.

태수가 한현주의 영혼을 바라보며 체념한 목소리로 말했다.

"알겠어요, 한현주 씨. 부디…… 편안히 잠드세요."

태수가 어쩔 수 없이 주문을 읊었다.

"화멸부."

화르르르륵.

허공에 부적이 떠올랐다. 태수가 부적을 집어서 날렸다. 부적이 박일우의 가슴에 날아가서 붙었다.

박일우가 발버둥을 치면서 비명을 질렀다.

한현주의 눈가에서 무수한 별빛이 반짝이고 있었다. 한현주가 간절한 눈빛으로 태수를 바라보고는 입 모양으로 말했다.

'고마워요.'

태수가 조용하게 주문을 읊조렸다.

"제령."

화르르르륵.

부적에서 노란 항마의 불길이 일어났고 두 영혼을 집어삼켰다. 박일우의 비명 소리가 길게 울리다가 이내 잠잠해졌다.

  사고 현장에 모여 있던 사람들 몇몇이 캄캄한 밤하늘에 잠깐 반짝인 노란 빛을 발견하고는 손으로 가리키며 신기해했다. 물론 그들 속에는 조해천 기자도 섞여 있었다.

  그리고 조해천은 다른 사람들이 보지 못한 것들도 모두 카메라에 담았다.

  바로 태수가 허공을 향해 했던 행동들이었다.

  〈영혼을 찾아서〉의 열렬한 시청자인 조해천은 방금 태수의 행동이 부적을 날린 것이라고 짐작했다. 그렇다면 방금 박일우를 죽게 만든 어떤 존재가 저 허공에 떠 있었다는 말이 아닌가.

  물론 태수의 퇴마 행위는 방송으로 중계를 하고 있을 정도로 오픈이 되어 있었다.

  하지만 자신은 좀 더 다른 시각으로 장태수와 최근의 심령 사건들을 바라보고 사회적인 대책을 강구하도록 진지하게 취재를 해 봐야겠다는 생각이 들었다.

  조해천이 누군가와 얘기를 나누고 있는 태수를 향해 다가갔다.

영화제와 넷플릭스도 감독 제안

　태수는 한현주의 영혼을 제령할 수밖에 없는 현실이 안타까웠다.

　그렇다고 한현주의 영혼이 그런 식으로 직접 복수하지 않았다면 현실에선 딱히 박일우를 처벌할 방법이 없었을 테고, 그녀의 한은 풀리지 않았을 것이다.

　태수가 돌아서자 뒤에서 모든 광경을 지켜보고 있던 현준이 말했다.

　"이제 다 끝난 거예요?"

　"아니. 지금 당장 효인이를 만나러 가야 해."

　"왜요?"

　"저주를 건 볼펜을 빼앗아야 하니까."

"원혼이 소멸됐잖아요."

"비록 한현주의 원혼은 사라졌지만 효인이 가진 볼펜은 귀기가 서려 있는 귀물(鬼物)이기 때문에 언제든 다른 원혼들이 쉽게 달라붙을 수 있어."

효인이가 다시 분신사바로 또 다른 저주를 내리기 전에 볼펜을 빼앗아야만 하는 이유다.

태수의 설명에 현준이 고개를 끄덕였다.

"장태수 씨?"

태수가 고개를 돌리자 조해천이 명함을 건네며 말했다.

"안녕하세요, 저는 조해천이라고 합니다."

명함을 받아 보니 하늘일보 사회부 조해천 기자라고 적혀 있었다.

하늘일보라면 전소민 기자와 같은 신문사가 아닌가. 물론 전소민은 문화연예부고 조해천은 사회부라서 영역이 전혀 다르지만.

"안녕하세요. 근데 무슨 일로?"

"이번 사건에 대해 취재를 좀 하고 싶어서요."

사건이라고 하니까 살짝 낯선 기분이 들었다.

"심령 사건에 대한 취재라면 문화부 전소민 기자님이 있잖아요. 같은 신문사인 것 같은데."

"아, 예. 전소민 기자는 심령 사건을 문화부 관점에서 접근하지만 전 사회부라서 사건 자체를 다루고 싶은 겁니다."

"사건 자체요? 둘의 차이가 뭔가요?"

"일테면 전소민 기자는 방송에서처럼 흉가에서 일어나는 심령현상이라든가 장태수 씨가 가지고 있는 영능력 같은 것에 관심이 있다면 저는 방금 사망한 사람이 누구에 의해, 어떻게, 왜 사망을 했는지 알고 싶고 그런 사건의 가해자와 피해자가 누구인지에 관심이 있다는 겁니다."

태수가 평소 전혀 생각을 하고 있지 않던 영역으로 훅하고 들어오니까 다소 당황스러웠다.

"심령 사건을 취재하는 게 무슨 의미가 있나요? 사실 이 사건과 관련된 여러 다른 사건들이 있는데 그 사건들은 객관적인 증거도 없고 목격자도 없어요. CCTV도 없고 심지어 제가 있는 그대로 설명을 해 드려도 경찰이 수사를 할 수도 없어요. 현행법으로는 아무것도 할 수 있는 게 없으니까요. 게다가 법적인 문제 때문에 이번 사건은 방송도 하지 못했거든요."

조해천이 열의를 내며 말했다.

"그래서 이제부터라도 조금씩 논의를 해 보려고 취재를 하려는 겁니다. 사실 방송을 할 때도 제약이 많을 거 아니에요? 근데 그런 부분에 대한 사회적 합의 같은 게 있으면 오늘 같은 사건도 방송으로 제작할 수 있지 않을까요? 물론 이런 경우는 재미로 방송을 만드는 게 아니라 사건의 기록이랄까 그런 의미에서 말이죠."

조해천이 말하는 논점은 다루기가 결코 쉽지 않은 문제였다.

"일단 지금은 제가 급하게 마무리해야 할 일이 있어서 그 얘긴 다음에 했으면 좋겠어요."

조해천이 재빨리 물었다.

"이번 사건과 관련된 일이겠죠?"

태수가 고개를 끄덕이자 조해천이 말했다.

"지금 저도 동행하면 안 됩니까? 물론 기사화하지 않겠다는 전제하에."

뜻밖의 제안에 태수가 고민을 하는데 노인이 말했다.

─나는 찬성일세. 앞으로 이런 사건이 얼마나 많이 발생할지 모르지만 심령 사건은 감출 일이 아니라 자꾸만 세상에 알려져야 한다고 생각하네. 그래야만 사람들이 이 문제에 대해 고민하고 정부에서는 좀 더 적극적으로 관심을 가질 테니까. 교황청에서도 대비를 하고 있다고 하지 않나.

태수도 이런 논의가 이루어지는 것 자체는 나쁘지가 않다는 생각이 들었다.

"좋습니다. 그럼 기사화하지 않는다는 약속을 반드시 지켜 주셔야 합니다."

"그건 걱정하지 마세요, 전소민 기자한테 물어보면 내 입이 얼마나 무거운 사람인지 알 수 있을 테니까."

태수는 현준, 조해천과 함께 차를 타고 선영의 집으로 향했다. 태수는 차를 타고 가면서 조해천에게 그동안 있었던 일들을 모두 들려줬다.

조해천은 태수로부터 얘기를 듣는 내내 충격에 휩싸인 모습이었다. 한 여고생의 분신사바 주술로 시작된 저주가 연쇄적인 사망과 사고로 이어졌다는 얘기니까 당연한 반응이었다.

아마도 예전 같으면 피식 웃고 말았을 테지만 조금 전 목격한 사건을 떠올리면 절대로 웃을 수가 없었다. 세상 사람들이 모르는 세상의 이면에서 그런 놀라운 일이 벌어지고 있다는 것 자체가 충격이었다.

방송에서 소개되는 〈흉가탐방〉 같은 내용하고는 차원이 달랐다.

방송은 단순히 퇴마사와 영적인 존재들의 싸움을 다뤘지만 방금 태수가 말한 사건은 그 영적인 존재들이 현실의 영역으로 들어와서 벌어진 사건이니까.

조해천은 태수가 사건을 처리하는 과정을 묵묵히 지켜볼 작정이었다.

태수는 선영의 집에 들러서 선영을 차에 태우고 근처 효인의 집으로 향했다. 효인은 주택가에서도 조금 떨어진 빌라에 살고 있었다.

이미 새벽 2시가 넘은 시각이지만 효인이 자고 있지 않다는 걸 알고 있었다. 효인이 선영에게 계속해서 카톡을 보내고 있었기 때문이다.

　선영아, 너 괜찮은 거야? 내가 널 잠깐 미워했었던 것 같아. 혹시 그 원혼이 널 찾아갔으면 어떡해? 제발 대답해, 선영아. 지금 어디 있니?

　효인에게 쉼 없이 카톡이 왔지만 선영은 무서워서 답장을 보낼 수가 없었다.
　효인의 집 앞 빌라에 카니발이 도착하자 태수가 말했다.
　"선영아, 효인이한테 볼펜 갖고 나오라고 해."
　"네, 알았어요."
　선영이 효인에게 카톡을 보냈다.

　효인아, 나 지금 너네 집 앞이야. 그 볼펜 가지고 지금 나올래?

　불 꺼진 빌라 건물 4층에 문이 열렸고 불이 켜지더니 효인이 내려오는 모습이 보였다. 아래로 내려온 효인이 선영을 보고 다가오다가 옆에 서 있는 태수를 보고는 흠칫했다.
　효인이 경계심이 서린 눈빛으로 물었다.
　"혹시 장태수 오빠 아닌가요?"
　태수가 앞으로 나서며 말했다.

퇴마하는
톡스타

"안녕, 효인아."

선영이 말했다.

"태수 오빠가 우리 도와주러 오신 거야. 너도 태수 오빠 좋아하잖아."

효인이 볼펜을 뒤로 감추고는 잔뜩 경계하는 목소리로 말했다.

"그렇긴 하지만……."

"효인아, 그 볼펜 네가 가지고 있으면 안 돼."

태수의 말에 효인이 고개를 저으며 뒷걸음질을 쳤다.

〈반지의 제왕〉이라는 판타지 영화를 보면 절대반지라는 반지가 나온다. 그 반지를 끼면 모습이 사라져서 누구든 가지고 싶어 하는 반지다.

지금 효인한테는 볼펜이 절대반지처럼 느껴질 것이다. 누구든 자신을 괴롭히거나 기분 나쁘게 하는 사람한테는 저주를 내려 주니까.

효인이 뒷걸음질을 치다가 몸을 돌려 빌라로 뛰어 들어가려는 순간 현준의 차크라가 강하게 발동했다.

다음 순간 효인의 손에 들려 있던 볼펜이 허공으로 떠올랐다.

효인이 놀라서 돌아서더니 비명을 질렀다.

"내 볼펜!"

효인이 볼펜을 잡으려고 점프를 했지만 소용없었다. 볼펜이 허공에 높이 둥둥 떠서 태수가 있는 쪽으로 날아오고 있었다.

볼펜에는 푸르스름한 거미줄 같은 기운이 감싸고 있었고 그 기운은 태수의 바로 옆 현준에게 이어져 있었다.

현준은 차크라의 움직임에 집중을 하느라 거의 무표정한 얼굴로 볼펜을 노려보고 있었다.

마침내 볼펜이 태수의 손바닥 위에 얌전히 놓이자 조해천이 눈을 휘둥그레 뜨고 물었다.

"지금 장태수 씨가 그렇게 한 겁니까?"

"아뇨, 여기 이 친구가 한 거예요."

조해천은 이번 주 〈흉가탐방〉 코너를 보지 못해서 현준을 알지 못했다. 덕분에 지금까지 현준을 태수를 따라다니는 학생 정도로 알고 있었다.

태수는 항마의 기운을 발산해서 볼펜에 서린 귀기를 제거했다.

효인이 달려와서 볼펜을 낚아채 도망치듯 빌라로 들어갔지만 태수는 볼펜을 빼앗지 않았다. 태수가 말했다.

"볼펜에 서려 있던 귀기를 제거했으니 이제 저건 그냥 평범한 볼펜일 뿐이야."

조해천은 짧은 순간 태수와 함께하면서 지금까지 자신이 알고 있던 상식과 선입견이 허물어지는 소리를 들었다.

조해천이 태수에게 말했다.

"앞으로 이런 일이 있으면 자주 좀 불러 주세요. 앞으로는 우리 언론도 진지하게 이런 현상에 관심을 가지도록 하겠습니다. 장태수 씨가 현재 가장 바뀌었으면 하는 게 뭡니까?"

"무엇보다 영적인 현상을 정부에서 인정을 해 줬으면 하고 방송심의규정 같은 걸 현실적으로 고쳐 줬으면 해요. 그리고 퇴마사 자격증 같은 게 있어서 사이비 영능력자들을 퇴출하고 이번 같은 사건을 처리할 때 현실의 법하고 맞지 않는 예외를 인정받았으면 좋겠어요."

조해천이 무슨 소린지 알겠다는 듯 고개를 끄덕였다. 하긴 심령현상을 법의 테두리 안으로 받아들이는 순간 바뀌어야 할 것들이 어디 한두 가지일까.

그렇다고 계속 넋 놓고 있을 수는 없다. 세계 곳곳에서 심령현상이 빠르게 증가하고 있기에 정부에서도 뭔가 대책을 강구해야만 한다.

사실 미국 같은 나라에서는 이미 50여 년 전부터 초능력자들을 양성하고 있고 첩보전에도 활용하고 있다는 게 정설처럼 굳어지고 있었다.

태수는 조해천, 선영과 헤어진 후 현준을 돌아보고 말했다.

"현준아, 넌 오늘 우리 집에 가서 같이 자자."

내내 굳어 있던 현준의 표정이 갑자기 환하게 밝아졌다.

"네."

태수는 현준과 집으로 갔다. 둘은 옥상 의자에 앉아서 새벽까지 영능력에 대한 얘기를 나눴다. 태수도 그렇고 현준도 그렇고 그런 얘기를 나눌 수 있는 사람이 없었기에 둘은 날이 새는 줄도 모르고 수다를 떨었다.

태수가 물었다.

"이번에 새로 전학한 학교는 어때?"

복지원으로 거처를 옮기면서 학교도 전학을 했던 것이다.

현준은 아이들이 방송에서 현준을 봐서 신기해하면서도 아직 진지하게 다가오는 친구는 없다고 했다. 현준이 워낙 말이 없어서 쉽게 접근하기 어려운 성격인 탓도 있고.

또 일진처럼 학교에서 패거리를 지어 다니는 애들이 있는데 자꾸만 현준을 건드리면서 귀찮게 한다는 얘기도 했다.

태수가 피식 웃었다.

"걔들이 너의 진짜 능력을 알게 되면 근처에 오지도 못할 텐데."

태수의 말에 현준도 배시시 웃었다.

다음 날 아침 일찍 태수는 현준을 희망복지원에 데려다줬다.

태수의 등장에 복지원 아이들이 난리가 났다. 시간만 있었다면 아이들과 시간을 보내고 싶었는데 오후에 전국대학생

퇴마하는 톱스타

영화제 시상식에 참석하기로 예정이 되어 있어서 그럴 수가 없었다.

태수는 어쩔 수 없이 강 신부와 인사만 나누고 다시 서울로 올라와야만 했다.

창호가 준비해 준 캐주얼 정장으로 갈아입은 태수는 영화제 시상식장인 한강대학교 콘서트홀로 향했다. 한강콘서트홀은 평소 연주회나 공연 무대로도 사용하는 공간이었다.

주차장에는 예년에 보이지 않던 언론사 취재 차량들이 꽤 많이 보였다.

창호가 농담 삼아 말했다.

"네 덕분에 전국대학생영화제 위상이 많이 높아진 것 같은데?"

창호와 함께 콘서트홀로 걸어가는데 입구에 익숙한 풍경이 시야에 들어왔다.

태수를 응원하는 플래카드를 들고 있는 강혁바라기 카페 회원들이었다.

태수가 반가운 표정으로 다가가자 회원들이 환호하며 플래카드를 흔들었다. 분위기는 스타와 팬의 만남이라기보다는 공항에서 오랜만에 귀국하는 가족을 환영하는 느낌에 더 가까웠다.

주위에 모여 있던 여학생들도 태수를 발견하고는 우르르 몰려들었다. 대학생영화제라서 유명인이 오는 것도 아니기에 대부분의 팬들은 모두 태수를 보려고 온 사람들이었다.

강혁바라기 회원들은 카페 운영자 강혜미와 주미란을 비롯해 다들 익숙한 얼굴들이었다. 회원들 말에 의하면 요즘 카페에서는 〈오늘도 연애〉 본방 날에 카페 회원들끼리 술집에 모여서 치맥과 함께 보는 문화가 유행처럼 번졌다고 했다.

덕분에 회원들은 일주일 내내 드라마 본방일을 기다리는 낙으로 스트레스를 풀며 살고 있다는 말도 했다.

태수는 요즘 바빠서 카페에 자주 못 들어가서 미안하다고 했고, 회원들은 드라마만 열심히 찍어 주면 된다면서 다들 까르르 웃었다.

회원들과 사진을 찍고 사인을 해 주며 간단한 팬 서비스를 하는 동안 주위에 있던 취재진도 카메라를 들이댔다. 몇몇 언론에선 태수에게 감독상을 받을 것 같으냐, 배우와 감독 중에서 어느 쪽이 매력적인 것 같느냐는 등의 질문을 던졌다.

"태수야."

돌아보니 소희가 와 있었다.

"소희구나, 잘 지냈어?"

소희는 그린일보를 대표해서 취재를 나온 모양이었다.

"나야 늘 그렇지."

소희가 짧게 근황을 얘기하다가 말했다.

"넌 요즘 정말 천장이 보이질 않더라. 연예부 기자들 사이에서 너 인터뷰 한 번 해 봤으면 좋겠다는 기자들 정말 많아."

창호가 신비주의를 고수하면서 인터뷰나 예능 프로그램 출연은 거의 철저하게 막고 있는 걸로 알고 있다. 태수와 친근하게 얘기를 주고받는 소희를 다른 기자들이 부러운 듯 바라봤다.

"어쩌다 보니 그렇게 됐어."

소희가 조심스럽게 말했다.

"오늘 명호도 왔을 거야."

"그래? 뭐 자기네 학교니까 올 수도 있지. 그리고 명호가 재작년 감독상 수상했잖아. 그러니까 당연히 왔겠네."

"일단 들어가. 시상식 끝나고 시간 되면 얼굴이나 잠깐 보자."

태수는 소희가 다른 기자들 인터뷰 얘기와 명호 얘기를 한 이유가 자신과 명호의 인터뷰를 하고 싶어서 그런 건가 싶어서 일부러 말을 꺼냈다.

"혹시 명호하고 나하고 같이 인터뷰하고 싶으면 얘기해. 난 괜찮으니까."

"생각해 줘서 고마워. 그럼 난 좋긴 하지만 지금은 명호가 싫어할 것 같아."

소희의 얘기가 무슨 의미인지 알 것 같았다.

소희가 먼저 콘서트홀로 들어가고 태수도 창호와 함께 안으로 들어섰다.

태수가 통로를 지나서 앞자리 지정석으로 걸어가는 동안 양쪽 좌석에 앉아 있던 관객과 다른 참가자들이 약속이나 한 것처럼 휴대폰을 꺼내 들었다.

〈수상한 아파트〉 팀 지정석으로 가자 반가운 얼굴들이 잔뜩 앉아 있었다. 호철을 비롯한 미스터리클럽 동생들은 물론이고 배우들도 모두 참석을 했다.

"와, 선배님 잘 지내셨어요?"

태수가 학교얄개 유승현을 보고 반갑게 인사를 했다.

유승현은 〈수상한 아파트〉로 연기를 시작한 후로 요즘 연극 무대에 서며 제2의 연기 인생을 시작했다는 얘기를 들었다.

유승현도 태수를 보자마자 와락 끌어안으면 반가운 마음을 표현했다.

"감독님은 연기까지 왜 그렇게 잘해요?"

"어휴, 그러지 마세요. 선배님이 그런 말씀하시면 저 여기 못 앉아요. 이제 겨우 연기가 뭔지 배워 가는 신인 배우인데."

"아무튼 감독님은 어둠의 터널에서 방황하던 제게 빛을 찾아 준 구세주예요. 평생 이 은혜 잊지 않을 겁니다."

"저야말로 감사드려요. 선배님이 경비원 맡아 주시지 않았으면 절대로 제가 원하는 영화의 느낌을 살리지 못했을 거예요."

〈수상한 아파트〉에서 경비원을 맡았던 유승현은 오늘 남우조연상의 유력한 후보로 올라와 있었다.

유승현의 옆으로는 여우주연상 후보로 올라온 여고생 안서현과 여우조연상 후보인 안서현의 엄마 역할을 맡아서 열연을 펼쳤던 재연 배우 출신 한수정이 나란히 앉아 있었다.

두 사람 모두 태수를 보자마자 눈물을 글썽이며 반가워했다.

촬영이 끝난 게 불과 두어 달 전인데 그동안 너무 많은 일들이 있어서 그랬는지 다들 굉장히 오랜만에 만나는 것 같은 기분이 들었다.

안서현도, 한수정도 태수에게 하고 싶은 얘기가 너무도 많은 표정들이었다.

태수는 안서현에게 어떻게 지냈는지 근황을 물었다. 감독 입장에서 자신의 영화에 출연했던 배우의 근황을 물을 때, 특히 무명 배우의 경우에는 조심스럽다.

만약 일을 하지 않고 있다고 하면 괜히 미안해지는 것이다.

다행히 안서현이 밝은 표정으로 대답했다.

안서현은 〈수상한 아파트〉를 찍고 나서 장편 상업 영화에 조연으로 캐스팅되어 다음 달에 촬영을 들어간다고 했다. 그것도 액션 영화로 유명한 길영재 감독의 신작 영화다.

"와, 축하해."

태수는 진심으로 기뻤다.

영화감독이 가장 보람을 느낄 때는 당연히 영화가 관객에게 좋은 평가를 받는 일이지만, 그에 못지않게 행복할 때가 영화에 출연한 배우들이 좋은 평가를 받아서 잘될 때다.

자신의 영화에 출연해서 잘 풀렸다는 기쁨도 있고 자신이 배우를 보는 안목이 틀리지 않았다는 안도감도 있고,

안서현의 옆에 있던 한수정도 일부러 다가와서 태수를 끌어안았다.

한수정은 태수를 보자마자 눈물을 글썽이며 말했다.

"그동안 몇 번이나 연락드리려고 했는데 너무 바빠 보여서 오늘만 기다렸어요. 나 감독님 덕분에 재연 배우 꼬리표 떼고 드라마에 출연하기로 했어요."

"그게 정말이세요?"

태수는 저도 모르게 목소리를 높였다.

유승현이나 안서현의 일도 반가웠지만 한수정이 정식 배우로 인정받았다는 것도 못지않게 반가웠다.

〈수상한 아파트〉 오디션을 보고 나서, 한수정이 자신은 아무리 많은 작품에 출연해서 연기를 해도 재연 배우라는 낙인 때문에 배우가 아닌 엑스트라나 단역 취급만 받는다며 눈물을 흘리던 모습이 지금도 눈에 선했기 때문이다.

한수정이 말했다.

"그때 감독님이 재연 배우를 하면서 자연스럽게 몸에 밴

잘못된 연기 습관을 일일이 바로잡아 줬잖아요. 사실 그 전까지만 해도 난 내 연기에 문제가 뭔지도 몰랐거든요. 근데 수상한 아파트 촬영하면서 다른 배우들 연기도 보고 내 연기에 대해 고민을 하면서 연기에 눈을 뜨게 된 것 같아요."

"선배님이 그때 워낙 절실한 마음으로 임해 주셔서 가능했던 거죠. 사실 학생 영화에 출연료도 제대로 못 드렸는데 그렇게 열심히 해 주셔서 제가 더 고마웠어요."

"아니에요, 저한테는 정말 소중한 시간이었어요. 이전까지 오디션에서 번번이 떨어질 때만 해도 제 탓은 하지 않고 재연 배우라서 떨어졌다는 생각만 했거든요. 근데 〈수상한 아파트〉 이후에 오디션을 봤는데 바로 붙은 거예요. 예전부터 절 알고 있던 감독님도 연기가 달라졌다고 다음 작품에서 같이 하자고 하시고. 이제는 진짜 배우가 됐으니까 죽어도 여한이 없을 것 같아요. 모두 감독님 덕분이에요."

태수는 영화제에서 상을 받는 것보다 훨씬 값진 상을 미리 받은 것 같아서 너무도 행복했다.

배우들과 인사를 나누고 돌아보니 어느새 취재진이 죄다 〈수상한 아파트〉 팀으로 몰려와서 플래시를 터뜨리고 있었다.

당연히 〈수상한 아파트〉가 대상을 받으리란 걸 알고 있기 때문이기도 하고 다른 팀들에 비하면 이야깃거리가 풍성했기 때문이다.

태수는 물론이고 수십 년 만에 다시 연기 활동을 시작한 유승현과 길영재 감독의 신작에 조연으로 캐스팅된 안서현에 대한 관심도 상당했다.

솔직히 태수의 경우에는 대학생영화제에 전혀 어울리지 않는 위상의 스타였다. 〈수상한 아파트〉를 촬영할 당시와 현재의 태수는 완전히 다른 위치에 올라섰으니까.

그런 태수의 눈에 앞쪽 심사위원들의 자리가 보였다. 한정호 교수가 보였고 그 옆으로 명호의 모습도 보였다.

태수가 고개를 갸웃했다.

'저 자리는 심사위원 자린데? 명호가 이번에 심사위원으로 참여한 건가? 그럼 작년에 감독상 수상한 김정훈 감독 대신으로?'

전통적으로 심사위원 한 자리는 전년도 감독상 수상자에게 돌아가는데, 작년 감독상 수상자인 김정훈 감독의 모습이 보이질 않았던 것이다.

명호는 재작년 감독상 수상자였다.

입구에서 소희가 명호도 왔다고 하던 얘기가 무슨 의미인지 이제야 알 것 같았다.

마침 명호가 뒤쪽으로 고개를 돌렸고 태수와 눈이 마주쳤다. 명호가 특유의 빈정대는 것 같은 표정으로 태수를 보고 웃었다.

태수는 그런 명호를 담담하게 바라봤다. 예전 같으면 자존심도 상하고 굴욕을 느꼈겠지만 지금은 오히려 그 반대였다.

웃고 있었지만 자존심이 상할 사람은 명호였다.

이번에 개봉한 〈오래된 기억〉으로 관객은 물론 평단으로부터도 혹평의 융단폭격을 받았고 최종 관객 스코어는 150만에 그치고 말았으니까.

문제는 명호가 다음 영화에서도 재기하기가 쉽지 않을 것 같다는 사실이다. 명호가 추구하는 스토리 전개 방식 자체가 너무 루즈하고 안일하다는 걸 태수는 누구보다 잘 알고 있었다.

명호가 옆에 앉아 있는 외삼촌인 한정호 교수한테 뭐라고 속삭이자 한 교수도 뒤를 돌아봤다.

태수가 고개를 숙여서 인사를 하자 한정호가 애써 미소를 지으며 고개를 끄덕였다.

어느 정도 장내가 정리되자 사회를 맡은 두 사람이 무대로 걸어 나왔다. 둘 다 대학생영화제에서 남녀 주연상을 받고 지금은 왕성한 활동을 하고 있는 배우들이었다.

남자는 최근 드라마에서 주연을 맡아 인기를 끌고 있는 신인 배우 박진성, 여자는 얼마 전 개봉해서 관객 300만을 넘은 영화 〈아가씨의 꿈〉에서 주연을 맡아 호평을 받은 강태리였다.

박진성과 강태리가 인사말을 주고받으면서 시상식이 시작됐다.

박진성이 강태리에게 물었다.

"강태리 씨는 제2회 대학생영화제에서 여우주연상을 탄 걸로 알고 있는데, 당시 이병훈 감독님의 단편으로 상을 타셨죠?"

"네. 그걸 어떻게 기억을 다 해 주시고, 호호."

강태리가 애교스럽게 웃자 박진성이 여기에 다 적혀 있다며 들고 있던 대본을 들고 흔들었다. 강태리가 입을 삐죽거리며 말했다.

"그럴 줄 알았어요, 에휴. 네, 저 역시 현재 충무로에서 가장 기대되는 젊은 감독으로 활동하시는 이병훈 감독님이 대학생영화제에서 연출한 작품으로 데뷔를 했습니다. 이렇게 저희 대학생영화제는 그동안 많은 역량 있는 감독과 배우분들을 배출했었죠."

이후 영화제에 대한 간단한 소개와 역대 수상작에 대한 설명이 나왔고 본격적인 시상이 시작됐다.

가장 먼저 남우조연상에 대한 발표가 있었다. 후보들이 소개되는 동안 슬쩍 옆을 보니 유승현이 자못 긴장된 표정으로 앞을 주시하고 있었다.

유승현은 학교얄개로 활동할 당시 국내 유수의 영화제 인기상을 휩쓸다시피 하던 배우였다. 그것도 고등학교를 다니던 학생의 신분으로 말이다.

강태리가 수상자를 발표했다.

퇴마하는 톱스타

"이번 대학생영화제 남우조연상 수상자는……."

강태리가 잠시 호흡을 끊었다가 감동스러운 목소리로 말했다.

"예전에 학교얄개 시리즈로 최고의 인기를 누렸던 〈수상한 아파트〉의 유승현 선배님입니다. 축하드립니다."

〈수상한 아파트〉의 팀원들이 일제히 일어나서 환호했고 유승현이 감회가 새로운 듯 잠시 눈을 감았다가 뜨더니 무대로 나아갔다.

그야말로 떠나갈 것 같은 박수가 터져 나왔다.

유승현이 감정을 추스른 후 입을 열었다.

"제가 다시 연기를 해서 이렇게 상을 받게 될 줄은 상상도 하지 못했습니다. 철없던 시절에 남들은 평생 한 번 받기도 힘든 상을 너무 쉽게 받다 보니 모든 게 당연한 것처럼 여겨졌습니다. 이제는 알고 있습니다. 지금 제 손에 들린 이 상의 무게가 결코 가볍지 않다는 것을. 절 다시 연기할 수 있도록 이끌어 준 장태수 감독님에게 진심으로 감사드립니다."

유승현의 수상을 시작으로 예상대로 〈수상한 아파트〉 팀들의 수상 행렬이 줄줄이 이어졌다. 사실 다른 작품들하고 수준 차이가 워낙 커서 경쟁 자체가 되지 않았다.

한수정은 여우조연상을 받았고 안서현은 여우주연상을 받았다. 특히 한수정은 수상 소감을 얘기하며 눈물이 멈추지 않았고 태수에 대한 고마움을 절절한 마음으로 전했다.

태수는 모두 세 번이나 무대에 올라가야만 했다.

각본상, 감독상, 인기상.

처음 각본상을 받고 무대에 올라갔을 때 맨 앞쪽 심사위원석에 한정호 교수와 명호의 모습이 나란히 시야에 들어왔다. 명호는 표정이 굳어 있었고 한정호 교수는 꽤나 복잡한 감정이 얼굴에 그대로 드러나 있었다.

장르문학 공모대전 시상식 때 그런 식으로 함부로 대하지만 않았어도 어쩌면 지금 태수는 그의 가장 총애하는 제자가 되어 있었을지도 모를 일이었다.

태수가 〈수상한 아파트〉의 배우와 동생 들을 바라보며 수상 소감을 전했다.

"〈수상한 아파트〉는 저 혼자 만든 영화가 아니라 훌륭한 배우님들과 드림대학 미스터리클럽 동생들이 함께 모여서 만든 영화입니다. 배우님들은 물론이고 함께 고생한 호철이 형, 용만이, 소영이, 정우, 민지, 미경이 그리고 카메라 감독 동우에게 감사의 인사를 전합니다. 또한 영화 제작을 위해 물심양면으로 지원해 주신 학교와 고민석 교수님, 박대식 학과장님에게도 감사드립니다. 지금은 배우로 활동하고 있지만 좋은 영화를 만드는 감독의 역할을 잊지 말라는 의미로 이 상을 받도록 하겠습니다. 감사합니다."

마지막으로 작품상 발표에 앞서 최종 평점이 발표됐다.

관객 평점은 역대 최고점을 경신했지만 심사위원 평점은

그리 높게 나오지 않을 것 같았다. 한정호 교수에 이어 명호까지 심사위원으로 참여를 했기 때문이다.

박진성이 평점과 작품상 수상작을 발표했다.

"이번 영화제에는 모두 138편의 작품이 응모를 했고 최종 본선에 오른 작품은 총 15편이었습니다. 그중 최고점을 받은 작품의 평점은 3.8점을 기록한 드림대학의 〈수상한 아파트〉입니다!"

예상대로 관객 평점하고는 큰 차이가 있었지만 그렇다 해도 압도적인 점수였다.

보통 영화제에서 작품상은 제작사 대표가 수상을 하는 것처럼 대학생영화제의 작품상은 출품 대학의 관계자가 수상을 하게 된다.

덕분에 이번에는 드림대학 학과장인 박대식 교수가 올라가서 수상을 했다.

학교는 그동안 제작사 못지않게 물심양면으로 영화 제작을 최대한 지원했기에 충분히 수상의 자격이 있었다. 박 교수는 수상 소감으로 총장에 대한 감사 인사를 비롯해 학교에 대한 깨알 같은 홍보를 잊지 않았다.

영화제의 공식 행사가 끝나고 심사위원들과 간단한 인사를 나눴다.

한정호 교수가 먼저 다가와서 살짝 비굴한 웃음과 함께 손을 내밀었다.

"축하하네, 연락 한번 하지 그랬나. 혹시 장편 영화 연출할 때 투자가 어려우면 연락하게. 내가 투자사에 아는 인맥이 꽤 많아."

시간이 흘러도 한정호 교수의 허세는 여전했다. 외삼촌과 조카의 성향이 비슷하달까.

원래는 한정호가 평점을 몇 점을 줬을지 알아보려고 했지만 그만뒀다. 지금 와서 그런 게 큰 의미가 없다는 걸 깨달았던 것이다.

귀기를 낭비하는 것도 아깝고.

이어서 나란히 서 있던 명호가 손을 내밀었다.

"축하한다."

"그래, 고맙다."

한정호가 둘이 얘기를 나누라면서 자리를 비켜 줬다.

사회에서 만난 사람과 달리 어릴 때부터 알던 친구는 아무리 세월이 흘러도 표정만 보면 무슨 생각을 하는지 대충 짐작이 간다.

명호가 특유의 비꼬는 투로 물었다.

"작가로서 인정받았고 단편영화도 몇 편 연출했으니까 이젠 장편영화 연출해야지? 배우보다는 감독이 매력이 있지 않아?"

역시 명호답다는 생각이 들었다. 명호의 말 속에는 자신은 여전히 태수를 인정하지 않겠다는 의지가 그대로 담겨 있었다.

비록 태수가 상을 받았지만 겨우 대학생영화제에서 받은 단편이고, 〈모텔 파라다이스〉가 300만 관객을 돌파했지만 그건 태수가 감독을 한 영화는 아니라는 얘기를 돌려서 말하고 있는 것이다.

은근히 배우를 무시하는 것 같은 뉘앙스도 풍기고.

하긴 명호라면 그런 식으로라도 자기 합리화를 해서 자존심을 세우고 싶었을 것이다.

"난 급하게 생각 안 해. 천천히 한 계단씩 밟고 올라가려고, 아직 부족한 점이 많거든. 연출은 언제든 하고 싶을 때 하려고, 관심 가져 주는 곳이 많으니까."

명호는 이번 영화가 워낙 크게 망해서 다음 차기작이 불투명한 상황이었다. 그런 명호에게 '난 언제든 마음만 먹으면 투자를 해 줄 곳은 많이 있다'는 자신감을 내보인 것이다.

명호의 얼굴이 살짝 굳어졌다.

"차기작 준비는 잘돼 가?"

태수가 여유롭게 묻자 명호가 어딘지 모르게 어색한 표정으로 대답했다.

"어? 어어. 시나리오가 잘 나와서 곧 캐스팅 시작하려고."

"투자는?"

"투자는 뭐…… 캐스팅 되면 자연스럽게 되겠지."

그때 창호가 태수를 향해 손을 흔들며 어떤 일행을 데리고 다가오는 모습이 보였다. 한 사람은 여성인데 외국인이고 다른 사람은 한국인 남자였다.

뜻밖에도 명호가 한국인을 보자마자 멀리 떨어진 상태에서도 얼른 허리를 숙이며 인사를 했다. 허세 가득한 명호가 저 정도로 깍듯하게 인사하는 사람이 누군지 궁금했다.

'근데 왜 명호가 아는 사람을 창호 형이 데리고 오지?'

명호가 인사를 한 한국인이 명호에겐 형식적인 묵례만 하고 이내 시선을 태수한테 향하며 같이 온 외국인 여성에게 뭐라고 설명을 했다.

창호가 앞으로 나서서 외국인 여성을 가리키며 말했다.

"태수야, 인사해. 여기 이분은 세계적인 동영상 스트리밍 회사인 넷플릭트 본사의 아시아 콘텐츠기획팀장 릴리 맥코나 씨야."

태수가 마주 인사를 했다.

넷플릭트라면 텔레비전으로 영화와 텔레비전 동영상 서비스를 제공하는 전 세계 최대의 동영상 스트리밍 서비스 회사다. 전 세계에 가입자 수만 수천만 명에 이를 정도로 영상 콘텐츠에 있어서는 막강한 영향력을 가진, 영상 업계에서는 슈퍼 갑이라고 할 수가 있다.

'그런 회사의 관계자가 왜 나를 찾아왔을까?'

창호가 옆에 함께 있는 남자를 소개했다. 아까 명호가 깍듯하게 고개를 숙였던 그 남자였다.

"이분은 넷플릭트 한국 지사장인 백인우 씨."

백인우가 세련된 중저음으로 인사를 건넸다.

"반갑습니다, 백인우입니다."

"네, 안녕하세요. 장태수라고 합니다."

릴리가 영어로 말했다.

"저희는 장태수 감독님이 유튜브에 올린 단편 작품과 〈수상한 아파트〉까지 모든 작품을 흥미롭게 봤습니다. 저희 회사는 감독님과 함께 일할 기회를 얻고 싶습니다. 여기 있는 백 지사장님이 저희의 제안을 설명드릴 거예요. 검토 후에 답변을 주시면 감사하겠습니다."

옆에서 듣고 있던 명호의 눈이 휘둥그레졌다.

백인우가 통역을 하려는 걸 태수가 막으며 말했다.

"괜찮습니다. 무슨 얘긴지 알아들었으니까요."

태수는 비록 영어 실력이 짧지만 귀기를 사용하면 거의 모든 내용을 알아들을 수가 있었다.

백인우가 말했다.

"그럼 자세한 얘기는 저하고 나누기로 하고 여기 릴리 팀장님은 지금 비행기 시간이 빠듯해서 바로 출발을 해야 해요. 장 감독님 작품을 워낙 재미있게 봐서 잠깐 얼굴이라도 보고 가겠다고 일부러 여기까지 오신 거예요."

태수는 무슨 일인지는 모르지만 자신의 작품을 보고 이렇게 성의를 보여 줬다는 게 고마웠다. 태수가 한국말로 감사를 전했다.

"제 작품에 관심을 가져 주셔서 감사합니다."

"그럼 함께 일하게 될 날을 고대하겠습니다."

릴리가 태수와 악수를 하고는 급하게 콘서트홀을 빠져나
갔다. 얼떨떨한 표정으로 서 있는 명호를 뒤로하고 백인우가
말했다.

"그럼 우린 조용한 곳으로 가서 본격적인 얘기를 좀 나눠
볼까요?"

드라마 종영 그리고 3개월 후

　태수는 창호와 함께 인근 음식점 룸에서 넷플릭트 한국 지사장 백인우와 담당자의 설명을 함께 들었다.

　내용인즉 넷플릭트 본사 관계자들이 태수가 유튜브에 올린 공포 단편 〈앞집녀〉와 〈집착〉, 〈수상한 아파트〉 그리고 마지막에 올린 〈가족〉까지 모든 작품들을 봤다고 했다.

　현재 넷플릭트에서는 60분짜리 미스터리 드라마 시리즈를 기획하고 있는데 태수의 단편들이 그 기획에 딱 들어맞는 내용들이었다는 것.

　특히 모든 단편들이 반전과 미스터리를 포함하고 있다는 점이 가장 마음에 든다고 했다.

　미스터리 형식이라면 장르는 어떤 장르라도 상관이 없다.

때로는 30분짜리 단편 두 편으로 60분 드라마를 만들어도 상관이 없다.

대신 두 작품이 완전히 다른 내용이라도 둘 사이에 연결 고리가 있었으면 좋겠다는 정도의 희망 사항을 전했다. 물론 그조차도 강제적인 조항은 아니라고 했다.

넷플릭트 측에서는 일단 60분 드라마 다섯 편을 먼저 계약한 후 결과물을 보고 추후에 추가로 계약을 하고 싶다고 했다.

가장 놀라운 조건은 제작비였다.

60분 기준 드라마 한 편당 제작비가 15억 원 내외.

태수는 물론이고 창호도 귀를 의심했다. 텔레비전 단편 드라마의 60분 편당 제작비가 15억이라니.

그런 두 사람의 반응을 읽은 백인우가 말했다.

"지금까지 넷플릭트에서 제작된 텔레비전 영화 중에는 1억 달러가 넘는 제작비가 투자된 영화들도 있습니다. 모든 영화는 영어로 번역되어 전 세계 시청자들한테 서비스가 될 예정이기 때문에, 장 감독님 같은 신인 감독에겐 전 세계 시청자에게 감독의 이름을 알릴 수 있는 좋은 기회라고 할 수 있죠. 또한 할리우드의 다른 영화 투자사와 달리 넷플릭트는 영화의 내용에 대해 일체 관여를 하지 않고 감독에게 무한한 재량을 주기 때문에 현재 국내 유명 감독들도 넷플릭트와의 작업을 선호하고 있습니다. 한마디로 감독들한테는 최고의 제작 환경이라고 할 수 있죠."

백인우는 자세한 계약 조건을 담은 계약서를 건네며 답을 기다리겠다고 했다.

창호는 백인우와 헤어지자마자 고스트라인 조진호 대표한테 연락을 해서 셋이 함께 만났다. 만약 감독 계약을 수락한다면 어차피 제작사는 고스트라인이 맡아야만 할 테니까.

모든 얘기를 들은 조진호는 몇 번이나 계약서를 훑어본 후에 믿어지지 않는다는 표정으로 말했다.

"와, 대박이네. 얘네 계약서대로라면 감독한테는 완전 천국이다. 그리고 60분짜리 드라마 한 편 제작비가 15억이면…… 〈모텔 파라다이스〉 영화 한 편 제작비잖아."

셋이 어이가 없어서 헛웃음을 지었다.

조진호가 물었다.

"제일 중요한 건 장 감독의 의사지. 장 감독 어떡할래?"

"대표님 생각은 어떠세요?"

조진호는 물어봐야 뭐 하냐는 표정으로 대답했다.

"나야 뭐 무조건 오케이지. 요즘 국내에 내로라하는 감독들 넷플릭트에서 연출하고 싶어서 다들 안달이야. 왜? 제작비 넉넉하지, 간섭하지 않지, 영화처럼 개봉한 후에 흥행에 대한 스트레스받지 않아도 되지. 거기다 평만 잘 받으면 바로 할리우드로 진출할 수도 있는데."

태수가 눈치를 보자 창호도 말했다.

"나도 같은 생각이야. 소속사 입장에서는 네가 배우 하는 게 더 낫긴 한데, 이런 정도의 기회라면 놓치긴 진짜 아깝다. 〈오늘도 연애〉 드라마 촬영이 앞으로 8회 차 남았나? 그거 끝나면 바로 크랭크인 들어가. 배우는 감독 하다가 언제든 다시 할 수가 있으니까. 감독으로서의 재능을 썩히긴 아깝잖아."

조진호가 창호를 보고 말했다.

"창호 넌 태수하고 영화 제작사 하나 만들어. 그래서 고스트라인하고 공동 제작 형태로 진행을 하면 될 것 같은데. 이 프로젝트는 어차피 나 혼자 감당하기 어려워. 창호 너도 학교 때 영화도 하고 피디도 하지 않았었나?"

"했죠, 형. 제가 이준욱 감독님 제작부로 들어갔다가 나중에 피디 했었잖아요."

"아, 맞다. 그랬지? 그럼 됐네."

두 사람이 거의 동시에 태수를 돌아봤다.

사실 어떤 감독도 거절하기 힘든 조건과 기회였다. 게다가 60분 기준으로 편당 제작비 15억 원이라면 웬만한 장편 상업 영화 부럽지가 않았다.

그동안 단편영화를 연출하면서 제일 답답했던 부분이 제작비였다. 제작비 때문에 소재도 제한되고 미장센을 비롯한 여러 연출적인 제약이 많이 따랐다.

근데 15억의 제작비라면 흔한 말로 하고 싶은 걸 다 해 볼 수 있을 뿐만 아니라 웬만한 배우는 대부분 캐스팅할 수가 있다. 게다가 요즘엔 톱스타들도 할리우드 진출을 꿈꾸며 넷플릭트 출연을 선호한다는 얘기를 들었다.

하지만 태수의 마음을 가장 크게 움직인 건 미스터리 장르로 드라마를 만들어 달라는 조건이었다.

기본적으로 국내의 투자사들은 미스터리 장르를 선호하지 않는다. 미스터리 장르가 크게 흥행한 적이 없기 때문이다. 덕분에 미스터리 장르는 톱스타를 캐스팅해도 투자받기가 만만치가 않다.

"하고 싶어요. 정말 재미있는 미스터리 영화 마음껏 만들어 보고 싶어요."

✧

3개월 후.

총 16부작으로 기획된 〈오늘도 연애〉는 마지막 회인 16부에서 38%라는 놀라운 시청률로 종영을 맞았다. 연장 방송에 대한 시청자들의 요구가 빗발쳤지만 양정애 작가는 자신의 역량을 벗어난다며 끝까지 버틴 덕에 예정대로 종영이 됐다.

태수는 당분간 배우 일을 접고 넷플릭트 영화 연출과 퇴마 방송에만 전념하기로 했다.

드라마 〈오늘도 연애〉 8화 이후의 지난 줄거리는 다음과 같았다.

8화에서 강혁과 유한성은 서로의 존재에 대해 알게 되면서 드라마는 새로운 분기점을 맞았다.

유한성은 자신의 육신 안에 또 다른 인격이 있다는 사실을 알고 충격을 받는다. 처음엔 현실을 부정하던 유한성도 결국엔 운명을 받아들인다.

둘은 서로 타협하며 살아가기 위한 협상에 돌입하고 강혁의 조건은 오직 하나. 이초희에게 잘해 준다면 가능한 한 유한성의 삶에 개입하지 않겠다는 것.

유한성도 강혁의 조건에 동의한다.

그날 이후로 이초희에 대한 유한성의 태도가 돌변한다. 유한성은 당장 이초희를 기획실에서 본부장 부속실로 인사 발령을 낸다.

인사 발령 첫날.

이초희와 원래 부속실에 근무하던 박혜미가 어색하게 나란히 부속실에 앉아 있다.

박혜미는 자신과 근무하던 동료를 밀어내고 아무런 예고도 없이 이초희가 부속실로 발령이 나자 수상쩍은 눈초리로 바라본다.

이초희 역시 지금의 상황이 무척 당혹스럽다.

그때 유한성이 출근하자 두 사람이 동시에 자리에서 벌떡

퇴마하는 톱스타

일어나서 인사를 한다. 유한성이 박혜미는 그대로 두고 이초
희한테만 평소와 다른 얼굴과 목소리로 부드럽게 말한다.

"앞으로 이초희 씨는 나 신경 쓰지 말고 가만히 앉아서 그
냥 자기 할 일이나 하세요. 아무도 뭐라고 하지 않을 테니까.
알았죠?"

이초희가 이건 또 무슨 귀신 씨나락 까먹는 소린가 싶어서
의심 가득한 눈초리로 유한성을 째려본다. 옆에 있던 박혜미
도 놀란 토끼 눈으로 유한성을 바라보고.

유한성이 이초희한테 대하던 것과 달리 그런 박혜미를 확
째려보며 차갑게 말한다.

"박혜미 씨는 이초희 씨가 일 배울 때까지는 가능한 한 일
시키지 말아요."

"아…… 네."

박혜미가 고개를 숙이며 자리에 앉는다.

본부장실로 들어가려던 유한성이 갑자기 돌아서더니 이초
희를 향해 말한다.

"이초희 씨, 혹시 힘든 일 있으면 뭐든 내게 얘기해요. 뭐,
집안일도 괜찮으니까. 알았죠?"

얼떨떨한 이초희.

반면 박혜미는 어이가 없다는 듯 이초희를 힐끗거리며 중
얼거린다.

"뭐야, 저 사이코 본부장이 쥐약을 먹었나?"

잠시 후 본부장실에서 울리는 인터폰.

이초희가 얼른 받으며 말한다.

"네, 본부장님."

–이초희 씨 말고 박혜미 씨 바꿔 줘요.

옆에 있던 박혜미가 놀라서 얼른 대답한다.

"네, 본부장님."

–내 말 못 알아들어요? 왜 자꾸 신입한테 시켜요. 아직 일도 잘 모를 텐데. 잠깐 들어와요.

박혜미가 한숨을 푹푹 내쉬며 본부장실로 들어가면 이초희는 머리가 아픈 듯 고개를 숙인다. 잠시 후 서류 더미를 하나 가득 안고 나오는 박혜미.

이초희가 놀라서 얼른 받으려고 하면 박혜미가 차갑게 말한다.

"괜찮아요, 이초희 씨. 본부장님 말씀이 이초희 씨는 당분간 다른 일 시키지 말라고 하시니까 그냥 가만히 앉아서 푹 쉬도록 해요. 알았죠?"

박혜미, 고개를 돌리자마자 온갖 인상을 다 쓰면서 서류를 들고 부속실을 나간다.

이초희는 불편한 마음에 본부장실 문을 노크하려다가 참고는 다시 자리에 앉는다.

드라마는 그런 식으로 유한성이 오버해서 이초희를 위해 줄수록 점점 곤란해지는 이초희의 입장이 살짝 코믹한 분위기와 맞물려서 이어진다.

회사 안에 온갖 소문이 퍼지고 이초희가 지나갈 때마다 힐 끗거리며 피하는 직원들.

유한성은 어떻게든 이초희에게 잘해 주려고 갖은 노력을 다 하지만 번번이 자신의 의도와 어긋나게 되면서 상황이 악 화되고, 이초희는 자신은 괜찮으니까 제발 그러지 말라고 부 탁을 한다.

결국 유한성은 누나 유효린에게까지 도움을 요청하며 어떻 게 해야 여자들이 좋아하는지 팁을 달라고 도움을 요청한다.

유효린은 평소 여자를 무시하고 함부로 대하던 유한성의 태도 변화에 놀라게 되고 정말로 좋아하는 여자가 생겼다고 확신한다.

유효린은 정보원들을 풀어서 금방 이초희의 존재를 찾아 내고 그녀의 모든 것들을 조사해서 그룹 회장인 유일성에게 보고한다.

이초희의 집에 알코올중독 아버지와 사기 전과가 있는 오 빠, 운신도 제대로 못하는 엄마가 있다는 보고를 들은 유 회 장은 어떻게든 둘의 사이를 떨어트려 놓기로 결심을 한다.

유 회장은 평소 여자에게 관심이 없던 유한성의 기분이 상 하지 않게 조용히 여자를 떼어 낼 궁리를 하게 되고 직접 이 초희를 만나기로 한다.

유 회장은 비서실장에게 조용히 이초희를 데려오게 한다.

이초희는 영문도 모른 채 비서실장을 따라가 보면 다름 아닌 그룹 회장실이다.

이초희가 회장실로 들어가자 유 회장은 자신의 아들과 헤어지기만 해 주면 뭐든 원하는 것을 들어주겠다고 한다.

심지어는 혹시 자신의 아들이 돌이킬 수 없는 일을 저지른 것이냐, 만약 그렇다면 위자료는 달라는 대로 주겠다, 대신 아이는 자신이 키우겠다고 한다.

이초희가 참다 못해 발끈한다.

"저기 회장님, 뭔가 오해를 하고……."

유 회장이 손을 들어 제지시키며 말한다.

"알았어요, 지금은 생각할 시간이 필요하겠지. 당장 대답하라는 게 아니에요."

"잠깐만요, 전 정말 무슨 말씀을 하시는 건지……."

유 회장이 싸늘한 표정으로 이초희를 노려보며 경고한다.

"정말 끝까지 이렇게 나오시겠다? 내가 경고하는데 혹시라도 이초희 씨가 한성이의 아내, 아니 우리 그룹의 안주인 자리를 염두에 두고 있다면 그건 불가능한 꿈이라는 얘기를 해 주고 싶어요. 우린 이런 식으로 며느리 들이지 않습니다."

이후에도 무슨 말만 하려고 하면 말문을 막고 무조건 이해한다는 유 회장.

결국 이초희는 제대로 된 말 한마디도 못 한 채 회장실을 나선다.

퇴마하는
톱스타

유 회장과 이초희의 만남에서 시청자들은 역시 그 아버지에 그 아들인 허당 아버지 캐릭터에 낄낄거리면서 드라마를 지켜봤다.

회장실을 다녀온 이초희가 혼란스러운 기분으로 혼자 시간을 가지고 싶어서 화장실에 앉아 있는데 밖에서 소리가 들려온다.

박혜미와 동료 여직원들의 수군거리는 목소리다.

"진짜? 그 사이코 본부장이?"

"그렇다니까. 완전 자기 애인이라도 되는 것처럼 꼼짝도 못하게 해. 나만 일이 두 배 늘어났다니까. 대체 이게 무슨 억울한 팔자냐?"

"야, 들리는 얘기로는 이초희가 본부장하고 결혼한대."

"뭐라고? 와, 미친. 말도 안 돼. 그럼 이초희가 본부장 아이를 가졌다는 소문이 사실인 거야?"

"충분히 가능성 있어. 내가 그동안 부속실에서 지켜봤는데 사이코 본부장이 의외로 순진한 구석이 있더라고. 내 생각엔 이초희 그 여우 같은 계집애가 본부장을 계획적으로 유혹해서 덜컥 아이부터 가져서 약점을 잡은 게 틀림……."

그때 용변칸 문이 확 열리고 식식거리며 나오는 이초희.

박혜미와 동료 여직원들, 얼른 도망가듯 우르르 화장실을 빠져나간다.

이초희, 세면대 거울 속 자신을 노려보다가 뭔가 결심한 듯 나간다.

이초희, 식식거리며 부속실로 들어서면 박혜미, 얼른 고개를 돌린다.

이초희, 서랍에서 뭔가를 꺼내서 본부장실 문을 노크하고 안으로 들어가면 박혜미가 문에 바싹 붙어서 소리를 엿듣는다.

본부장실.

유한성이 의아하게 바라보면 이초희가 책상 위에 사직서를 쾅 내려놓는다. 놀란 유한성이 이게 뭐냐고 하면 이초희가 말한다.

"전 더 이상 본부장님의 장난감이 되고 싶지 않아요. 절 괴롭히고 싶으면 그냥 나가라고 말씀을 하시죠."

"무슨 소리야? 내가 언제 이초희 씨를 괴롭혔다고 그래요? 내가 이초희 씨를 위해서 얼마나 최선을 다해……."

이초희가 문을 쾅 닫고 나가면 유한성이 어쩔 줄 몰라 하며 허공에 대고 강혁을 찾는다.

"어이, 이봐. 보고 있어? 이거 분명히 내 잘못 아니다? 난 최선을 다해서 잘해 줬다고. 그러니까……."

순간 유한성이 현기증을 느끼고 비틀하면 어느새 강혁으로 변해 있다. 강혁, 난감한 듯 눈앞 통유리에 비친 유한성의 모습을 보며 중얼거린다.

"내가 속에서 지켜보고 있으려니까 정말 답답해서 심장이 터지는 줄 알았다. 어떻게 여자 마음을 그렇게 모를 수가 있냐?"

강혁, 한숨을 푹 내쉬고 서둘러 본부장실을 나간다.

여기까지의 내용이 〈오늘도 연애〉 총 16화 중에서 12화까지의 대략적인 줄거리였다.

시청자들 입장에서는 지금까지 사이코처럼 굴던 유한성이 의외로 여자한테 허당끼를 발휘하며 이초희한테 쩔쩔매는 모습을 보는 재미가 쏠쏠했다.

김찬은 순진하면서 맹한 구석이 있는 유한성의 캐릭터를 맛깔스럽게 잘 표현해 냈다.

강혁은 이초희와 직접적으로 부딪치는 대신 드라마 중간에 등장해서 호위무사 백휘로부터 이초희의 집안과 주변 근황에 대한 보고를 받거나 몰래 이초희를 훔쳐보며 고뇌하는 모습이 주로 그려졌다.

시청자들은 어서 강혁이 이초희에게 정체를 드러내고 두 사람이 사랑을 나누길 바랐지만 그건 애초부터 불가능한 설정이었다.

강혁이 자신의 정체를 드러내면 이초희가 전생의 기억을 되찾게 되고 그렇게 되면 둘은 죽음을 맞게 되기 때문이다. 덕분에 웹툰은 비극이 될 수밖에 없었고.

이초희가 사직서를 내고 회사를 뛰쳐나간 다음부터 13화의 이야기가 시작됐다.

  이초희가 회사 앞 횡단보도에 서 있으면 강혁이 차를 몰고 앞에 와서 타라고 한다. 이초희가 타지 않겠다고 하고 하면 강혁이 당신이 궁금해하는 것을 알려 주겠다고 말한다.

  이초희가 강혁의 차를 타고 한강 고수부지로 향한다.

  이초희는 이미 지난 8화에서 자신을 구해 준 강혁에게 당신이 누구든 상관없다면서 그의 품에 안겼다.

  하지만 강혁은 그 이후로 일부러 이초희 앞에 모습을 드러내지 않았다. 이초희를 보는 순간 마음이 흔들릴 것 같았고 이초희 역시 강혁을 향한 마음이 더욱 깊어질 것 같았기 때문이다.

  이초희는 그동안 유한성을 볼 때마다 혹시 강혁이 아닐까 생각했지만 매번 기대는 벗어났다.

  그리고 마침내 13화에서 이초희가 다시 강혁을 만난 것이다.

  그 유명한 강혁과 이초희의 일명 '노을키스'가 탄생한 것도 바로 13화였다.

  강혁과 이초희가 한강 고수부지의 노을을 배경으로 서로를 마주 보고 서 있다.

  강혁은 자신이 유한성 본부장의 육신에 깃든 또 다른 영혼이라는 사실을 고백한다. 이초희는 충격을 받지만 여전히 강혁의 정체를 궁금해한다.

"그럼 당신은 누군가요? 어디서 왔나요? 이름은 있을 거 아니에요, 당신을 어떻게 부르면 되죠?"

강혁이 망설이다가 조심스럽게 말한다.

"내 이름은…… 강혁이라고 합니다."

"강……혁?"

순간 심연 아래에 잠들어 있던 옥현옹주의 기억이 어렴풋이 머리를 스친다.

이초희가 현기증을 느끼며 비틀거리면 강혁이 황급히 그녀의 허리를 끌어안는다. 두 사람의 눈빛이 강렬하게 서로를 바라본다.

이초희가 말한다.

"방금 당신 이름을 듣는 순간 이상한 기억이 떠올랐어요. 그러니까…… 당신과 내가 이상한 옷을 입고……."

하지만 이초희는 더 이상 말을 잇지 못했다.

눈앞으로 다가온 강혁의 눈빛을 보는데 그녀의 심장이 그 눈빛을 기억할 뿐만 아니라 사무치게 그리워하고 있다는 사실을 깨달았던 것이다.

이초희는 그 눈빛을 보는 순간 심장이 이끄는 대로 손을 들어 강혁의 얼굴을 쓰다듬었다. 언젠가 이 눈빛을 마주 보며 이렇게 얼굴을 쓰다듬었던 기억이 떠오른다.

이초희는 저도 모르게 강혁에게 얼굴을 가까이 가져간다.

잠시 머뭇거리던 이초희가 자신의 입술을 강혁의 입술에 갖다 댄다.

조심스럽게 머뭇거리며 강혁의 입술을 더듬는 이초희의 입술과 고뇌하는 강혁의 눈빛이 아슬아슬한 긴장감을 만들어 냈다.

이초희가 입술을 떼려는 순간 강혁이 허리를 끌어안으며 자신의 입술을 겹친다.

그 순간 아름다운 노을을 배경으로 태수가 녹음한 드라마 OST '이번 생에 다시 만나서'가 애절한 선율로 흐르기 시작한다.

당신을 처음 본 순간 운명이라 생각했어요. 이 생이 아니라면 다음 생에서…… 우린 꼭 다시 만나야 하는데, 다시 사랑해야 하는데~.

카메라가 원형으로 돌아가며 두 사람의 안타까운 재회 장면을 촬영했고 과거 두 사람이 사랑을 나누던 시절의 영상이 아름답게 오버랩되며 방송을 탔다.

태수는 처음 노을키스의 대본을 받고 적지 않게 당황했다. 설마 원작에도 없는 키스 씬이 들어가 있으리라곤 예상을 못 했던 것이다.

태수는 여태까지 여자와 키스 한 번 못 해 본 모태솔로인데다 기껏해야 송현주와의 키스를 머릿속에서 몇 번 상상해

본 게 경험의 전부였다.

더구나 키스 씬의 상대가 박보윤이라는 생각을 하자 그야말로 머릿속이 하얗게 변했다. 이러다가 촬영장에 가서 긴장하고 덜덜 떠는 모습을 들키는 건 아닌지, 서로 이빨이 부딪치는 최악의 상황이 발생하는 건 아닌지 온갖 걱정들이 꼬리에 꼬리를 물었다.

촬영 전날 밤에는 드라마와 영화의 온갖 키스 씬들만 찾아서보며 혼자 종이에 대고 다양한 각도로 연습까지 했을 정도였다.

다음 날 아침에는 잇몸이 아플 정도로 양치를 거의 5분 가까이 하고 촬영장으로 향했다. 촬영장에서는 박보윤과 눈이 마주치자 괜히 어색해서 먼저 시선을 돌리기도 했다.

반면에 박보윤은 베테랑 연기자라서 그런지 전혀 긴장하거나 불편한 기색이 아니었다. 오히려 뭔가 기분 좋은 일이 있는 것처럼 평소보다 더 생기가 넘치는 모습이었다.

마침내 촬영 시간이 다가와서 둘이 서로의 눈을 마주 바라봤다.

이전까지는 그런 장면에서 태수가 애절한 눈빛으로 박보윤의 마음을 설레게 만들며 흔들어 놓곤 했는데 그날은 정반대의 상황이 벌어졌다.

태수는 박보윤의 눈을 마주 바라볼 수가 없었다.

오히려 박보윤이 그런 태수를 리드했다.

"왜 그래? 내 눈을 똑바로 봐야지, 다른 곳을 보면 감정이 안 잡히잖아. 그냥 평소처럼 연기한다고 생각해, 긴장하지 말고. 아니, 옥현옹주를 사랑하는 강혁의 심리에 몰두하면 되잖아."

말은 쉬운데 이상하게 자꾸만 잡념이 끼어들어서 평소처럼 몰입을 하기가 어려웠다.

그런 두 사람을 지켜보는 김찬은 기분이 안 좋은지 내내 입을 삐죽 내민 채 초조하게 촬영장 주변을 서성거렸다.

마침내 큐 사인이 떨어지고 태수는 생전 처음으로 여자의 입술을 경험했다. 박보윤의 입술에 자신의 입술이 닿는 순간 심장이 폭발할 것처럼 쿵쾅거렸다.

박보윤에게 그 소리가 들릴까 봐 걱정하느라 연기에 집중을 하지 못할 정도였다.

이러다가 NG가 나겠다는 불안감이 스치는 순간 생기탐랑의 능이 작동하며 태수의 마음을 어루만졌다.

태수는 어느새 잡념을 떨치고 강혁의 심리에 몰두하며 천천히 박보윤의 입술에 자신의 입술을 겹쳤다. 달콤한 초콜릿 케이크처럼 부드러우면서 달콤한 박보윤의 입술 감촉이 태수의 입술에 전해졌다.

다행인지 불행인지 키스 씬은 단 한 번의 NG도 없이 오케이 사인이 났다.

당시 감독의 오케이 사인이 떨어지자 김찬이 저도 모르게 환호를 하는 바람에 다들 김찬을 수상한 눈빛으로 바라봤던 기억이 났다.

호프집에 함께 모여서 드라마를 시청하던 강혁바라기 카페 회원들은 생각지도 않은 작가의 선물에 감격했고 몇몇은 눈물을 흘리기도 했다.

키스 씬 후 드라마는 본격적인 로맨스 분위기로 흘러갔다.

강혁과 이초희는 그동안 보여 주지 못했던 달달한 분위기를 연출하며 본격적인 데이트를 즐겼다. 비록 유한성의 몸이었지만 이초희는 강혁의 눈빛을 기억하고 있었다.

가끔 위기가 닥칠 때도 있었지만 그때마다 호위무사 백휘가 나타나 뒤처리를 했다.

강혁이 이초희와 데이트를 하는 동안 백휘는 강혁의 지시를 받아 이초희가 모르도록 집안의 빚을 대신 갚아 줬고 이초희의 아버지를 치료 기관에 입원시켰다.

14화를 촬영할 때 참다못한 김찬이 양정애 작가에게 불만스럽게 말했다. 한 번쯤은 유한성의 모습으로 자신도 이초희와 데이트할 수 있지 않느냐면서.

자기도 달달한 로맨스 장면 찍어 보고 싶다면서.

하지만 양정애 작가는 단호했다. 만약 유한성, 즉 김찬의 얼굴로 이초희와 달달한 로맨스를 찍으면 시청자들의 몰입이 깨진다는 것.

그리고 14화에서 변수가 등장했다.

유한성이 룸살롱에서 여자들을 데리고 놀다가 술에 약을 탄 것도 모르고 마셔서 정신을 잃게 된다. 유한성은 유 회장에게 원한을 품은 조폭 두목 장택수에게 납치되고 정신을 차렸을 때는 온몸이 묶여 있다.

장택수는 유 회장이 어떻게 자신을 배신했는지 알려 주고 유한성을 죽이려고 한다.

그때 강혁이 육신을 차지하면서 백휘가 나타나 조폭들을 물리치고 모두 경찰에 넘긴다.

조폭한테서 풀려난 후 강혁은 유한성에게 오프닝 장면까지 언급하면서 죽을 뻔한 운명을 두 번이나 살려 줬으니 자신에게도 육신에 대한 권리가 있다고 주장한다.

유한성도 그런 강혁의 주장에 동의를 한다.

그런 와중에 유 회장은 유한성이 아직도 이초희와 만나고 있다는 사실을 알고 불같이 화를 낸다. 유 회장은 유한성을 직접 불러서 이초희와 헤어지라고 최후통첩을 하기로 한다.

비서실장으로부터 그런 아버지의 생각을 전해 들은 유한성은 안절부절못한다.

강혁은 아버지에게 절대로 굴복하면 안 된다고 하지만 유한성은 아버지가 무서워서 맞설 용기가 없다며 괴로워한다.

결국 유 회장은 강혁이 대신 만나기로 한다.

유 회장과 마주한 강혁.

유 회장은 유한성의 분위기가 평소와 조금 다르다는 걸 느끼지만 설마 강혁이라는 건 상상도 하지 못한다. 유 회장이 단도직입적으로 이초희와 헤어지라고 호통을 치면 강혁은 자신은 이초희를 사랑하고 있다고 고백을 한다.

평소 여자에게 전혀 관심도 없고 진지한 구석이라고는 없던 아들의 변화에 놀라는 유 회장. 더불어 강혁이 이초희와의 만남을 허락해 준다면 앞으로 절대로 룸살롱 같은 곳도 안 가고 유흥에 빠지지도 않고 경영에만 전념하겠다는 각서를 쓰겠다고 한다.

유 회장은 어릴 때부터 한 번도 자신의 뜻대로 자란 적이 없는 철부지 아들이 이초희로 인해 인간이 됐다고 생각하며 이초희를 다시 바라보게 된다.

결국 이초희를 사귀어도 좋다는 허락을 받게 되는 강혁.

반면 유한성은 난리법석을 피운다.

자신의 유일한 낙이 룸살롱 가고 클럽 가서 노는 건데 그걸 못 하게 하면 어떻게 하냐고.

하지만 강혁은 자신이 아니었으면 유한성은 진즉 죽었을 것이라며 앞으로는 건전하게 살라는 충고를 한다.

강혁과 유한성은 이제 서로 마음의 대화를 주고받을 수 있을 정도로 익숙한 사이가 됐다. 강혁이 진지하게 물었다.

"이초희 씨 어때?"

"이초희 씨? 음…… 얼굴 예쁘고 성격도 좋고. 괜찮은 여자지."

"그런 얘기가 아니라 여자로서 어떻게 생각하냐고."

강혁의 물음에 유한성의 표정이 의아해진다.

"그게 무슨 소리야?"

"솔직하게 속마음을 얘기해 봐. 너도 이초희 씨 좋아하지?"

"뭐…… 그렇긴 하지만 이초희 씨는 너하고……."

"난 괜찮으니까 네가 이초희 씨를 책임져 줘."

"미친, 그게 무슨 소리야? 내가 왜 네가 좋아하는 여자를 책임져? 비록 육신은 공유하지만 너하고 난 엄연히 다른 인격이라고."

"알아."

강혁은 가장 하고 싶지 않은 마음 아픈 얘기를 꺼낸다. 자신의 여자를 다른 사람에게 줄 수밖에 없는 안타까운 운명을.

강혁은 자신이 이초희와 사랑을 하게 되면 둘 다 목숨이 위험해진다는 믿기 어려운 얘기를 들려준다. 그 말은 곧 유한성의 목숨도 위험해진다는 얘기다.

"뭐야? 그럼 내가 이초희 씨를 사랑하지 않으면 죽는다는 소리야?"

"그게 아니라 내가 이초희 씨와 사랑에 빠지면 우리 둘은 물론이고 이초희 씨도 죽는다는 얘기야. 만약 네가 이초희 씨가 싫다면 다른 여자를 만나는 건 상관없어."

"그렇게 되면 넌 이초희 씨와 못 만나잖아."

"어쩔 수 없지. 그게 운명이니까."

"야, 그게 말이 돼? 운명 때문에 사랑하는 두 사람이 헤어져야 한다는 게? 그럼, 내가 이초희 씨하고 사랑에 빠지면 다 해결이 되는 거네? 나 한 사람 희생하면?"

강혁이 놀라서 묻는다.

"나 때문에 억지로 네가 이초희 씨와……."

유한성이 단호하게 대답한다.

"아니. 실은 나도 어느 순간부터 이초희 씨를 좋아하고 있었어, 단지 너 때문에 내 마음을 표현하지 못했던 거지. 사실 난 지금까지 여자들이 너무 무서웠거든."

"여자들이 무섭다고?"

유한성은 자신의 어린 시절 얘기를 들려줬다.

자신의 엄마가 너무 엄격하게 양육을 해서 언제부턴가 여자 공포증이 생겼다는 고백.

유한성은 그런 자신의 마음을 숨기려고 여자들한테 함부로 대하며 사이코처럼 굴었다는 속마음도 털어놓는다.

그래서 지금까지 여자한테 마음을 열어 본 적도 없고 진정으로 여자를 사귈 기회도 없었다는 놀라운 고백을 한다.

그런데 이상하게 이초희한테는 그런 두려움이 생기지 않고 마음이 편해졌다는 것이다.

어쩌면 자신의 안에 있는 강혁의 존재 때문인지도 모르겠지만 태어나 처음으로 여자와 함께 있는 시간이 편안하고 행복했다는 것이다.

강혁은 영혼이 소멸되기 전에 이초희와 공개적으로 데이트를 하게 되고, 회사의 모든 여직원들은 그런 이초희를 부러워한다.

때로는 강혁이 유한성으로 바뀌지만 이초희는 둘의 인격이 체인지되었다는 걸 알면서도 모른 척 유한성을 받아 준다. 그렇게 해야만 강혁과의 사랑을 오랫동안 유지할 수 있다는 걸 알고 있기에.

드라마의 마지막 회는 유한성과 이초희가 결혼식을 올리는 장면으로 막을 내린다. 결혼식이 끝나고 신랑 신부가 사진을 찍는데, 찍힌 사진에는 이초희 양쪽으로 유한성과 강혁이 나란히 서 있는 사진이다.

그렇게 16부작 드라마 〈오늘도 연애〉는 대단원의 막을 내렸다.

드라마 종방연에서는 김찬이 박보윤에게 좋아한다고 고백하는 대형 사고를 쳤다. 다행히 박보윤도 김찬의 고백을 받아 주면서 두 사람은 공개 연애를 선언했다.

그런 두 사람을 위해 태수는 현장에서 드라마 OST를 불러 주기까지 했다.

한편 〈영혼을 찾아서〉는 하늘일보 조해천 기자가 박일우 사망 사건을 기사화했고 그 기사로 인해 심령 사건이 사회적인 이슈로 공론화되면서 각종 논란이 불거졌다.

태수와 제작진은 논란이 커지자 결국 시즌 2를 기약하며 방송을 잠정 중단했다.

이후 언론과 정부에서는 다른 나라와 마찬가지로 심령 사건에 대한 본격적인 논의가 시작됐고 그사이에 두 가지 심령 사건이 발생해 사람들을 충격에 빠트렸다.

그 두 사건은 심령 사건을 바라보는 사람들의 시각을 완전히 바꿔 놓았고 전 국민적 관심을 불러일으켰다.

첫 번째 사건은 두 달 전에 일어난 사건으로 서울 명동 한복판에서 박일우 사건과 유사하게 한 남자가 허공으로 10미터쯤 치솟았다가 바닥으로 떨어져 사망한 사건이었다.

사망한 남자는 얼마 전부터 죽은 여자 친구가 귀신이 되어 자꾸만 나타난다고 주변 사람들에게 도움을 요청했다고 한다.

남자는 그날도 명동 한복판에서 죽은 여자 친구가 귀신이 되어 쫓아온다고 소리를 지르며 달아나다가 그 같은 변을 당한 것으로 알려졌다.

주변에 있던 수많은 사람들이 남자의 외침을 들었고 남자의 몸이 갑자기 허공으로 솟구쳤다가 떨어지는 광경을 목격했다.

당시 현장에 있던 많은 사람들이 그 순간을 동영상으로 촬영해서 인터넷에 올렸는데 석 달 전 사망한 박일우 사건과 놀랍도록 유사했다.

　또 하나의 사건은 불과 일주일 전에 벌어진 사건으로 서울 중앙지검 김영모 부장검사의 부하 직원이 김영모를 납치해서 묶어 놓고 서프리카 TV를 통해 인질극을 생방송으로 중계한 사건이다.

　당시 부하 직원은 동영상 중계를 하면서 자신은 김영모 검사의 부하 직원이 아니라 서프리카 TV에서 깜냥이란 이름의 BJ로 활동하던 박찬성의 영혼이라고 자신을 소개했다.

　자신은 BJ로 활동하면서 클럽에서 김혜진이라는 여자를 만나서 함께 마약을 하고 성관계를 가졌다. 근데 경찰의 불심검문으로 마약 투약한 혐의로 붙잡혔다.

　근데 경찰들이 마약 투약뿐만 아니라 성폭행 혐의까지 자신에게 뒤집어씌웠다.

　나중에 알고 보니 자신과 함께 마약을 하고 성관계를 가진 김혜진의 아버지가 서울 중앙지검의 김영모 부장검사라는 사실을 알았다.

　김영모는 딸의 마약 투약 혐의를 덮기 위해 박찬성이 자신의 딸에게 강제로 마약을 투약시켜서 성관계를 맺었다는 식으로 사건을 몰고 갔다.

　물론 마약 투약을 한 건 잘못된 일이지만 납치 강간이라는 죄목은 자신과 전혀 관계가 없는 일인데 억울한 누명을 쓰고 결국 1심에서 징역 13년이라는 가혹한 형을 선고받았다.

박찬성은 억울함을 참지 못하고 교도소에서 목을 매달아 자살했다. 얼마 전 교도소에서 제소자 자살 사건이 언론에 보도가 됐는데 그게 바로 자신이라고 했다.

죽은 후에도 자신은 너무나 억울해서 원혼이 되어 복수할 기회만 기다렸고 마침내 사람의 몸에 들어가 빙의할 수 있는 힘을 갖게 됐다고 했다.

박찬성은 김영모를 잔혹하게 살해하는 장면을 동영상으로 중계했고 딸인 김혜진도 살해하겠다고 공언했다. 김영모를 살해한 후 부하 직원은 갑자기 끈이 잘린 마리오네트 인형처럼 그 자리에 힘없이 꼬꾸라져 쓰러졌다.

나중에 병원에서 깨어난 부하 직원은 당시 자신이 한 일을 전혀 기억하지 못했다.

EMP 수사대

　최근 발생한 두 개의 심령 사건 중에서 국민들이 유독 충격을 받은 건 두 번째 사건이었다.

　권력 중에 권력이라는 서울 중앙지검 부장검사가 인터넷 생중계로 잔혹하게 처형을 당했고 그를 처형한 부하 직원이 자신을 교도소에서 자살한 박찬성의 원혼이라고 소개했기 때문이다.

　그동안 애써 영혼의 존재를 부정해 왔던 정부와 경찰의 입장에서는 난감하지 않을 수가 없었다.

　더 큰 충격은 박찬성의 영혼이 자신에게 누명을 씌운 김영모의 딸인 김혜진한테도 복수를 하겠다고 공언한 것이다.

　경찰은 즉각 그런 일은 없을 것이라고 입장을 발표했지만 박찬성의 원혼한테서 어떻게 김혜진을 보호할 것인지에 대한 기자들의 질문에는 이번 김영모 검사를 살해한 범인이 원혼이라고 생각하지 않는다는 궁색한 답변을 내놓은 게 전부였다.

하지만 언론은 물론이고 국민들도 경찰의 답변을 믿는 사람은 없었다.

만약 경찰이 정말로 그렇게 생각한다면 김영모의 부하 직원이 검거가 됐으니 범인은 잡힌 셈인데 비밀리에 김혜진을 경찰의 안전 가옥에 보호하고 있다는 기사가 나온 것이다.

결국 경찰이 박찬성의 영혼이 김혜진을 찾지 못하도록 도피를 시킨 것이니 스스로 영혼의 존재를 인정한 셈이었다.

이 사건은 국민들은 물론이고 정부와 정치권에도 엄청난 반향을 불러일으켰다.

예전 같으면 종교계와 과학계가 들끓으며 엄청난 논쟁을 불러일으켰겠지만 예상외로 그런 일은 일어나지 않았다. 대부분의 사람들이 영혼의 존재를 인정했기 때문이다. 따라서 영혼의 존재 유무는 이제 전혀 논쟁거리가 되지 않았다.

〈영혼을 찾아서〉 프로그램을 보면서 끝까지 영혼을 부정하던 사람들도 앞선 두 개의 사건을 확인하고는 더 이상 영혼을 부정할 수가 없었다.

대신 더욱 심각한 문제가 생겼다.

지금까지 국민의 생명을 지키던 모든 공권력이 심령 사건에서는 일순간에 무력해졌다는 사실이다.

극단적인 예로 원혼이 마음만 먹는다면 대통령의 목숨까지도 위협할 수 있고 더 큰 문제는 그걸 막을 수 있는 사람이 없다는 걸 사람들이 깨달은 것이다.

아니, 단 한 사람 있다.

바로 영혼을 보는 남자, 장태수였다.

당장 인터넷과 정부 청원 게시판에는 〈영혼을 찾아서〉 프로그램을 부활시키고 장태수를 중심으로 심령 사건에 대한 근본적인 대책을 마련하라는 여론이 빗발쳤다.

국민들은 만약 〈영혼을 찾아서〉가 방송이 되고 있었다면 심령 사건이 발생할 때 게시판에 도움이라도 청할 수가 있었을 것이라며, 어서 방송법을 개정하라는 요구가 봇물을 이뤘다.

정부는 〈영혼을 찾아서〉 프로그램에 어떠한 법적 조치나 방송 중단에 대한 압력을 가한 사실이 없다고 항변했다.

QBS 케이블 측에서도 기자회견을 열어 정부로부터 방송 중단에 대한 어떠한 압력도 받은 사실이 없으며 제작진은 자체 판단에 의해 시즌2를 준비하느라 논의를 하고 있다고 알렸다.

QBS에서 기자회견을 발표한 다음 날 편성국 회의실에서 긴급 제작 회의가 소집됐다.

태수도 참석해 달라는 연락을 받았다. 아니, 태수가 없으면 진행이 되지 않는 회의였다.

방송국 회의실로 입장한 태수는 예상보다 참석자들이 많아서 놀랐다.

QBS 김효재 편성국장, 한재성 CP, 권창훈 피디, 김영아 작가, 하늘일보 조해천 기자 그리고 얼굴을 모르는 남녀 두 사람까지.

태수가 안으로 들어서자 수다를 떨던 참석자들이 이제야 주인공이 나타났다는 분위기로 자세를 바로잡았다.

태수는 하늘일보 조해천 기자와 눈인사를 나눴다. 방송이나 기사로는 많이 봤지만 얼굴을 대면하는 건 지난번 박일우 사건 이후 처음이었다.

조해천 기자는 그동안 꾸준히 기사와 칼럼을 통해 심령 사건에 대한 사회적 관심을 불러일으킨 장본인이었다.

권 피디가 낯선 두 사람을 가리키며 말했다.

"태수야, 인사해. 저쪽은 경찰에서 나오신 분들이야."

경찰에서 나왔다는 소리에 태수가 돌아보자 20대 중후반 정도로 보이는 여자와 역시 20대의 남자가 차례로 일어났다.

먼저 단발머리를 한 당찬 표정의 여자가 명함을 건네며 말했다.

"안녕하세요, 제가 장태수 씨 팬인데 이렇게 직접 만나서 영광입니다. 오인하라고 합니다."

태수가 마주 인사를 하자 옆에 있던 남자도 인사를 하며 명함을 건넸다.

"안녕하세요, 전 박도훈이라고 합니다. 저도 팬입니다, 하하."

"네, 안녕하세요."

태수가 받은 명함을 보니 여자는 'EMP 수사대 오인하 경위'라는 직책과 이름이 적혀 있었다. 경위라면 보통 경찰에서 파출소장이나 팀장급의, 현장에서는 꽤 높은 직책으로 알고 있다.

남자는 여자의 부하인 듯 'EMP 수사대 박도운 경사'라고 적혀있었다.

"EMP 수사대요?"

경찰에 그런 부서가 있다는 얘기를 들어 본 적이 없어서 의아했다.

그런 태수의 마음을 읽은 것처럼 오인하가 설명했다.

"아마 EMP 수사대는 처음 들으셨을 겁니다. EMP는 Electromagnetic Pulse라고 해서 전자기파 펄스의 약자입니다."

전자기파 펄스라니.

태수가 이게 뭔 소린가 싶은 얼굴로 김영아를 돌아봤다. 김영아도 머리가 아프다는 듯 인상을 찡그리며 어깨를 으쓱했다.

그런 반응에 익숙한 듯 오인하가 웃으면서 얼른 보충 설명을 했다.

"좀 더 쉽게 말씀드리면 EMP, 즉 전자기파 펄스는 번개와 같은 자연현상에서 발생하는 에너지와 비슷한 충격파를 발생시키는 고전력 극초단파 빔……."

태수는 번개에서 발생하는 에너지라는 소리에 퇴마술의 뇌전을 떠올렸다.

'그럼 퇴마뇌전 같은 건가?'

뇌전이 바로 번개가 내리칠 때의 충격파와 같은 에너지를 순간 발산시키는 주술이었던 것이다. 거기에 항마의 기운이 더해지면 퇴마뇌전이 되는 것이고.

설명하던 오인하가 뚱한 표정의 참석자들의 표정을 살피고는 이내 고개를 흔들며 말했다.

"아니, 아닙니다, 죄송합니다. 이렇게 설명하면 너무 복잡해지고…… 아마 전자 폭탄이라고 들어 보셨는지 모르겠는데 전자 폭탄은 EMP를 이용해서 20억 와트의 전력을 분출, 반경 300여 미터 이내에 있는 컴퓨터, 통신 장비 등 모든 전자 기기를 파괴하는 눈에 보이지 않는 폭탄이라고 할 수 있습니다. 흔히 EMP탄이라고도 불리는 전자 폭탄은 사람에게는 피해를 주지 않고 전자 장비만을 무력화시키는 신종 무기라고 할 수 있죠."

설명을 듣던 김영아가 '와~' 하고 탄성을 흘렸다.

태수도 전자 기기만을 파괴시키는 폭탄이 있다는 얘기는 처음 들어서 신기하다는 생각이 들었다.

오인하가 참석자들을 둘러보며 말했다.

"다들 제가 왜 여기 와서 이런 얘기를 하는지 궁금해하실 겁니다. 미국은 오래전부터 초능력과 심령현상에 대한 연구를 해 왔습니다. 인간의 몸에 생체 전기가 흐르고 있어서 겨울에 정전기가 일어난다는 얘기는 어디선가 들어 보셨을 겁니다. 동양에서 기를 연구하는 학문에서는 인간에게 음과 양의 기운이 흐른다고 했죠. 그래서 인간은 음양의 조화를 이루어져야 잘살 수 있다고도 했고."

오인하가 잠시 숨을 돌렸다가 말을 이어 갔다.

"자, 이제 본론입니다. 미국에서 오랫동안 심령현상을 연구한 결과, 유령은 전자 또는 이온들의 움직임에 의해 에너지가 생기는 전기현상이라는 결론에 도달했습니다. 유령 현상의 대표적인 현상이라고 할 수 있는 폴터 가이스트 현상이나 여러 심령현상들도 전기의 움직임으로 만들어 낼 수 있는 현상이고."

영혼이 전기현상으로 만들어졌다는 생각은 꽤나 신선한 발상이었다.

사실 태수도 이전부터 그런 생각을 하고 있었다. 〈흉가탐방〉 코너를 촬영할 때마다 악귀가 귀기를 발산하면 자기장이 흐르면서 모든 전자 기기들이 오류를 일으켰으니까.

오인하의 설명이 계속 이어졌다.

"전자 폭탄의 원리는 매우 강력한 에너지를 지닌 짧은 파장의 감마선이 순간적으로 강력한 전자기파인 임펄스(impulse) 파를 발생시켜서 공기 중의 전기에너지를 해체하는 겁니다. 그 말은 곧 전기에너지로 이루어진 유령의 존재도 전자 폭탄으로 소멸시킬 수가 있다는 얘기가 되는 것이죠. 미국에선 이미 수차례 실험에 성공했고요."

정말 생각지도 못했던 놀라운 얘기였다. 예전부터 미국에서 초능력 부대를 운용한다는 얘기는 들었지만 유령 현상까지 그 정도로 깊은 연구가 진행되고 있을 줄은 몰랐던 것이다.

'세상에. 영혼을 전기에너지로 소멸시킬 수 있다니!'

조해천이 물었다.

"좋습니다. 유령을 전자 폭탄으로 퇴치할 수 있다고 해도 정작 유령을 볼 수가 없다면 소용이 없는 것 아닌가요?"

오인하가 기다렸다는 듯 답변을 했다.

"오래 전부터 유령 현상을 연구한 사람들이 유령의 목소리를 탐지할 때 유령 탐지기라는 장비를 사용하죠. 유령 탐지기의 원리는 전자 음성 현상(EVP, Electronic Voice Phenomenon)을 이용하는 거예요. 즉 전기의 흐름을 탐지하면 유령도 탐지할 수가 있다는 얘기죠."

오인하가 옆에 앉은 박도훈을 돌아보고 뭔가 얘기를 주고받았다.

박도훈이 가방에서 열 감지기처럼 생긴 장비를 꺼내서 오인하에게 건넸다.

오인하가 장비를 들어 보이며 설명했다.

"이 장비는 고스트 스크린이라는 장비입니다. 마치 열 감지 카메라처럼 전기의 흐름을 감지하는 장비죠. 고스트가 나타나면 이 고스트 스크린에 특정한 형태의 전기적인 파장이 나타나게 됩니다. 저희는 그 파장을 코스트 펄스라고 불러요. 고스트 펄스가 나타나면 영혼이 나타났다는 신호입니다. 따라서 우린 고스트 펄스를 통해 유령의 존재 유무는 물론 위치까지 파악할 수가 있습니다."

이번에는 얘기를 듣고만 있던 태수가 물었다.

태수가 질문을 하자 오인하가 이전과 달리 살짝 긴장한 표정으로 귀를 기울였다.

"그럼 영혼의 생김새나 형태는 물론 개개인의 식별은 불가능하겠네요?"

"그렇습니다. 장태수 씨처럼 영혼과 대화를 한다거나 그 영혼의 생김새를 알아보는 건 불가능해요. 하지만 영혼의 위치를 파악해서 전자 폭탄으로 제거할 수 있다는 사실이 가장 중요한 요점입니다."

"세상에는 많은 영혼들이 존재하는데 그럼 그들이 접근하면 모두 소멸시키나요? 그들도 분명 한때는 인간이었고 존중받아야 할 인격체들인데. 여기 있는 우리 모두도 죽음을 맞이하면 그들과 같은 영혼이 되죠."

오인하가 대답했다.

"그렇진 않고요. 고스트 스크린을 통해 전기의 흐름을 살펴보면 그 영혼이 어느 정도 강력한 힘을 가졌는지 정도는 파악이 가능해요. 그래서 아무 영혼이나 공격을 하지는 않죠. 물론 강력한 힘을 가진 영혼이 접근을 하면 공격 의사를 가졌든 말든 어쩔 수 없이 퇴치를 하겠지만. 당장은 다른 방법이 없으니까요. 하지만 공격하기 전에 최소한 접근하지 말라는 경고 정도는 합니다. 우리는 영혼의 얘기를 알아듣지 못해도 영혼들은 인간의 얘기를 알아듣는다고 알고 있거든요. 그렇지 않나요, 장태수 씨?"

태수가 고개를 끄덕이며 대답했다.

"그건 맞아요. 그들은 우리보다 고차원에 속한 존재들이니까."

오인하가 김효재 국장을 돌아보고 말했다.

"다음 얘기는 편집국장님이 해 주시죠."

QBS 김효재 편성국장이 자리에서 일어났다.

"방금 오 경위님이 얘기한 것처럼 현재 정부에서는 EMP 수사대를 창설해서 대통령을 비롯한 삼부 주요 요인의 경호와 공공시설에 대한 경비를 시작했다고 합니다. 더불어 경찰에서 우리 제작진에게 협조를 구해 왔어요. 현재 EMP 수사 요원들의 훈련이 부족하고, 전자 폭탄 같은 무기나 영혼에 대한 이해가 부족한 관계로 우리 〈흉가탐방〉 코너를 촬영할 때 EMP 수사대가 참여할 수 있도록 협조를 해 달라는 내용입니다."

태수는 비로소 오늘 회의가 왜 긴급하게 소집이 됐는지 알 것 같았다.

태수가 물었다.

"저희가 그동안 〈흉가탐방〉 방송을 하는 동안 여러 가지 논란과 법적인 규제들 때문에 어려움이 많아서 결국 방송을 중단할 수밖에 없었잖아요. 그런 문제가 해결되지 않으면 앞으로도 제대로 된 방송을 하기가 어려울 테고. 말씀하신 그런 협조는 쉽지가 않을 것 같은데요."

오인하가 말했다.

"그 부분은 크게 걱정하지 않으셔도 될 것 같아요. 만약 방송 제작에 저희 EMP 대원들이 참여한다면 방송 이전에 경찰의 작전으로 인식되기 때문에 어느 정도의 위험이나 사고에 대해서는 경찰 작전 예규에 준해서 법이 적용될 거예요. 그리고 앞으로 모든 심령 방송은 방송윤리위원회에 우선해서 심령현상의 전문가들로 구성된 심령방송윤리위원회라는 곳에서 심의를 할 예정이기 때문에 더 이상 불합리한 규제를 받을 일은 없을 거예요."

생각보다 빠르게 정부에서 움직인 모양이었다.

방금 오인하의 얘기는 그동안 제작진이 가장 바라던 조치였다. 그런 조치가 없다면 방송을 하면 할수록 시청자들에게 비난만 받게 되고, 방송을 만드는 입장에서도 부담을 느낄 수밖에 없기 때문이다.

이번엔 권 피디가 물었다.

"그럼 EMP 수사대에서 굳이 위험을 무릅쓰고 방송에 참여하려는 이유가 뭡니까? 그런 훈련이 필요하다면 여기 장태수 씨를 따로 불러서 대원들이 교육을 받는 방법도 있지 않을까요?"

권 피디는 아무래도 경찰이 방송 제작에 참여한다는 게 부담스러운 모양이었다. 하긴 어떤 방송국인들 그렇지 않겠는가.

오인하가 고개를 끄덕이며 말했다.

"물론 그런 부분도 생각을 했어요. 근데 지금 경찰은 물론 일반 국민들, 심지어는 정치인들조차도 영적인 존재나 심령 사건에 대한 이해가 터무니없이 부족한 수준입니다. 방송을 하게 되면 그런 부분에 대한 이해도가 높아진다는 장점이 있죠. 실제로 조사를 해 보니까 〈영혼을 찾아서〉를 꾸준히 시청했던 시청자들은 영적인 존재에 대한 이해도가 상당히 높더군요."

다들 오늘 긴급 회의가 왜 소집이 됐고 논의를 해야만 하는 주제가 뭔지 확실하게 깨달았다.

이후 회의는 방송 제작에 EMP 수사대 대원들을 어떤 형식으로 참여를 시킬지, 방송 소재를 어디까지 확장시킬지에 대한 심도 깊은 논의들이 이어졌다.

경찰에서는 방송의 소재로 가능하면 현재 벌어지고 있는 심령현상이나 범죄를 채택하고, 방송을 통해 사건을 해결하는 과정을 직접 보여 줄 수 있으면 좋겠다고 강하게 주장했다.

아무래도 EMP 수사단이 새롭게 출범해서 대국민 홍보의 필요성도 있을 테고 심령 사건도 해결할 수 있다는 1석 2조의 효과를 노린 것이라는 생각이 들었다.

사실 제작진 입장에서도 나쁠 건 없었다. 흉가를 탐방하는 것보다 실제 벌어지고 있는 심령 사건을 소재로 하면 아무래도 극적인 효과도 크고 시청자들의 관심도 더 높아질 테니까.

그 부분에 대한 최종 결정은 추후 태수와 제작진이 모여서 다시 논의하기로 했다.

회의가 끝나자 오인하가 태수에게 따로 개인적인 면담 신청을 했다.

태수와 오인하, 박도훈 세 사람이 회의실에 따로 마주 앉았다.

오인하가 잠시 숨을 돌린 뒤 입을 열었다.

"사실은 제가 회의 전에 희망복지원을 들렀다 오는 길이에요."

태수가 놀라서 반문했다.

"희망복지원요?"

"네, 여기 오기 전에 강형진 신부님과 하현준 군도 만나

보고 싶었거든요. 현재 저희가 파악한 바에 의하면 국내 영능력자가 장태수 씨를 포함해서 강현진 신부님과 하현준 군까지 모두 네 명이에요."

"네 명요?"

네 명이라면 자신이 모르는 또 한 명의 영능력자가 있다는 소리였다.

"그럼 제가 모르는 나머지 한 명은 누구죠?"

태수의 질문에 오인하가 대답했다.

"죄송하지만 그건 아직 저희가 말씀드리기 곤란하고, 아마도 머지않은 시기에 자연스럽게 만나실 수 있으리라 생각합니다."

그렇게 얘기하니까 더 궁금해졌다.

태수가 한 번 더 슬쩍 찔러봤다.

"그 사람은 어느 정도의 영능력을 가지고 있나요?"

오인하가 웃으면서 말했다.

"음…… 그건 한마디로 딱히 얘기하기가 어렵네요. 저희가 그걸 알 수 있을 정도의 안목을 가지질 못해서요. 사실 장태수 씨나 강형진 신부님, 하현준 군의 영능력도 어느 정도의 수준인지 저희는 잘 모르거든요. 다만 확실한 건 그분도 태수님처럼 영을 볼 수 있고 영과 자유로운 대화도 가능한 걸로 알고 있어요. 물론 상당한 수준의 퇴마도 가능하고요."

"점점 더 궁금하게 만드시네요."

오인하가 곤란한 표정으로 말했다.

"그렇게 말씀하시니까 제가 일부러 숨기는 것 같은데 그건 아니고요. 사실은 저희가 그분한테 도와달라고 부탁을 드렸는데 수줍음이 많으셔서 세상에 나오는 게 부담스러우신가 봐요. 그리고 당장은 주변 정리도 필요해서 아직은 자신이 없다면서 좀 더 시간을 달라고 하시더라고요. 그분도 장태수 씨를 비롯한 영능력자 분들을 어서 만나고 싶어 했으니까 조만간 세상에 나오시지 않을까요?"

"알겠습니다."

태수도 더 이상은 묻지 않았다. 영능력을 가진 사람들은 저마다 말 못 할 개인적인 사정이 있는 경우가 많다는 걸 너무도 잘 알고 있다.

왜 아니겠는가.

평생 귀신을 보면서 살아온 사람들인데.

오인하가 말했다.

"중요한 건 그게 아니라 앞으로 영능력을 가진 네 분은 경찰의 특별 관리를 받게 된다는 점을 말씀드리려고요."

태수의 미간이 좁혀지자 오인하가 얼른 손을 내저었다.

"특별 관리라고 해서 무슨 민간인 사찰 같은 걸 말하는 게 아니라, 국내에 저명한 과학자나 각 분야의 뛰어난 인재들을 정부에서 관리하는 것과 같은 차원이라고 이해해 주시면 될 것 같아요. 현재 미국엔 모두 100여 명에 가까운 초능력 부대가 창설이 됐고 로마교황청의 경우엔 국제퇴마사협회라는 이름으로 250명에 이르는 구마사제를 양성하고 있어요. 세계적으로는 약 1천 명에 가까운 영능력자들이 있는 걸로 추정하고 있고요."

전 세계에 1천 명이라니 생각보다 숫자가 적었다.

"네, 그들의 수준이 어느 정도인지는 알 수가 없지만요. 가까운 일본에도 30명에 가까운 영능력자가 있다고 알려졌어요. 근데 우리는 장태수 씨를 포함해서 네 명의 영능력자가 전부예요. 물론 우리는 질적인 면에서 장태수 씨의 영능력이 세계 최고 수준이라고 파악하고 있습니다. 그러니 국가적으로 소중한 자산을 당연히 보호를 해야죠. 당장은 심령 사건이 사회를 위협하는 수준은 아니지만 미래는 모르는 일이니까요. 국가의 안보를 외국의 영능력자에게 맡길 수는 없잖아요."

그제야 무슨 얘기인지 알 것 같았다.

사실 태수도 이승에 영적인 에너지가 계속 증가하고 있다는 걸 매 순간 느끼며 항상 미래에 대한 걱정을 하고 있었으니까.

"그럼 절 보자고 한 이유는 그 얘기를 하려고?"

"그것도 있고, 더 중요한 얘기는 얼마 전 서울 중앙지검 김영모 부장검사를 살해한 박찬성의 영혼 때문이에요."

그렇잖아도 왜 그 사건에 대해 아무런 연락이 없는지 궁금해하던 참이다. 분명히 박찬성의 영혼이 자신에게 누명을 씌운 김혜진도 살해하겠다고 공언을 했었는데.

경찰에서 김혜진을 계속 숨기는 데도 한계가 있을 테고.

오인하가 가방에서 권총처럼 생긴 무기를 꺼내 들었다.

"이건 사이킥 테이저건이라고 부르는 총인데 전자 폭탄을 소형화시킨 전자총이라고 생각하시면 돼요. 저희는 간단히 테이저건이라고 부르지만. 전자 폭탄이 반경 300여 미터 이내의 전자 기기를 무력화시키는 데 반해 테이저건은 반경 최소 3미터에서 최대 30미터까지의 전자 기기를 무력화시킬 수 있는 임펄스파를 발생시키는 무기예요."

오인하가 기존의 경찰 테이저건에 권총을 합쳐 놓은 것 같은 사이킥 테이저건을 자세히 보여 주면서 설명했다.

"제가 시범을 한번 보여 드릴게요. 우선 여기 충전 버튼을 누르고……."

오인하가 충전 버튼을 누르자 초록불이 들어왔다.

"다음으로는 충전 버튼 아래에 있는 이 버튼을 눌러요."

버튼을 누르자 테이저건의 액정에 파란 숫자가 1부터 5까지 나타났다.

"여기 이 숫자들은 임펄스파의 세기를 조정하는 버튼이에요. 가장 강도가 낮은 1단계가 반경 3미터의 전자 기기를 무력화시키는 세기이고 5등급은 최대 30미터까지의 전자 기기를 무력화시켜요. 마지막 5등급을 사용하면 테이저건 충전이 거의 바닥을 보이기 때문에 한 번만 사용할 수가 있고."

오인하가 충전이 완료된 테이저건의 파워를 1단계로 조정한 후에 정면을 겨눠서 총을 발사했다.

슈욱.

일반인의 눈에는 아무것도 보이지 않았지만 태수는 사이킥 테이저건의 위력을 눈으로 직접 확인할 수가 있었다.

사이킥 테이저건을 쏘자 마치 태수가 주술을 사용할 때처럼 임펄스파가 날아가서 공기 중에 충격을 가했고 주변의 자기장이 흔들리는 모습이 보였던 것이다.

순간적으로 회의실에 있던 형광등이 악귀가 나타났을 때처럼 깜빡거리는 현상이 나타났고 노트북의 화면도 꺼졌다가 다시 들어왔다.

아마 이쪽을 향해 테이저건을 쐈으면 형광등은 물론이고 노트북도 전원이 완전히 꺼졌을 것이다.

사이킥 테이저건의 위력을 직접 눈앞에서 보니 영혼을 전자총으로 잡는다는 말이 비로소 실감이 났다. 만약 3미터 전방에 영혼이 있었다면 한순간에 소멸이 됐을 것이다.

물론 귀기가 강한 악귀들을 상대할 때는 분명히 한계가 있겠지만.

오인하가 다시 차분하게 말을 이어 나갔다.

"이제 본론을 말씀드릴게요. 살해당한 김영모 검사의 딸인 김혜진 씨를 저희 EMP 수사대가 보호를 하고 있는데, 며칠 전부터 고스트 스크린에 특정한 전자기적 파동인 고스트 펄스가 나타나기 시작했어요. 그것도 파동이 아주 강한 놈이었어요. 저희는 그 고스트가 박찬성이라고 생각하고 있어요."

태수는 아직도 EMP 수사대의 장비나 여러 가지 것들에 궁금증이 많았다.

"파동이 강하다는 건 영혼의 힘이 강하다는 의미인가요?"

"네, 맞아요. 파동이 강한 고스트일수록 물리력을 사용할 수도 있고……."

설명을 하던 오인하가 갑자기 멋쩍은 표정으로 말했다.

"아참, 제가 진짜 전문가 앞에서 설교를 하고 있었네요. 파동이 강하다는 건 태수 씨가 항상 말하는 귀기가 많다는 말과 같다고 보시면 돼요. 당시 나타났던 고스트는 최소 3등급 이상의 고스트 펄스를 가지고 있었어요."

"3등급요? 영혼을 등급으로도 분류하나요?"

"네. 미국에서 분류한 등급 기준인데 지금은 국제 표준으로 사용하고 있어요. 파동이 강할수록 위력이 강하고 등급도 높아지거든요. 3등급은 테이저건이 아닌 EMP탄이나 테이저건 세 대 이상을 동시에 발사해야만 잡을 수 있는 고스트로 분류가 돼요. 3등급은 순간 이동 한 번에 50미터를 뛰어넘을 수가 있는데, 당시 저희 대원 두 사람이 테이저건의 강도를 최고치로 올려서 발사했는데 순식간에 사라졌다고 했어요. 그러니까 테이저건 한 대의 최대 강도 30미터에 거리를 계산

해서 두 대가 동시에 발사했으니까, 최대 반경 60미터를 뛰어넘어 순간이동으로 빠져나간 거잖아요. 그러니까 최소 3등급 이상의 고스트로 분류하는 거예요."

태수가 고개를 끄덕이고는 순수한 호기심 차원에서 물었다.

"그럼 지금까지 가장 파동이 강했던 영혼은 몇 등급이었나요?"

"지금까지 미국에 출연한 고스트 중에 가장 강했던 놈이 6등급이라고 하더라고요."

3등급이 박찬성 정도의 귀기를 가진 악귀라면 6등급이면 백귀 정도의 위력을 가진 악귀를 말하는 건가. 아니, 그 이상일 수도 있을 것 같았다.

이들의 등급 분류 기준이라면 세기를 최대치로 한 테이저 건 여섯 대를 동시에 발사해도 잡지 못한 악귀니까 최소 180미터 이상을 순간 이동 했다는 소리다.

오인하가 하던 얘기를 계속했다.

"그래서 본론부터 말씀드리면 장태수 씨가 박찬성의 영혼을 제거하도록 좀 도와주셨으면 합니다. 솔직히 저희들 능력으로는 박찬성의 영혼을 잡을 자신이 없어요. 저희는 3등급 이상의 고스트를 잡아 본 경험이 없거든요. 그렇다고 EMP탄을 쏠 수도 없는 노릇이고. 엄청난 가격도 문제지만, 그랬다간 인근의 전기가 모두 아웃될 거예요."

태수가 물었다.

"그럼 방송을 재개해서 잡자는 건가요?"

오인하가 고개를 저었다.

"아뇨, 이번 박찬성 영혼 제거 작전은 비밀리에 진행하는 고스트 검거 작전이에요. 이미 서울 지검 부장검사가 살해당한 상황에서 방송으로 진행하기엔 너무 부담이 커서."

태수가 팔짱을 끼고 고민하는데 옆에서 대기하던 박도훈이 리시버로 무전을 받더니 다급하게 말했다.

"팀장님, 안가에 고스트 펄스가 다시 발생했답니다."

오인하의 표정이 창백해졌다.

"현재 안가에 대원이 몇 명이나 배치되어 있지?"

"모두 네 명인데, 대원 한 명의 테이저건은 고스트를 상대하다가 아웃됐답니다."

테이저건이 아웃됐다는 얘기는 충전이 바닥났다는 소리였다. 충전이 바닥난 테이저건은 단순한 고철덩어리에 지나지 않았다.

오인하가 돌아보자마자 태수가 이미 자리에서 일어나고 있었다.

"서둘러 가시죠."

태수가 오인하와 함께 경찰의 비밀 안가로 향하는 동안에도 수사대의 다급한 무전은 계속해서 이어졌다.

─팀장님, 방금 테이저건 한 대가 또 아웃됐습니다. 이제 남은 테이저건은 두 대밖에 없습니다.

차량을 운전하던 박도훈 경위가 경광등을 꺼내 차량 지붕에 붙이더니 비상 사이렌을 올리며 도로를 질주하기 시작했다.

오인하가 무전기를 들고 소리쳤다.

"본청에 지원 요청해, 어서!"

─이미 했는데 가용할 테이저건이 없답니다.

"그게 무슨 소리야? 우리 수사대에 배정된 테이저건이 모두 여덟 대잖아. 거기 네 대 있고 나하고 박 경사한테 한 대씩 있으면 본청에 최소 두 대는 있어야…….."

─어제 한 대가 고장 나서 수리 들어갔고 나머지 한 대는 오늘 저녁에 외교부 공관에 중요한 행사가 있어서 지원 나갔답니다.

오인하가 머리를 감싸 안았다.

국내에 들여온 테이저건은 모두 50대인데 대통령을 비롯한 삼부 주요 요인 경호와 공공시절 경비에 대부분의 테이저건이 배정되고 EMP 수사대에 배정된 테이저건는 여덟 대에 불과했다.

만약 안가에 충전된 테이저건이 없다면 김혜진 주위에 아무리 많은 경찰이 있어도 전혀 도움이 되지 않는다.

태수가 미간을 좁히며 말했다.

"아주 영악한 놈이네요. 계속 순간 이동을 하면서 테이저건의 충전이 바닥나도록 일부러 유도를 한 것 같아요. 게다가 그런 식으로 순간 이동을 할 수 있다는 건 귀기가 상당하다는 소린데. 여기서 안가까지 얼마나 남았나요?"

박도훈이 말했다.

"대략 4분 정도면 도착할 것 같습니다."

"4분이면 상황이 종료될 수도 있는 시간이네요. 제가 그쪽 대원하고 통화를 좀 할 수가 있을까요?"

오인하가 무전기로 상대편 대원한테 이쪽 상황 설명을 한 후 태수에게 무전기를 넘겨줬다.

"안녕하세요, 장태수라고 합니다."

—네, 장태수 씨. 목소리 들으니까 너무너무 반갑습니다.

목소리만으로도 상대가 지금 얼마나 당황하고 있는지 고스란히 느껴졌다.

"지금부터 제 얘기를 잘 들으세요. 악귀들은 단번에 사람을 죽이는 경우는 드물어요. 물론 물리력으로 무기를 날리는 경우는 당연히 조심해야겠지만. 따라서 악귀가 당신을 공격하든 김혜진을 공격하든 물리력을 이용한 직접적인 공격만 아니라면 단번에 치명적인 상처를 입지는 않는다는 얘깁니다."

—악귀라면 고스트를 말씀하시는 거죠?

옆에서 오인하가 얼른 설명을 했다.

"저희는 모든 영혼을 고스트로 표현합니다. 태수 씨가 말하는 악귀라는 존재도 고스트인데 등급이 높을 뿐이죠."

태수가 무전기에 대고 말했다.

"네, 맞아요. 고스트. 하지만 전 악귀라고 말할게요. 그러니까 악귀한테 미리 테이저건을 쏘지 말고 악귀가 공격할 때까지 기다리세요. 기다렸다가 공격을 받은 이후에 테이저건을 사용하세요. 다시 말하지만 악귀에게 공격을 받으면 어느정도 충격은 있겠지만 치명적이진 않을 거예요. 그러니까 고통을 견디면서 적당한 순간에 테이저건을 쏘는 겁니다. 현재로선 그 방법밖에 없어요. 알았죠?"

ㅡ네, 알겠습니다.

태수가 무전기를 끊자 오인하가 새삼스러운 눈으로 태수를 돌아봤다.

"정말 저희는 전혀 몰랐던 부분이네요. 앞으로 대원들 교육할 때 반드시 그 부분도 교육을 시켜야겠어요."

"일정 수준 위험이 따르는 방법이니까 지금처럼 피치 못할 상황에서만 사용해야죠."

옆에 있던 박도훈은 이미 태수가 한 애기를 휴대폰에 메모하는 중이었다.

서울 변두리 주택가에 숨겨진 경찰의 비밀 안전 가옥.

EMP 수사대원 네 명과 김혜진은 벌써 일주일째 안가 2층에서 꼼짝도 하지 않은 채 은신하고 있었다.

언제 박찬성의 원혼이 요원들에게 달라붙어서 안가의 정보를 알아낼지 알 수가 없기 때문에 그들은 수시로 고스트 스크린을 이용해 주위를 살폈고 무전기 외에는 휴대전화도 사용하지 않았다.

그럼에도 불구하고 박찬성의 원혼은 안가의 위치를 알아냈다.

김혜진은 아버지가 살해당한 데다 박찬성의 원혼으로부터 살해 위협을 받아 그렇잖아도 불안한 상태였는데 이제 안가까지 원혼이 나타나자 그야말로 패닉 상태에 빠져들었다.

김혜진은 유일한 여성 대원인 윤지숙 경장 옆에 찰싹 달라붙어서 사시나무처럼 몸을 떨며 계속해서 흐느꼈다.

하지만 윤지숙도 고스트 스크린으로 방 안에 박찬성의 원혼이 침입하는지 살피는 것 외에는 할 수 있는 일이 아무것도 없었다. 그녀의 테이저건이 모두 방전됐기 때문이다.

윤지숙은 온갖 무술의 유단자였지만 고스트 앞에서 그런 물리력은 아무런 소용이 없었다.

방금 전 태수와 무전기로 통화했던 EMP 수사대 한민석 경장은 지금 안가에서 충전된 테이저건을 가지고 있는 유일한 대원이었다.

그 역시 김혜진의 옆에서 윤지숙의 고스트 스크린을 함께 보면서 몸을 도사리고 있었다.

한민석 역시 직전까지만 해도 공포로 인해 테이저건을 들

고 있는 손이 부들부들 떨릴 지경이었는데, 태수와 통화를
하고 난 이후 그나마 마음이 진정이 됐다.

하지만 한민석이 가지고 있는 테이저건도 이미 사용을 많
이 해서 2단계 이상의 세기는 쏠 수가 없는 충전 상태였다.

나머지 두 명의 대원인 고정수, 조의식 경장은 방의 바깥
복도에서 고스트 스크린으로 안가에 접근하는 박찬성의 펄
스를 탐지하고 있었다.

고스트 스크린은 시야각이 대략 120도에 가까워서 거의
모든 방향을 탐지할 수가 있다.

고정수와 조의식 두 사람은 거의 한마음처럼 마음속으로
똑같은 주문을 반복하며 되뇌고 있었다.

'나타나지 마라, 나타나지 마라, 제발 나타나지 마라.'

하지만 그런 그들의 간절한 기도를 비웃기라도 하듯 스크
린에 고스트가 나타났다는 알람이 울렸다.

띠링.

고스트 스크린에 고스트가 나타났다는 알람이 뜨는 순간
고정수와 조의식은 눈을 질끈 감았다가 떴다. 스크린을 보니
일명 고스트 펄스라고 부르는 독특한 유형의 전기적인 파장
이 출렁이고 있었다.

파장의 세기는 3등급.

의심할 여지가 없는 박찬성의 원혼이었다.

스크린에 표시된 원혼과의 거리는 대략 30여 미터.

하지만 거리가 주는 안도감은 없었다. 박찬성의 원혼이 마음만 먹는다면 한순간에 순간 이동이 가능한 거리니까.

상대는 복수에 눈이 멀어 무슨 짓을 할지 모르는 원혼이고 이쪽은 원혼을 상대로 싸울 수 있는 무기가 전무하다. 무기가 없는 둘은 경계와 탐지 외에는 할 수 있는 일이 없다.

조의식이 선배인 고정수에게 떨리는 소리로 말했다.

"이제 안으로 들어가죠. 무기도 없이 여기 있으면 위험해요."

고정수가 고개를 끄덕였고 둘이 자리에서 일어나 한민석이 있는 방을 향해 뒷걸음질을 치는 순간이었다.

고정수가 고스트 스크린을 보며 중얼거렸다.

"펄스가 없어졌어."

고정수와 조의식이 서로의 얼굴을 마주 보고 돌아서는 순간 스크린에 다시 펄스가 나타났다.

띠링.

스크린에 나타난 펄스와의 거리는 0.2미터.

순간 두 사람의 입에서 침음이 흘러나왔다. 둘은 그 자리에 얼어붙은 사람처럼 숨소리조차 낼 수가 없었다.

눈에 보이지 않지만 스크린에 나타난 거리상 지금 박찬성의 이글거리는 눈빛이 바로 코앞에서 자신들을 노려보고 있다는 얘기였다. 실제로 얼굴 안면에 냉장고 문을 열었을 때처럼 서늘한 한기가 지속적으로 와 닿았다.

조의식의 입에서 가는 신음이 흘러나왔다.

"으으으."

박찬성의 원혼이 얼굴이 닿을 것 같은 거리에서 두 사람을 번갈아 노려보면서 물었다.

ㅡ왜 그래? 이제…… 총이 없어? 하아…… 방전이 됐구나.

강력한 귀기 덕분에 박찬성의 목소리가 또렷하게 두 사람에게 전달이 됐다. 원혼의 목소리가 귓전에서 울리자 고정수와 조의식이 사시나무처럼 몸을 떨었다.

박찬성이 낄낄거리더니 말했다.

ㅡ에이…… 그럼 재미가 없는데. 너무 일방적이잖아.

박찬성이 갑자기 양손으로 각각 둘의 멱살을 잡아 올렸다. 고정수와 조의식의 발끝이 바닥에서 살짝 떨어지는 순간 박찬성이 달리기 시작했다.

"으아아악!"

두 사람이 비명을 질렀고 박찬성이 두 사람을 맞은편 벽에 던졌다.

쿠쿵!

둔탁한 소리와 함께 벽에 부딪친 두 사람이 바닥에 쓰러져서 나뒹굴었다.

박찬성이 길고 붉은 혓바닥을 밖으로 꺼내서 입술을 핥으며 중얼거렸다.

-아쉽네. 만약 대로였으면 가속을 붙여서 지난번 그 검사 놈처럼 육신을 부숴 죽일 수 있었을 텐데.

박찬성의 원혼이 온몸에서 끓어오르는 살기의 기운을 주체하지 못하고 부르르 몸을 떨다가 이내 진짜 맛있는 먹잇감이 안에서 기다리고 있다는 생각을 떠올리곤 입꼬리를 올렸다.

-그렇지. 이게 끝이 아니지.

박찬성이 고통스럽게 바닥을 기어 다니는 고정수와 조의식을 내려다보며 중얼거렸다.

-내가 원한을 품고 목을 매달 때 무슨 생각을 했는지 알아? 원혼이 돼서 내게 누명을 씌운 인간들은 물론이고 그것들을 돕는 인간들까지 모두 죽여 버려야겠다고 생각했어. 그래서 인간들이 내 이름만 들어도 벌벌 떨도록 만들겠다고 다짐을 했지. 겪어 보니까 이 세상도 나름대로 재미가 있네. 뭔가 일을 저지를 때마다 점점 힘이 더 세지는 것 같거든.

박찬성이 염력으로 옆에 있던 야구방망이를 들어 올리더니 쓰러진 조의식을 향해 힘껏 던졌다.

"으악!"

야구방망이가 배에 꽂히면서 조의식이 외마디 비명을 질렀다.

고정수가 고통으로 몸부림치는 조의식을 향해 팔을 뻗으며 탄식처럼 말했다.

"의식아……."

박찬성이 그런 고정수를 비웃으며 말했다.

─너희들은 조금 있다가 마저 숨통을 끊어 줄게. 지금은 그 쓰레기 같은 년을 어서 손보고 싶어서 견딜 수가 없으니까.

박찬성이 천천히 돌아서서 김혜진이 숨어 있는 방으로 다가갔다.

방 안에 있던 김혜진은 밖에서 들려오는 쿵쿵 소리와 비명 소리에 경기라도 들린 사람처럼 몸을 떨었다. 윤지숙이 한민석을 돌아보며 말했다.

"어떡해? 조의식하고 고정수가 당한 것 같아."

한민석이 테이저건 총구를 방문 입구로 향한 채 말했다.

"윤 경장님, 지금은 다른 거 신경 쓰지 말고 스크린만 봐요. 우리 할 일은 여기 있는 김혜진 씨를 보호하는 거예요."

윤지숙이 고스트 스크린을 지켜보는데 역시나 알람이 울렸다.

띠링.

윤지숙이 중얼거렸다.

"고스트가 나타났어."

"몇 미터예요?"

"2미터."

"뭐요, 2미터?"

한민석이 놀라서 방문을 돌아봤다. 그들이 있는 곳에서 방문까지의 거리가 약 3미터.

윤지숙이 떨리는 목소리로 말했다.

"놈이 이미 방 안에 들어와 있는 것 같아. 스크린에 나타난 위치로 봐서는 방문 앞에 서 있는 것 같아. 조준했어?"

김혜진이 흐느끼기 시작하자 윤지숙이 손을 꽉 쥐며 으르렁거렸다.

"살고 싶으면 조용히!"

윤지숙이 방문을 향해 테이저건을 조준하고 있는 한민석에게 말했다.

"1.5미터까지 다가왔어. 됐어, 지금이야, 쏴!"

지금까지는 너무 먼 거리에서 테이저건을 쏴서 전력만 낭비했지만 1.5미터라면 바로 코앞이 아닌가.

한민석은 테이저건의 세기를 1단계로 맞춰 놨다. 충전양이 얼마 남지 않아서 1단계로 두 번만 사용할 수가 있다.

하지만 한민석은 아직 테이저건을 발사할 생각이 없었다.

"한민석, 뭐 하는 거야? 어서 쏘라고!"

한민석도 마음은 당장이라도 쏘고 싶었다. 원혼이 눈에 보이지 않기 때문에 공포심이 극에 달했던 것이다.

하지만 태수의 말처럼 공격을 받을 때까지 버티지 않으면 얼마 전에 다른 동료들이 했던 실수를 자신도 반복할 것 같았다.

물론 일부러 공격을 받을 때까지 기다린다는 건 쉽지가 않았다. 공격의 형태가 어떤 것인지도 모르는데다 조금 전 밖에 있던 동료들도 모두 당하질 않았는가.

마음속의 공포심이 방아쇠를 당기라고 계속 속삭이고 있었고 옆에서 윤지숙도 재촉을 하고 있었다.

"쏘라고, 어서!"

문득 지금 박찬성의 영혼은 자신이 테이저건을 쏘기를 기다리고 있다는 생각이 들었다. 총을 겨누고 있는데도 피할 생각을 하지 않고 있으니까.

그 말은 곧 지금 거리에서도 얼마든지 피할 자신이 있다는 소리가 아닌가.

윤지숙이 비명처럼 말했다.

"1미터!"

테이저건을 들고 있는 한민석의 손이 저도 모르게 부들부들 떨렸다. 1미터라면 총구의 바로 앞에 박찬성의 원혼이 서 있다는 말이 된다. 놈은 그 정도로 자신감이 있다는 얘기였다.

바로 총구 앞에서도 언제든 피할 수 있다는 자신감이.

장태수의 말이 맞았다.

한민석은 쏘기를 포기한 사람처럼 앞을 겨누고 있던 테이저건을 힘없이 아래로 내렸다.

윤지숙이 소리쳤다.

"지금 뭐 하는 거야? 한민석, 총 들어! 어서! 지금 쏘지 않으면⋯⋯?"

다음 순간 한민석의 입에서 침음이 흘러나왔다. 서늘한 한기가 한민석의 목을 움켜잡으면서 숨이 콱 막혔던 것이다.

구석에 서 있던 한민석의 몸이 천천히 위쪽으로 치켜 올라가며 발끝이 바닥에서 버둥거렸다.

"으으으으."

한민석이 팔을 들어 허공을 휘저었지만 아무것도 잡히는 게 없었다. 허공에서 박찬성의 목소리가 들려왔다.

—겁이 나서 못 쏜 거야? 방전이 된 거야? 어느 쪽이든 결과는 마찬가지겠지만, 킬킬킬.

윤지숙이 다급하게 소리쳤다.

"뭐 하는 거야? 한민석! 야!"

보다 못한 윤지숙이 달려와서 한민석의 손에 들린 테이저건을 빼앗으려는 순간 박찬성이 팔을 휘저었다.

"악!"

윤지숙이 비명과 함께 몸이 허공을 날아가서 구석에 처박혔다.

쿵.

박찬성이 구석에 웅크린 채 머리를 감싸고 흐느끼는 김혜진을 돌아보고 말했다.

—혜진아⋯⋯ 내 목소리 들려?

김혜진이 흐느끼며 말했다.

"내가 잘못했어. 제발 용서해 줘. 으흐흐흑."

ㅡ네가 그렇게 울부짖으니까 난 너무 기분이 좋다. 조금만 기다려. 곧 너한테 갈 테니까.

김혜진이 비명을 지르며 울부짖었다.

마침내 한민석의 발끝이 바닥에서 살짝 떨어졌고 동공이 튀어나올 것처럼 부풀어 올랐다. 더 이상 견딜 수가 없을 정도가 됐을 때 한민석이 테이저건을 천천히 들어 올려서 바로 앞 허공을 향해 발사했다.

박찬성은 한민석이 뒤늦게 테이저건을 발사하리라고는 전혀 예상치 못하고 있었다.

슈욱!

화르륵!

임펄스파가 공기를 흔들었고 눈앞에서 괴성이 들려왔다.

ㅡ키익!

한민석의 목을 감싸고 들어 올리던 차가운 냉기가 순식간에 사라졌다. 방 안 전등과 노트북 전원이 깜빡거리다가 꺼졌고 한민석이 바닥으로 쓰러지며 뒹굴었다.

방 안이 순간 암흑으로 변했고 김지혜가 그 어둠 속에서 미친 듯이 비명을 내질렀다.

칠흑 같은 어둠 속에서 쓰러져 있던 윤지숙이 몸을 일으키며 김지혜의 어깨를 움켜쥐고 소리쳤다.

"조용히 해! 죽기 싫으면 조용하라고!"

윤지숙의 기세에 김지혜의 울음이 잦아들었다.

윤지숙이 어둠을 더듬으며 떨리는 음성으로 물었다.

"미, 민석아…… 한민석 경장…… 너 괜찮은 거야? 제발
대답 좀……."

그때 어둠 속에서 한민석의 목소리가 들려왔다.

"전 괜찮아요."

의외로 멀쩡한 한민석의 목소리가 들려오자 윤지숙이 비
로소 안도하며 소리쳤다.

"대체 어떻게 된 거야? 왜 바로 쏘지 않았냐고?"

조금 전 한민석이 태수와 무전기로 통화할 때 리시버를 꽂
고 있었기 때문에 윤지숙은 대화 내용을 전혀 듣지 못했다.
통화가 끝난 후에도 한민석은 윤지숙에게 관련 내용을 일부
러 알려 주지 않았다.

낮말은 새가 듣고 밤말은 쥐가 듣는다는 말처럼 박찬성의
원혼이 언제, 어디서 그들의 얘기를 들을지 알 수가 없었고,
또 윤지숙이 알게 되면 아무래도 박찬성이 총을 발사하지 않
는 걸 박찬성이 수상하게 생각할 수도 있었기 때문이다.

평소에도 한민석은 대원들 중에서 가장 침착해 오인하 팀
장의 칭찬을 독차지하곤 했다. 아직까지 테이저건의 충전양
이 남아 있었던 것도 그런 한민석의 신중함 덕분이었다.

한민석의 설명을 듣고 난 윤지숙이 뒤늦게 헛웃음을 지으

며 말했다.

"하여간 넌 인마, 뱃속에 능구렁이가 열 마리는 들어앉은 놈 같다고."

"죄송해요, 미리 말씀드리지 않아서."

둘은 같은 경정 계급이지만 윤지숙이 한민석보다 기수도 빨랐고 나이도 세 살이나 많았다.

"그럼 이제 고스트는 소멸된 걸까?"

"아직 잘 모르겠어요. 근데 분명히 타격은 입었을 거예요. 놈이 피할 여유가 없었을 테니까. 스크린 작동되는지 켜 보세요. 다른 전자 기기는 오류가 나도 스크린은 다시 재부팅되잖아요."

"조금 전에 전원을 켰는데 지금 부팅이 되고 있는 것 같아."

잠시 후 고스트 스크린의 모니터 불빛이 파랗게 방 안을 밝혔다.

윤지숙이 스크린을 들고 이리저리 방향을 바꾸며 고스트를 탐지했다.

한민석과 김혜진도 숨을 죽인 채 결과를 기다렸다.

스크린에서 알람이 울렸다.

띠링.

다들 흑 하고 숨을 삼켰다.

윤지숙이 스크린을 지켜보며 중얼거렸다.

"펄스가 떴어. 거리는 15미터 정도. 위치상으로 봐서 1층인 것 같아."

한민석도 스크린을 들여다보며 말했다.

"이전보다 펄스의 파동이 많이 약화됐네요."

"그러네. 아무래도 조금 전 테이저건의 공격에 꽤나 충격을 받은 모양이야. 지금 거의 움직임이 없잖아. 너 지금 충전양 얼마나 남아 있어?"

윤지숙의 물음에 한민석이 대답했다.

"음…… 1단계로 한 번 정도 쏠 수 있는 양이요."

"그럼 지금 당장 내려가 보자. 어쩌면 박찬성의 고스트를 완전히 소멸시킬 수 있는 절호의 기회인지도 몰라. 밖에 있는 의식이하고 정수도 살펴보고. 지금쯤 장태수도 도착하지 않았을까?"

"제가 무전을 쳐 볼게요."

무전기를 꺼내던 한민석이 뒤늦게 중얼거렸다.

"아참, 무전기 나갔지. 일단 나가요."

고스트 스크린의 불빛에 의지해서 밖으로 나온 세 사람은 복도에 쓰러져 있는 고정수와 조의식을 발견했다. 고정수는 부상이 비교적 경미한 편이지만 조의식은 상당히 심각해 보였다.

휴대폰도 다들 작동이 되지 않는 상황.

윤지숙이 김혜진을 돌아보고는 말했다.

"여기 두 사람 좀 돌봐 줘요."

김혜진이 고개를 끄덕였고 윤지숙이 한민석을 돌아보며 눈짓을 했다.

윤지숙이 고스트 스크린을 앞세운 채 1층 거실을 비췄고 한민석은 테이저건을 겨냥했다.

−끄으으으.

박찬성은 1층 거실 구석에 웅크린 채 영체의 어깨에 커다란 구멍이 생긴 걸 보며 이를 갈았다. 구멍에서 소중한 귀기가 빠져나가는 모습이 보였다.

생각할수록 분통이 터졌다.

겁에 질렸거나 테이저건이 방전됐다고 생각했는데 뒤늦게 총을 쏠 줄은 전혀 예상을 못 했던 것이다.

−죽여 버리겠어.

박찬성이 정신을 집중시켜서 영체의 중심으로 귀기를 다시 빨아들였다. 진공청소기가 공기를 빨아들이는 것처럼 공기 중으로 흩어졌던 귀기가 다시 박찬성의 영체로 빨려 들어갔다.

자칫하면 치명적인 부상을 입을 뻔했지만 워낙 귀기가 많이 쌓여서 반사 신경도 상상을 초월했다.

배에 강력한 임펄스파의 파동이 느껴지는 순간 순간 이동을 했고 그 과정에서 어깨가 날아갔다. 사실 그 정도의 피해만 입은 것도 기적에 가까웠다.

박찬성이 빠르게 귀기를 모으며 체력을 회복했을 때쯤 2층 복도에서 소리가 들려왔다. 위를 올려다보니 윤지숙과 한민석이 아래를 내려다보는 모습이 보였다.

박찬성의 입꼬리가 올라갔다.

불과 1, 2분 사이에 체력의 80퍼센트를 회복했기에 둘의 목숨을 빼앗은 건 일도 아니었다.

박찬성이 아래쪽으로 고스트 스크린을 비추면서 테이저건을 겨냥하는 두 사람을 보며 귀기를 모았다.

스크린을 보던 윤지숙이 두려운 듯 중얼거렸다.

"펄스가 증가하고 있어."

놀라웠다. 분명히 테이저건의 임펄스파를 맞았을 텐데 어떻게 이런 에너지가 아직도 남아 있을 수가 있는지.

한민석은 새삼 두려움을 느꼈다. 아직도 자신들에게 원혼에 대한 지식과 정보가 터무니없이 부족하다는 생각이 들었다.

윤지숙이 소리쳤다.

"움직였어!"

한민석도 고스트 펄스의 세기가 확 증가하면서 박찬성의 위치가 순식간에 변하는 모습을 지켜봤다. 불과 눈 깜짝할 시간에 1층에 있던 박찬성이 2층으로 뛰어 올랐고 15미터 정도 떨어졌던 거리가 순식간에 2미터로 줄어들었다.

한민석은 스크린에 나타나는 박찬성의 위치를 향해 황급히 테이저건을 조준했다. 가슴 밑바닥으로는 서늘한 한기가 지나갔고 손이 덜덜 떨렸다.

이제 테이저건에 남아 있는 충전양은 임펄스파를 1단계의 세기로 한 번만 쏠 수 있을 양이다. 대원 넷이서 공격을 해도 잡지 못한 박찬성의 원혼이다.

눈이 따라가기도 힘든 속도로 움직이는 박찬성을 어떻게 1단계 테이저건으로 잡을 수가 있단 말인가.

그렇다고 조금 전처럼 박찬성을 속이는 작전을 다시 사용할 수도 없다.

박찬성은 마치 자신을 잡아 보라는 듯 혹은 놀리기라도 하는 것처럼 계속 순간 이동을 하며 낄낄거렸다.

—날 속였단 말이지? 감히 날? 기대하고 있어, 내가 어떤 응징을 해 줄지.

나머지 대원들도 박찬성의 저런 작전에 휘말려서 테이저건을 마구 발사하다가 총이 방전됐다.

한민석은 어떻게든 태수가 도착할 때까지 시간을 끌 생각이었지만 뜻대로 되지 않았다. 바로 눈앞에 있다고 생각한 박찬성이 어느새 옆으로 와서 한민석의 귀에 소름 끼치는 목소리로 속삭였던 것이다.

—쇼 타임!

쇼 타임이라는 말은 박찬성이 생전에 BJ를 할 때 자주 쓰던 말이었다.

박찬성이 한민석을 잡아서 아래로 확 던졌다.

"으악!"

"민석아!"

윤지숙의 외침과 함께 한민석의 몸이 2층에서 1층으로 떨어졌다. 다행히 소파 위로 떨어진 덕분에 치명적인 부상은 면할 수가 있었다.

그 같은 사실을 모르는 박찬성이 이번에는 윤지숙을 돌아보고 히죽거렸다.

─이제 그만 짹짹거려, 짜증 나니까. 두 번째 쇼 타임!

박찬성이 윤지숙을 공격하기 직전 한민석이 1층에서 마지막 남은 전력으로 테이저건을 발사했다.

슈욱.

화르륵.

공기가 흔들리며 임펄스파가 밀려오는 걸 본 박찬성이 뒤늦게 괴성을 지르며 영체를 솟구쳤다. 공격 타이밍은 절묘했지만 테이저건의 세기가 문제였다.

공격 반경이 3미터에 불과한 1단계 세기로는 순간 이동이 뛰어난 박찬성 같은 원혼을 절대로 잡을 수가 없다.

박찬성이 입꼬리를 올리고는 중얼거렸다.

─하아, 질긴 놈이네. 이번엔 단번에 숨통을 끊어 주지.

박찬성이 분노를 일으켜서 귀기를 응집시켰다.

반찬성의 영체에서 살기를 품은 귀기가 활활 뿜어져 나왔다. 영체가 점점 흐릿해지며 형태가 뒤틀리더니 급기야 영체가 한 줄기 빛처럼 압축이 됐다.

혼의 열혈이라는 현상이다.

분노를 에너지로 하는 영혼이 귀기를 압축시켜서 영체의 형태를 변화시켜 자기 스스로 무기가 되어 상대를 공격하는 술수다.

혼의 열혈이 발동되면 평소 가지고 있던 귀기의 몇 배에 해당하는 에너지를 한 번에 폭발시킬 수가 있는 반면, 많은 귀기가 순식간에 소모된다는 단점이 있다.

박찬성이 한민석의 숨통을 끊으려고 영체를 날리는 순간 눈앞으로 황금빛 항마의 기운이 파도처럼 밀려들어 왔다.

-하악!

조금만 늦게 발견하고 저 기운의 안으로 들어갔다면 영체가 순식간에 녹아내렸을 정도로 무시무시한 기운이었다.

박찬성이 급하게 방향을 틀어 천장으로 영체를 솟구쳤다. 기운에 살짝 닿았을 뿐인데 영체를 에워싸고 있는 보호막이 벗겨졌을 정도로 강한 위력이었다. 지금까지 원혼이 된 후로 한 번도 겁나는 일이 없었는데 이번엔 정말로 소름이 끼쳤고 아직도 심장이 두근거렸다.

-뭐지? 도대체 누가 저런 기운을 뿜어서…….

박찬성의 표정이 기묘하게 일그러졌다.

항마의 기운 안에서 흐릿하게 무시무시한 형상이 떠올랐던 것이다. 오른 손에는 항마의 검을 왼손에는 견삭을 움켜쥐고 있는 형상은 다름 아닌 부동명왕의 형상이었다.

이제 알 것 같았다. 방금 밀려온 기운의 정체를!

황금빛 기운은 다름 아닌 부동명왕의 항마의 불길이었다.

─누가 술수를 부렸는지 알겠네.

생각해 볼 것도 없었다. 부동명왕의 항마의 불길을 소환할 수 있는 사람은 대한민국에 한 명밖에 없으니까.

─장태수가 왔구나.

그렇다고 놀랍다거나 당황스럽진 않았다. 언젠가는 장태수와 마주칠 수 있다는 생각을 하고 있었으니까.

단지 생각보다 그날이 일찍 찾아왔을 뿐.

박찬성은 생전에 〈영혼을 찾아서〉의 열렬한 애청자였다.

그렇다고 태수를 좋아한 건 아니었다. 아니, 오히려 증오했다는 게 더 맞는 말이다.

서프리카 TV에서 BJ를 할 때부터 박찬성의 방송은 중2병스러운 자극적이고 엽기적인 소재들을 주로 다뤘다. 애청자들은 욕을 하면서도 재미있다고 그의 방송에 접속을 했고 BJ에게 후원을 하는 눈풍선도 아낌없이 쏴 줬다.

박찬성은 그럴수록 더욱 엽기적이고 잔혹한 소재를 방송에 사용했다.

방송이 끝난 밤에는 클럽에 가서 마약을 하고 여자를 꼬셔서 하룻밤을 즐기는 게 박찬성의 낙이고 일상이었다. 그래서 김혜진과도 클럽에서 만나 함께 마약을 했던 것이고.

한마디로 박찬성은 퇴폐적이고 저질스러운 삶을 살았던 인간이다.

그래서 박찬성은 괜히 영웅인 척, 도덕적인 척하는 인간을 세상에서 제일 싫어했다.

자신은 한 가지 재능도 가지지 못했는데, 태수는 모든 걸 가진 최고의 스타였고 심지어는 퇴마까지 하며 마치 자신이 사람들의 수호천사라도 되는 것처럼 추앙을 받았다.

살아생전에도 사람들이 태수를 보고 환호하며 좋아하는 모습을 보면 질투와 분노가 들끓었는데 죽고 나서는 더 심해졌다.

안가의 현관문이 열리더니 텔레비전에서만 보던 진짜 장태수가 오인하, 박도훈과 함께 집 안으로 들어서고 있었다.

태수를 내려다보는 박찬성의 눈길이 이글거렸고 더불어 입꼬리도 위로 치켜 올라갔다.

—장태수…….

분노와 동시에 짜릿한 희열이 끓어올랐다. 천하의 장태수가 자신을 잡으려고 직접 출동했다는 사실에 오히려 기분이 좋았다.

물론 박찬성은 지금 장태수와 맞닥트릴 생각이 추호도 없었다. 비록 다혈질의 욱하는 성격이지만 그는 결코 무모하진

퇴마하는 톱스타

않았다.

천성이 교활한 박찬성은 지금은 자존심이 상해도 물러나야 할 때라는 걸 본능으로 알아차렸다. 조금 전 밀려온 항마의 불길만 봐도 둘의 격차가 얼마나 큰지 느낄 수가 있었으니까.

박찬성은 태수한테 들키기 전에 이곳을 빠져나가기 위해 영체를 솟구쳤다.

벽을 통과해 어둠 속으로 사라지려던 박찬성이 비명을 질렀다.

─으악, 뜨거!

박찬성은 자신의 영체 보호막이 또다시 벗겨졌다는 걸 알았다.

그제야 눈을 가늘게 뜨고 주변을 살피던 박찬성의 입에서 절망의 신음이 흘러나왔다. 온 집 안을 감싸고 있는 황금빛 항마의 기운이 그제야 눈에 들어왔던 것이다.

뭔지는 모르지만 장태수가 이 집 주변을 에워싸는 결계 같은 걸 만들어 놓았던 것이다. 그 말은 곧 자신은 꼼짝 없이 이 집 안에 갇혔다는 말이 된다.

─안 돼, 이럴 수는 없어.

박찬성이 붉게 타오른 눈알을 이리저리 굴리며 살아 나갈 방도를 찾기 시작했다.

태수는 안가에 도착했을 때 안가로 뛰어 들어가려는 오인하와 박도훈을 막았다.

오인하는 차 안에서부터 부하들과 연락이 되지 않아 불길한 예감에 휩싸여 있었기에 앞을 가로막는 태수를 불만스럽게 돌아봤다.

"안에 있는 악귀에 대한 정보가 없이 무작정 들어가면 오히려 이쪽이 당할 수 있어요."

태수가 주문을 읊었다.

'귀기탐색.'

공기가 흔들리며 허공에 지도가 떴다. 안가 1층에 상당한 크기의 붉은 점이 머물러 있는 게 보였다. 붉은 점은 태수의 예상보다도 훨씬 컸다.

아마도 박찬성의 영일 가능성이 컸다.

그 붉은 점이 점점 커지고 있었다. 악귀가 공격을 준비하고 있다는 징후였다.

태수는 즉시 부동명왕의 항마의 불길을 소환했다.

화르르르륵.

항마의 불길에 휩싸인 부동명왕의 형상이 눈앞에 둥실 떠올랐다.

지도상의 악귀가 마침 공격을 위해 순간 이동을 하는 순간 붉은 점의 크기가 비정상적으로 커졌다.

'혼의 열혈인가?'

혼의 열혈에 대해서 머릿속으로 정보가 쏟아져 들어왔다.

혼의 열혈은 상당한 귀기를 보유한 악귀들만 일으킬 수 있는 술법이다. 그렇다고 귀기를 많이 보유하면 무조건 혼의 열혈을 일으킬 수 있는 게 아니다.

똑같은 귀기를 보유했어도 혼의 열혈을 일으킬 수 있는 영은 극소수에 불과하다.

그 기준이 무엇인지는 정확하게 알려지지 않았지만 대체로 잔혹한 성질을 가진 악귀들이 질투와 분노의 힘으로 혼의 열혈을 일으켜서 많은 사람들을 해친다고 알려져 있다.

따라서 혼의 열혈을 사용한다는 건 그만큼 위험한 악귀라는 소리고 절대 놓쳐서는 안 되는 악귀라는 소리다.

태수가 수인을 맺고 주문을 읊었다.

"오대존명왕 퇴마진!"

집이 너무 크면 진을 칠 수가 없을 텐데 아담한 단독주택의 크기라서 진을 칠 수가 있을 것 같았다. 물론 퇴마진을 유지하는 동안은 가지고 있는 힘의 절반밖에 쓸 수가 없겠지만 저런 악귀는 달아나면 두고두고 후환이 생기기에 무리수라도 써야만 한다.

안가를 중심으로 동서남북 사방에 네 장의 부적이 떠올랐고 아마도 안가의 중심부에 부동명왕부가 떠올랐을 것이다. 악귀에겐 그 부적이 부동명왕의 모습으로 보이겠지만.

그때 안가에서 붉은 점의 크기가 갑자기 커지는 모습이

보였다. 악귀가 누군가를 해치려고 혼의 열혈을 일으킨 것이다.

태수도 항마의 불길을 안가 1층으로 날렸다.

화아아아악.

황금색 불길이 집 안으로 밀려 들어가는 모습을 보며 안가로 뛰어 들어갔다. 소파에 쓰러져 있는 한민석이 맨 먼저 보였고 이어서 2층에도 대원들이 보였다.

태수는 허공에 떠 있는 지도를 살폈다. 퇴마진은 정상적으로 작동을 하고 있는데 정작 집 안에 있어야 할 악귀의 붉은 점이 사라지고 없었다.

'이게 어떻게 된 거지?'

그때 2층에 있던 윤지숙이 양손을 올리고 뒷걸음질 치는 모습이 보였다.

오인하가 소리쳤다.

"윤 경장, 무슨 일이야? 왜 그래?"

윤 경장의 앞으로 김혜진이 걸어 나오는 모습이 보였다. 놀랍게도 김혜진이 날카로운 칼을 손에 들고 있었고 그 칼을 자신의 목에 갖다 대고 있었다.

태수는 그제야 박찬성의 원혼이 지도에 보이지 않았던 이유를 알 것 같았다.

사정을 모르는 오인하가 소리쳤다.

"김혜진 씨, 지금 뭐 하는 거예요? 어서 그 칼 버려요, 어서!"

김혜진이 천천히 돌아서더니 태수를 바라보며 말했다. 김혜진의 입에서 목이 잔뜩 쉰 남자의 목소리가 흘러나왔다.

"영혼을 보는 남자, 장태수. 최고의 슈퍼스타를 죽어서야 만나게 될 줄 누가 알았겠어? 나…… 누군지 알지?"

오인하가 놀라서 태수를 돌아봤다.

"그래, 박찬성. 당연히 알지. 지금이라도 잘못을 깨닫고 용서를 빌면 업장을 소멸시켜 주고 천도시켜 줄게. 그만 그 여자 몸에서 나와."

오인하도 그제야 박찬성이 지금 김혜진의 몸에 들어가 있다는 걸 알았다.

오인하가 테이저건을 겨누며 말했다.

"어떡해요? 테이저건을 쏘면 박찬성이 김혜진의 몸에서 떨어지지 않을까요?"

"아뇨, 악귀가 상대에게 빙의된 상태에서 소멸되거나 부상을 입으면 그 육신의 주인에게는 돌이킬 수 없는 후유증을 남기게 돼요. 그러니까 그 테이저건은 치우는 게 좋겠어요."

박찬성이 김혜진의 입을 빌어서 말했다.

"괜히 엉뚱한 짓 하지 말고 애를 살리고 싶다면 결계인지 뭔지 이 집을 둘러싸고 있는 주술을 푸는 게 좋을 거야."

아주 영악한 놈이었다.

"싫다면?"

"당연히 얘는 죽는 거지."

"그땐 너도 소멸될 거야. 어차피 퇴마진을 빠져나갈 순 없어."

"그렇겠지. 하지만 얘 몸에서 이대로 나간다고 해도 어차피 저승에 들어가면 지옥불에 떨어질 텐데, 그럴 바엔 차라리 소멸되는 게 낫지. 천도? 내가 바본 줄 알아? 키득."

이건 전혀 예상치 못한 상황이었다.

아무리 강력한 악귀라도 전혀 모르는 사람한테는 저렇게 쉽게 빙의할 수가 없다. 저렇게 빙의가 가능했던 건 박찬성과 김혜진의 특별한 관계 때문이다.

박찬성은 알면 알수록 놓아주면 절대 안 될 것 같은 악귀다. 그렇다고 딱히 잡아 둘 방법이 떠오르지 않았다. 박찬성을 잡기 위해 김혜진을 희생시킬 수도 없는 노릇이다.

"좋다, 퇴마진을 해제할 테니 그 여자 육신에서 나와."

박찬성의 성격상 곱게 나올지 불안했지만 칼자루는 저쪽이 쥐고 있었다.

순간 허공이 흔들리며 메시지가 떠올랐다.

제7성인 파군성의 예지파군의 능이 작동합니다.

화르르르륵.

허공에 앞으로 일어날 일의 영상이 단편적으로 떠올랐다.

그 영상을 보는 태수의 입에서 침음이 흘러나왔다. 불길한 예감이 거의 들어맞았다. 그렇다고 다른 방법도 없었다.

태수는 한 손엔 설호검을 불러서 움켜쥐고 다른 손으로는 수인을 맺고 중얼거렸다.

"해제."

주변의 공기가 흔들렸다.

화르르르륵.

태수가 고개를 들고 말했다.

"퇴마진을 해체시켰으니 이젠 네가 약속을 지킬 차례야."

빙의된 김혜진의 입꼬리가 스윽 올라갔다.

"그래야지. 근데 어쩌나? 난 얘 육신에서 나가겠다는 약속만 했지 살려 주겠다는 약속은 하지 않았는데? 이년은 내가 꼭 응징을 해야겠어. 키득."

김혜진이 손에 들고 있던 칼로 자신의 목을 그었다.

"안 돼!"

태수가 지체 없이 설호검을 던졌다.

화아아악!

허공을 가르며 날아드는 설호검의 기세에 박찬성이 목을 긋다가 기겁을 하며 육신을 빠져나갔다.

김혜진이 목에 피를 흘리며 그 자리에서 꼬꾸라지는 걸 윤지숙이 급하게 부축했다.

박찬성의 원혼이 허공에 뜬 채로 말했다.

"저년을 끝장내지 못한 게 아쉽네. 조만간 우리 다시 보게 될 거야, 그땐 널 그냥 돌려보내지 않을 테다. 키득."

히죽 웃으며 벽을 향해 솟구치던 박찬성이 비명을 질렀다.

"키아악!"

박찬성의 영체 보호막이 이전보다 더 많이 찢어져 있었다. 어리둥절한 표정을 짓던 박찬성이 태수를 노려보며 중얼거렸다.

"이, 이게 어떻게? 아까 분명히 공기의 파동이 느껴지며 주술이 해제됐는데…….."

태수가 박찬성을 노려보며 말했다.

"교활한 놈, 네가 그렇게 나올 줄 알고 주술을 해제한 게 아니라 한 겹을 더 친 거다."

태수가 수인을 맺고 주문을 외우자 집을 휘감고 있던 동서남북의 부적 여덟 장이 집 안으로 빨려 들어오며 모습을 드러냈다. 더불어 부적으로 에워싸인 공간이 줄어들며 항마의 기운도 밀도가 더욱 높아졌다.

박찬성이 비명을 질렀다.

"으악, 이게 뭐야?"

태수가 손안에 감추고 있던 부동명왕부 두 장을 허공에 띄웠다.

조금 전 항마의 불길과 함께 부동명왕의 형상이 떠오른 이유가 비로소 밝혀졌다.

태수가 부동명왕의 부적을 손안에 숨기고 있었기 때문이었다.

오대존명왕 퇴마진을 2중으로 쳐서 동서남북의 부적도 여덟 장, 중앙의 부동명왕부도 두 장이었다.

박찬성이 미친 듯이 괴성을 지르며 날뛰었지만 소용이 없었다.

다시 김혜진의 몸에 들어가고 싶어도 생명이 위태로운 육신은 영을 받아들일 수가 없고, 다른 사람의 육신에 들어가자니 감정상으로 연결된 관계가 없으니 불가능하고.

그사이에도 부적들이 빠르게 공간을 줄이며 중앙을 향해 빨려들고 있었다. 박찬성의 원혼이 날뛸 수 있는 공간도 그만큼 좁아들고 있었다.

"안 돼! 싫어! 으아아아악!"

거의 공간이 사라졌을 때 태수가 수인을 맺으며 주문을 읊었다.

"제령!"

"아아아아악!"

참혹한 비명과 함께 박찬성의 영체가 갈가리 찢어지며 허공으로 흩어졌다.

뒤늦게 도착한 구급대원들이 안으로 들이닥쳤고 부상당한 사람들을 황급히 수송했다. 다행히 김혜진은 생각보다 목이 깊이 베이질 않아서 생명은 건질 수 있을 것 같았다.

오인하가 힘겨운 표정으로 태수에게 다가와 말했다.

"텔레비전으로 볼 때하고는 많이 다르네요. 오늘 장태수 씨가 원혼을 소멸시키는 걸 보니 아직 저희 수사대는 갈 길이 먼 것 같아요. 정말 고마워요."

캐스팅 회의

　박찬성의 원혼을 소멸시킨 후 안가 밖으로 걸어 나오던 태수는 자신을 비추는 수많은 방송사 카메라를 보고 깜짝 놀랐다. 방송사뿐만 아니라 신문기자들까지 포토 라인을 형성한 채 태수를 기다리고 있었다.

　기자들이 어정쩡하게 서 있는 태수를 향해 플래시를 터뜨리며 질문을 쏟아 냈다.

　"장태수 씨가 오늘 경찰과 함께 박찬성의 고스트를 사냥했다고 하는데 사실입니까?"

　"경찰이 오늘 처음으로 EMP 수사대라는 조직을 창설했다는 발표를 했고 오늘 장태수 씨와 공동작전을 수행했다고 하는데, 경찰과 함께 고스트를 사냥한 소감 한 말씀만 해 주십시오!"

"장태수 씨가 생각하기에 EMP 수사대가 최근 교황청에서 발표한 영적 전쟁을 수행할 수 있는 능력이 있다고 생각하는지요?"

"앞으로 방송 외에도 경찰과 공동작전으로 고스트 사냥에 계속 나설 생각이 있으십니까?"

하나하나 대답할 수가 없을 정도로 무수히 많은 질문들이 쏟아졌다.

기자들과 방송국은 다들 악귀를 고스트로, 퇴마는 사냥으로 통일해서 표현하기로 지침이 마련된 모양이었다. 물론 태수에겐 무척 어색하게 들리는 용어이긴 했지만.

모든 게 석 달 전하고 너무 많이 변해서 태수도 당황스러울 정도였다.

이전에는 방송에서 퇴마를 해도 믿지 않고 여전히 주작이라고 의심하는 사람들이 적지 않았는데, 지금은 아무도 그런 의심을 하지 않았다.

최근 몇 건의 심령 사건이 사람들의 관심을 받은 데다 김영모 부장검사 피살 사건이 인터넷으로 생중계되면서 영적인 존재를 자연스럽게 받아들이는 분위기가 온라인으로 급속히 퍼졌던 것이다.

거기에 휘발유를 뿌린 사건이, 오늘 경찰에서 ESP 수사대 창설과 함께 발표한 박찬성의 고스트가 김혜진을 위협하고 있다는 쇼킹한 소식이었다.

경찰은 박찬성의 영혼을 소멸시킨 직후에야 언론에 장태수와 경찰의 ESP 수사대가 공동작전을 수행해서 박찬성의 고스트를 사냥하는 데 성공했다고 발표했다.

모든 언론과 전 국민의 관심이 태수에게 집중되는 건 당연했다.

사람들은 경찰이 새롭게 창설한 영혼 퇴치 수사대와 슈퍼 스타이자 퇴마사인 태수가 공동작전으로 고스트를 퇴치했다고 하는 뉴스를 신기하게 받아들이기도 하고 앞으로의 미래에 대해 걱정하기도 했다.

−헐, ESP 수사대래. 이제 진짜 악귀하고 전쟁해야 되는 거임?

−이거 방송 아냐? 레알 실화야?

−지구 멸망할 징조네. 판타지 소설이 현실이 될 줄이야.

−경거망동하지 맙시다. 심령 사건 몇 건 생긴다고 지구 멸망하지 않습니다.

−경찰이 정말로 악귀를 잡는다고? 어떤 무기인지 엄청 궁금하네. 그 무기 나도 하나 있었으면 좋겠다.

−악귀를 잡으려면 영혼을 볼 수가 있어야 할 텐데 뭘로 봄? ESP 수사대를 모두 영능력자로 뽑은 건가?

−영능력자가 그렇게 흔하지 않음.

−언론에서 다들 고스트 사냥한다고 하니까 적응이 안 되네.

－내가 〈영혼을 찾아서〉 볼 때마다 우리 아빠가 귀신 같은 거 없다고 했는데. 경찰이 귀신 잡는 수사대를 만들었어 ㅋㅋ

－장태수 없으면 어쩔?

－악귀가 대통령 테러하면 누가 경호해?

처음 벌어진 현상이라서 온갖 의문과 추측이 온라인을 도배했다.

카메라 앞에 노출되어 어정쩡하게 서 있는 태수의 뒤쪽으로 오인하가 나타나 작게 속삭였다.

"죄송하지만 저희 경찰에서 공식적으로 발표를 할 때까지는 사건에 대해서 아무런 얘기도 하지 말아 주셨으면 합니다. 그리고 지금 저희 수사대 대장님이신 강일훈 치안감님이 태수 씨를 뵙고 싶어 하는데 시간을 좀 내 주실 수 있으신가요?"

치안감이라면 경찰 조직의 계급상으로는 서열 세 번째에 해당하는 고위직이 아니던가.

태수도 앞으로 경찰이 어떤 식으로 고스트 작전을 수행할 예정인지 궁금해서 ESP 수사대장을 만나 보고 싶었다.

태수는 수많은 기자들과 방송사의 질문을 뒤로하고 서울 경찰청 ESP 수사대로 향했다.

ESP 수사대는 서울 경찰청 안에 있었지만 별도의 건물을 사용할 정도로 완벽하게 독립된 조직이었다.

경찰청 본청 옆 최신식 건물인 ESP 수사대로 들어서는 태수를 수사대장인 강일훈 치안감이 직접 마중을 나와서 맞이했다.

"어서 오세요, 장태수 씨. 스타를 이렇게 직접 뵙게 되니 영광입니다."

강일훈 대장은 직접 태수를 데리고 수사대 건물을 돌아다니며 첨단 장비들을 보여 주고 앞으로 ESP 수사대가 나아갈 방향에 대해서 상세하게 설명을 해 줬다.

현재 ESP 수사대는 모두 100명의 요원이 있고 테이저건은 50대가 있는데, 현재 심령 사건이 빠르게 증가하는 추세라서 앞으로 테이저건을 100대까지 들여올 예정이고 수사요원도 150명까지 늘릴 예정이라고 했다.

다음으로 강일훈 대장이 태수를 데려간 곳은 종합 상황실.

종합 상황실에는 오인하 팀장과 박도훈 경사 그리고 몇몇 경찰 간부들이 기다리고 있었다.

오인하 팀장이 앞으로 나서서 대원들의 고스트 스크린에 기록된 동영상을 모니터에 띄운 후 오늘 작전 상황에 대한 설명을 했다.

상황 설명이 끝난 후 오인하가 말했다.

"결론적으로 오늘 장태수 씨가 없었다면 저희는 박찬성의 고스트를 사냥할 수가 없었을 겁니다. 아직은 저희 역량이 많이 부족하다는 걸 절감했습니다."

강일훈 치안감이 굳은 표정으로 말했다.

"사실 난 장태수 씨의 〈영혼을 찾아서〉라는 프로그램을 방송 초기부터 관심을 가지고 쭉 지켜보고 있었어요. 방송이 나갈 때 우리 내부에서 이미 ESP 수사대의 창설이 결정됐을 때라 당연히 관심이 있었죠. 불행하게도 아직 우리 경찰은 3등급 이상의 고스트는 독자적으로 사냥할 수 있는 역량이 되지 못해요. 그래서 앞으로도 장태수 씨를 비롯해서 국내에 있는 네 분의 영능력자 분들 도움이 절실합니다. 많이 바쁘시겠지만 국가와 국민을 위해서 도움을 주시길 부탁드리겠습니다."

태수도 이번 박찬성 사건처럼 심각한 심령 사건은 당연히 적극적으로 나설 생각이 있었다. 그건 경찰의 협조 요청을 받지 않아도 오히려 자신이 해야 할 책무였으니까.

오인하가 말했다.

"지금부터 두 가지 부탁을 좀 드려야 할 것 같아요. 하나는 이미 말씀드린 것처럼 앞으로는 장태수 씨를 비롯한 국내 영능력자 네 분의 신변을 저희가 특별 관리하게 된다는 것, 다른 하나는 지금 밖에 기자들이 많이 기다리고 있는데 다들 장태수 씨가 직접 나서서 이번 사건을 설명해 주기를 바란다고 합니다."

태수가 무슨 얘긴지 알겠다며 고개를 끄덕이고는 물었다.

"제가 느낀 그대로 답변을 해도 되나요?"

퇴마하는 톱스타

강일훈 치안감이 말했다.

"물론입니다. 아직은 저희 한계가 분명하기 때문에 감추거나 숨길 생각은 없어요. 보고 느낀 그대로 얘기해 주시면 됩니다. 그래야만 위에서도 더 많은 예산과 인력을 투입하지 않겠어요?"

태수가 경찰청 상황실로 자리를 옮겼다. 태수를 기다리던 수많은 기자들과 방송사 카메라들이 일제히 플래시를 터뜨렸다.

태수는 차분하게 질문 하나하나에 답변을 했다.

ㅡ앞으로 연예 활동은 안 하시나요?

"아뇨, 연기는 당분간 쉴 예정이지만 영화 연출을 비롯해서 다른 연예 활동은 계속 이어 나갈 생각입니다. 그게 제 직업이니까요."

ㅡ이번에 경찰과 함께 고스트를 함께 사냥하셨는데 소감이 어떠신가요?

"아직은 실감이 잘 나지 않네요. 다만 모든 사람들이 영적인 존재를 믿기 시작했고 영적인 전쟁에 대비하게 됐다는 건 다행이라고 생각합니다."

ㅡ〈영혼을 찾아서〉 시즌 2는 방송이 되는 건가요?

"네, 당연히."

ㅡ앞으로도 경찰과 함께 심령 사건을 수사하나요?

"경찰에서 요청이 온다면 당연히 협조할 겁니다."

영화 제작사 네오픽처스.

다음 날 태수가 영화사 사무실로 들어서자마자 용만을 비롯한 동생들이 우르르 달려들어서 어제의 일을 꼬치꼬치 캐물었다.

다들 앞으로 세상이 어떻게 변할지 궁금해했고 영화 연출을 계속할 수 있을지 영화사가 제대로 운영이 될지에 대한 걱정도 많은 것 같았다.

"어차피 이전에도 심령 사건은 계속 있었는데 새삼스럽게 왜들 그래? 딱히 세상이 대단하게 변하는 일도 없을 거고, 영화사도 정상으로 운영할 거야. 넷플릭트 드라마도 예정대로 진행할 거고."

태수의 대답에 비로소 동생들이 안도하는 분위기였다.

하긴 동생들뿐일까.

요즘엔 전 국민, 나아가서 전 세계인들이 불안해하고 있고, 심지어는 이런 분위기에 편승해서 종말론을 떠들고 다니는 사이비 교주들까지 판을 치고 있다는 소식이 뉴스에서 흘러나올 정도였다.

태수는 드라마가 종영된 후 창호와 함께 영화제작사 네오픽처스를 설립했다. 넷플릭트와 계약한 드라마 다섯 편을 고스트라인과 공동으로 제작할 영화사였다.

마침 미경을 제외한 미스터리클럽 동생들이 다들 졸업반이라서 아예 네오픽처스와 스태프 계약을 체결했다.

호철은 조감독, 용만은 제작부장, 소영은 프로듀서 계약을 했다. 정우와 민지 커플은 기획 업무를 맡았다.

덕분에 호철과 동생들은 태수와 함께 네오픽처스 사무실에서 거의 함께 살다시피 했다.

태수는 어제 EMP 수사대의 협조 요청을 받기 전까지 사무실에서 넷플릭트와 계약한 드라마의 시나리오를 집필하느라 여념이 없었다.

시나리오가 확정되고 캐스팅까지 마치면 카메라나 조명, 오디오, 미술 같은 기술 스태프를 최고의 전문가들로 꾸려서 촬영에 들어갈 작정이었다.

그리고 마침내 지난주에 첫 번째 드라마의 시나리오가 나왔다.

러닝 타임은 60분이고 제목은 〈아내의 남자〉.

남편이 아내를 살해하는 충격적인 미스터리 스릴러 드라마였다.

동생들과 시나리오 회의를 거쳤고 최종고를 넷플릭트에 보냈는데, 불과 이틀 만에 바로 진행을 하자며 확답이 왔다. 그것과 관련해서 내일 회의를 하기로 약속까지 잡았다.

덕분에 태수는 어제 박찬성을 소멸시키느라 하지 못했던 캐스팅 회의를 동생들과 곧바로 시작했다.

동생들과 점심을 먹고 둘러앉은 회의실 테이블 위에는 30대와 40대 남녀 배우들의 사진과 목록이 쭉 흩어져 있었다.

별도의 배우 프로필 같은 건 필요가 없었다.

대부분 얼굴만 봐도 고개를 끄덕일 정도로 영화나 텔레비전에서 주연급으로 활동하고 있는 스타들이었으니까.

"자, 이제 캐스팅이 남았는데."

〈아내의 남자〉에 나오는 주요 등장인물은 모두 세 명이었다.

한 명의 여자와 두 명의 남자 그리고 그 외 조연들이 몇 명 있었다.

가장 중요한 역할은 여주인공 민지영이었다.

나이는 30대 초반으로 결혼한 지 7년 됐고 여섯 살 남자아이의 엄마이자 빼어난 미모를 가진 유명 화가 역할이었다.

조경수와 한지훈은 둘 다 30대 중반이고 조경수는 민지영의 남편으로 의처증이 심각하고, 한지훈은 민지영과 연결된 미스터리한 남자 역할이다.

호철과 동생들은 배우들의 얼굴과 이름을 보며 아직도 실감이 나지 않는지 연신 헛웃음을 흘렸다.

예전에 학생 영화를 만들 때는 대부분 오디션으로 캐스팅을 진행했고, 장난처럼 지금 눈앞에 있는 스타들로 가상 캐스팅을 진행하며 즐거워하곤 했다.

근데 지금은 이 모든 것들이 꿈이 아닌 현실이었다.

용만은 입꼬리가 귀밑에 걸려서 내려올 줄을 몰랐다.

"와, 누굴 뽑냐? 근데 형, 진짜 이 배우들이 할까?"

"스케줄만 된다면 할 거야. 개런티도 꽤 괜찮고 요즘 특 A 급만 아니면 웬만한 배우들은 넷플릭스에 대한 인식이 워낙 좋으니까. 일단 되고 안 되고를 떠나서 각자가 생각하는 배우 이름을 말해 봐. 일단 가장 중요한 여주인공인 민지영 역할부터."

용만이 수줍은 표정으로 말했다.

"솔직히 난 민지영 역으로는 백신혜가 괜찮을 것 같은데. 백신혜가 자세히 보면 은근히 슬프면서도 미스터리한 느낌 같은 게 있거든."

용만을 시작으로 다들 돌아가면서 자신의 의견을 얘기했다.

"난 이옥빈도 괜찮을 것 같아요."

"하정음이 연기는 정말 잘하는데."

마지막으로 호철도 자신의 의견을 말했다.

"난 미스터리한 영화에는 하지연이 잘 어울리더라고. 그동안 공포 영화에도 잘 어울렸고."

하지연은 다른 배우들에 비하면 확실히 중량감이 있는 여배우라서 캐스팅이 쉽진 않을 것 같은데, 최근 할리우드 진출을 생각한다는 기사를 본 기억이 나서 제안은 해 볼 만하다는 생각이 들었다.

"근데 난 하지연이 현대극에서 엄마 역할을 해 본 적이 없다는 게 좀 걸려."

태수의 말에 호철도 고개를 끄덕였다.

"그러게. 그러고 보니까 하지연이 엄마 역할을 했던 적이 없었던 것 같네."

그때 소영이 조심스럽게 말했다.

"혹시요…….”

모두의 시선이 소영을 향했다.

"손예지…… 님은 어때요?"

소영한테서 손예지의 이름이 나오자마자 모두가 약속이나 한 것처럼 환호성을 지르며 너무 잘 어울린다고 입을 모았다.

다만 아무리 요즘 넷플릭트가 잘나간다고 해도 현재 대한민국 최고의 여배우인 손예지가 60분 드라마에 출연을 한다는 건 상상하기가 힘들었다.

사실은 태수도 시나리오를 쓰면서 민지영 역할로 계속 손예지의 이미지를 떠올리며 썼다, 예전 〈모텔 파라다이스〉 때처럼.

그래서 시나리오를 쓰면서 계속 예지 영상을 떠올려 봤지만 이상하게 영상이 떠오르지가 않았다. 영상이 떠오르지 않는 이유가 시나리오를 자신이 써서 그런 건지 아직은 부족한 부분이 있어서 그런 건지는 알 수가 없었다.

호철과 동생들의 시선이 일제히 태수를 향했다.

현실적으로 〈아내의 남자〉에 손예지가 출연한다는 건 분명 쉽지 않은 일이지만, 태수와의 친분을 생각하면 기적이 일어날 수도 있지 않을까 기대하는 표정들.

만약 손예지가 출연을 한다면 넷플릭트 측에서도 더할 수 없이 좋아할 것이다.

소영이 말했다.

"선배, 한번 얘기나 해 봐요."

원래 가까울수록 부탁하기가 더 어려운 법이다. 아무리 자신이 넷플릭트에서 인정을 받았다고 해도 60분짜리 드라마 데뷔작에 감히 손예지를 캐스팅할 생각을 하는 건 좀 아닌 것 같았다.

그리고 손예지한테 디렉팅하는 자신의 모습을 상상하는 것만으로도 머릿속이 하얗게 변하면서 긴장이 됐다. 혹시라도 자신의 연출력에 손예지가 실망할 수도 있는 일이고.

그때 용만이 말했다.

"그럼 시나리오만이라도 한번 보내 봐요. 캐스팅 얘기는 하지 말고 시나리오 한번 봐 달라고. 혹시 알아요? 손예지 님이 시나리오 재미있다고 먼저 관심을 나타낼지."

듣고 보니 괜찮은 방법이었다.

불쑥 손예지한테 캐스팅 얘기를 꺼내는 건 정말 실례일 것 같고 시나리오에 대한 의견을 물어보면서 은근슬쩍 손예지의 속마음을 읽어 볼 생각이었다.

괜히 태수와의 관계 때문에 싫은데도 하겠다고 할 수가 있으니까.

　태수가 손예지에게 카톡을 보냈다.

　지난 번 〈모텔 파라다이스〉가 최종 관객수 360만 명을 돌파하면서 위브라더스에서 마련한 파티에서 만난 이후로는 서로가 바빠서 통 연락을 하지 못했다.

　누나, 잘 지내시죠? 그동안 연락 못 드려서 죄송해요.

　인사말을 전하고 시나리오에 대한 얘기를 입력하려는데 뜻밖에도 바로 전화가 왔다. 휴대폰 너머에서 반가운 손예지의 목소리가 들려왔다.

　―태수야!

<영혼탐정> 맥막시

태수도 모처럼 손예지 목소리를 들으니 무척 반가웠다.

"와, 누나. 잘 지내셨어요? 바쁘실 텐데 어떻게 직접 전화를 주셨어요?"

–너에 비하면 난 아무것도 아니지. 이제 넌 슈퍼스타를 넘어서 대한민국을 지키는 히어로가 됐는데.

"에고, 누나 왜 그래요, 저 지금 몸 둘 바를 모르겠어요."

–아냐, 있는 그대로 얘기해 준 거야. 요즘 주위에서 다들 나한테 뭐라는지 알아? 너하고 친하게 지내래. 세상에 종말이 와도 네 옆에 있으면 안전하다면서.

"헉, 진짜요?"

–그럼 진짜지, 요즘 네가 얼마나 귀하신 몸인데. 참, 너 넷플릭트와

감독 계약했다며? 기사 떴던데 정말이야?

다행히 손예지가 먼저 얘기를 꺼내 줘서 마음이 한결 편했다.

"아, 네. 어쩌다 보니까."

ー너무너무 축하해. 내가 너 단편들 보고 조만간 데뷔할 줄 알았어. 요즘 넷플릭트 정말 잘나가잖아.

"고마워요, 사실 제가 연락드린 것도 다름이 아니라 이번에 넷플릭트하고 계약한 첫 번째 시나리오가 나왔거든요. 혹시 누나가 시간 있으면 모니터링 좀 해 주실 수 있는지 물어보려고요. 혹시 바쁘시면……."

손예지가 1초의 망설임도 없이 대답했다.

ー바로 보내. 내가 읽어 보고 연락 줄게. 그리고 나 지금 숏 들어가야 해. 어떻게 마침 쉬는 시간에 연락이 돼서 네 목소리 들으니까 너무 좋다. 어쩜 그렇게 목소리가 좋니? 그리고 설마 시나리오 감상을 전화나 카톡으로 들을 건 아니지?

"그럼요. 제가 맛있는 거 사 드릴게요."

ー오케이. 그럼 내가 연락할게.

"네, 누나."

손예지한테 시나리오를 보여 줄 수 있다는 것만으로도 일단 한 고비 넘은 기분이었다. 손예지가 선뜻 대답 못 하고 망설이는 모습을 보였으면 시나리오를 보낼 수가 없었을 텐데.

손예지와 통화를 끝내자마자 곧바로 휴대폰이 울렸다.

QBS 김영아 작가였다.

"네, 작가님."

태수는 김영아의 통화를 하고는 곧바로 QBS 방송국으로 향했다.

제작진과 제작 회의를 하기 위해서였다.

김영아가 요 며칠 시청자들은 물론 사회 각지에서 〈영혼을 찾아서〉 시즌 2를 빨리 시작하라는 요구가 빗발치는 데다 방송을 시급하게 재개해야 할 사정이 생겼다고 했던 것이다.

회의 참석자는 태수와 한재성 CP, 권창훈 피디, 김영아 작가, 전소민 기자까지 모두 다섯 명이었다.

한재성이 먼저 입을 열었다.

"다른 문제보다 EMP 수사대를 방송에 참여시키는 문제부터 먼저 결정을 해야 할 것 같아요. 아무래도 이 문제는 태수에게 달린 것 같은데?"

그렇잖아도 이번에 같이 작전을 수행하면서 그 문제를 계속 고민했었다.

"제 생각에는 방송에 EMP 수사대를 바로 참여시키는 건 좀 시기상조인 것 같아요."

태수의 대답에 다들 의외라는 표정으로 돌아봤다.

"현재 EMP 수사대의 역량으로는 귀기가 약한 영혼 정도는 소멸시킬 수 있을지 모르지만 악귀라고 부를 정도의 힘을 가진 영적 존재를 감당하기에는 많이 부족하다고 생각해요. 그렇잖아도 방송을 하면 신경 쓰이는 부분이 많은데 수사대까지 들어오면 집중하기가 어려울 것 같아요."

한재성이 부탁조로 말했다. 한 피디는 아무래도 방송국 경영진의 입장을 대변하는 위치라서 방송 외적인 부분을 신경 쓸 수밖에 없었다.

"일부러 경찰에서 요청한 사항인데 어떻게 방법이 없을까? 앞으로 방송 내용과 관련해서 경찰이 참여하면 아무래도 우리가 수월하게 진행할 수 있는 부분이 많을 텐데."

전소민이 의견을 물었다.

"차라리 방송할 때 외곽 경비를 부탁하면 어떨까요? 태수가 흉가에 퇴마하러 들어갔을 때 스튜디오를 보호한다거나 흉가에서 달아나는 악귀를 처리한다거나."

김영아가 활짝 웃으며 동의했다.

"그것도 괜찮은 아이디어 같아요. 스튜디오에 패널로도 앉히면 경찰의 의견도 들을 수가 있고. 요즘 제보 글과 도움을 요청하는 글들이 얼마나 많이 올라오는지 게시판이 폭발할 지경이거든요. 이젠 뭐든 해야만 할 것 같아요."

권 피디도 고개를 끄덕였다.

"나도 어떤 식으로든 경찰을 참여시키는 건 찬성이에요. 최근엔 영적인 존재한테 괴롭힘을 당하고 있다면서 도움을 요청하는 글들이 정말 많아졌거든요. 그런 사건의 경우에는 경찰이 참여하면 법적인 문제나 도덕적인 문제가 저절로 해결이 돼서 한결 부담이 적으니까."

전소민도 의견을 냈다.

"제 생각도 같아요. 이전에 시즌 1을 방송할 때하고 지금은 시청자들이나 사회에서 심령 사건을 바라보는 시각이 완전히 달라졌잖아요. 지금 시청자들이 시즌 2를 시작하라고 재촉하는 건 방송이 재미있어서 보고 싶은 마음도 있겠지만, 요즘 심령 사건이 워낙 많으니까 태수가 직접 나서서 사건을 해결해 주는 걸 보고 싶은 거예요."

한재성이 태수를 바라보며 말했다.

"태수야, 어떻게 안 될까?"

태수가 어색하게 웃으며 말했다.

"제가 경찰이 참여하는 걸 싫어하는 게 아니라 사고가 일어날까 봐 걱정이 돼서 그렇죠. 이번에 박찬성 사건 때도 경찰들이 많이 다쳤거든요."

한재성이 말했다.

"그 부분은 이미 EMP 수사대 오인하 팀장하고 얘기를 나눴어. 오인하 팀장이 그러더라고, 심령 사건도 일반 사건과 다름없이 경찰이 해결해야 하는 일이고, 일반 사건도 해결 과정에서 경찰이 다치는 건 비일비재한 일상인데, 다칠까 봐 사건을 모른 척할 수는 없는 일 아니냐고."

그동안 방송을 하면서 워낙 많은 비난을 받았고 논란이 된 부분이 많았기에 태수 입장에서는 신중할 수밖에 없었다.

근데 얘기를 듣고 보니 불과 석 달 사이에 심령 사건을 바라보는 사람들의 시선이 정말 많이 변했다는 생각이 들었다.

그리고 그 많은 심령 사건을 자신이 혼자 해결할 수도 없는 노릇이고.

"그런 의미라면 저도 괜찮을 것 같아요."

권 피디가 그 대답을 기다렸다는 듯 반갑게 말했다.

"오케이. 그럼 쇠뿔도 단김에 빼라고 이번 주부터 시즌 2 시작하는 거 어때? 우린 스탠바이 됐는데."

"이번 주부터요?"

권 피디가 말했다.

"사실은 내일 당장 촬영을 시작해야 해."

"예?"

그러고 보니 이렇게 급하게 서두르는 걸 보면 자신만 모르는 뭔가가 있는 것 같았다. 김영아가 방송을 시급하게 시작해야만 하는 사정이 생겼다고 했던 얘기도 찜찜하고.

문제는 내일 넷플릭트 관계자들과 영화 연출에 대한 얘기를 나누기로 약속을 했다는 사실이다.

"지금 당장 결정을 해야 하나요?"

김영아가 말했다.

"혹시 내일 넷플릭트와의 약속 때문이라면 걱정하지 않아도 돼."

김영아가 자신의 스케줄까지 꿰고 있어서 태수가 깜짝 놀라서 물었다.

"작가님이 그걸 어떻게 알아요?"

"네 스케줄은 이창호 대표님한테 들었지. 사실은 이창호 대표님이 이미 넷플릭트에도 양해를 구한 걸로 알고 있어."

"예에?"

대체 일이 어떻게 돌아가는지 혼란스러울 지경이었다.

김영아가 이어서 말했다.

"만약 네가 바로 〈영혼를 찾아서〉 시즌 2의 촬영을 들어갈 수만 있다면 넷플릭트의 백인우 지사장님도 내일 약속 못 지키는 거 양해하겠다고 하셨대. 영화도 중요하지만 지금 당장 사람이 죽게 생겼는데 그 일을 먼저 처리하는 게 옳다면서."

"사람이…… 죽다니요? 혹시 이미 방송 소재까지 결정이 된 거예요?"

김영아가 고개를 끄덕이자 회의실 문이 열리며 EMP 수사대 오인하 팀장이 안으로 들어왔다.

"어?"

태수가 놀라서 돌아보자 오인하가 인사를 하며 말했다.

"죄송해요, 태수 씨. 저희가 태수 씨 모르게 이창호 대표님한테 스케줄 체크를 좀 했어요. 지난번에 특별 관리를 할 예정이라고 말씀드렸죠? 앞으로도 저희는 이창호 대표님 통해서 장태수 씨의 위치나 스케줄을 계속 체크할 예정이에요. 무슨 일이 터질지 모르니까 비상 연락망은 있어야죠."

그제야 특별 관리를 할 예정이라던 오인하의 말이 무슨 의미인지 알 것 같았다.

하긴 심각한 심령 사건이 터졌을 때 문제를 해결할 수 있는 가장 확실한 사람은 태수밖에 없으니 경찰 입장에서는 당연한 조치였다.

오인하가 태수의 강제 방송에 쐐기를 박는 것처럼 말했다.

"지금 전 국민이 장태수 씨를 기다리고 있어요, 태수 씨가 어서 방송 현장에 복귀하기를. 그리고 태수 씨가 해결해 줘야 할 시급한 사건이 있어요."

김영아가 미안한 듯 어색하게 웃으면서 인쇄된 복사지를 태수 앞으로 내밀었다. 마치 스파이 영화에서 비밀 임무라도 부여받는 기분이었다.

"읽어 봐, 이번 주 〈영혼탐정〉 아이템으로 선정하려고 해. 사실은 벌써 2주 전에 시청자 게시판에 올라온 사연인데 상황이 좀 심각한 것 같아서."

오인하가 말했다.

"참고로 김영아 씨가 저희 EMP 수사대에 연락을 줘서 저희가 자체적으로 해결을 해 보려고 수사를 했지만 결국 단서조차 잡지 못했어요. 그 내용은 저희가 수사하면서 별도로 상황을 정리한 거예요."

아마도 김영아는 방송이 쉬는 기간이라서 태수에게 먼저 얘기하지 않고 사건을 경찰에 넘긴 모양이었다.

태수가 복사 용지를 집어 들고 내용을 읽어 나갔다.

현주네 집은 가난하지만 큰 걱정 없이 살아왔다. 식구는 아빠, 엄마, 할머니, 아직 장가를 가지 않아 함께 사는 큰삼촌과 작은삼촌, 그리고 초등 4학년인 현주까지 모두 여섯이다.

현주네는 올봄에 새집으로 이사를 했다.

주변의 다른 집들과 떨어져 있어서 조용하다 못해 살짝 무섭긴 했지만 식구가 많은 데다 집이 넓고 좋아서 괜찮았다.

현주네 집에 불행의 그림자가 찾아온 건 두 달 전이었다.

멀쩡하던 큰삼촌과 작은삼촌이 약속이나 한 듯 한 달 간격으로 죽은 것이다. 삼촌들과 유독 친했던 현주는 한동안 슬픔과 충격에서 헤어 나오지 못했다.

이전에는 늘 집안 분위기가 떠들썩하고 밝았는데 지금은 초상집 같은 분위기가 한 달째 계속 이어지고 있었다.

게다가 삼촌들이 죽은 이유를 알 수 없었기 때문에 어른들의 슬픔 뒤엔 불안한 두려움이 자리하고 있었고, 어린 현주도 그런 기색을 어렴풋이 감지하고 있었다.

갑자기 삼촌들을 잡아간 죽음의 정체는 무엇이었을까.

작은삼촌이 죽은 걸 맨 먼저 발견한 사람은 큰삼촌이었고 큰삼촌이 죽은 걸 맨 먼저 본 사람은 아침 먹으라고 부르러

갔던 엄마였다.

밤사이 정체를 알 수 없는 죽음이 삼촌들을 덮쳤는데, 발견 당시 죽은 두 삼촌의 모습이 너무 끔찍해 마을 사람들도 웅성거리며 얘기를 나눌 정도였다.

전날까지 멀쩡했던 두 삼촌은 밤사이 무슨 일을 겪었는지 똑같이 입에 거품을 문 채 눈을 부릅뜨고 숨을 거두었다.

무엇보다 해괴했던 건 삼촌들이 죽은 날 똑같이 엄마의 거울이 대문 앞 마당에 엎어져 있었고 죽은 삼촌들의 얼굴과 몸에는 이상한 흔적들이 남아 있었다는 것이다.

놀랍게도 삼촌들의 얼굴에는 이전에는 없던 징그러운 곰보 자국이 있었고 몸에는 이유를 알 수 없는 온갖 상처와 흉터들이 잔뜩 생겨나 있었다.

들리는 말에 의하면 삼촌들의 시신을 검시했던 의사가 뚜렷한 사인을 밝히지 못하고 여전히 조사만 하고 있다고 한다.

엄마, 아빠는 직접 경찰서에 찾아가 몸에 그렇게 많은 흔적들이 있는데 왜 사인을 밝히지 못하냐고 화를 내고 돌아오기도 했다.

당시 의사는 난처한 얼굴로 하룻밤 사이 얼굴에 생겨난 곰보 자국이나 흉터는 과학적으로 설명하기 힘든 기이한 현상이라는 말만 되풀이했다고 한다.

특히 곰보 자국은 과거 천연두를 앓았던 흔적으로 보이는데, 국내에서 1960년 이후 자취를 감춘 그 무서운 전염병을 삼촌들이 앓았다는 게 말이 되느냐고 반문을 했다고도 한다.

할머니는 이런 이야기들을 틈만 나면 속삭였고 현주는 그것들이 무슨 의미인지 정확히 알지 못했지만 뭔가 일어나선 안 되는, 이상하고도 무서운 일이 일어났다는 정도는 어렴풋이 짐작할 수가 있었다.

아무튼 죽은 삼촌들의 표정이 너무 무서웠기 때문에 현주는 아마도 죽을 때까지 그 얼굴을 잊지 못할 것 같았다. 공포도 공포지만 생전에 삼촌들이 보여 준 따스한 미소를 다시는 떠올릴 수 없다는 사실이 현주의 마음을 너무 아프게 했다.

현주는 오늘도 달력을 확인했다.

현주가 보는 건 달력에 큰 글씨로 적힌 양력이 아니라 그 아래의 조그만 음력 날짜였다. 예전엔 음력이 뭔지도 몰랐고 관심도 없었다. 현주가 음력에 관심을 가지게 된 건 지난 달 큰삼촌이 죽은 다음부터였다.

그날도 현주는 학교에 갔다 오자마자 함께 방을 쓰는 할머니 방으로 들어갔다.

삼촌들이 죽은 후 엄마는 현주에게 삼촌들 방을 쓰라고 했다. 지금껏 할머니와 함께 방을 써 온 현주에겐 태어나 처음으로 자기 방을 가질 수 있는 기회였지만 전혀 내키지가 않았다.

엄마는 그 방을 쓰던 삼촌 둘이 모두 죽어서 겁을 먹은 것이라 생각했지만 그 때문이 아니었다.

현주는 할머니 곁에 있고 싶었다. 삼촌들이 잇따라 죽은 후 할머니의 건강이 급속히 나빠졌고 방 밖으로도 잘 나오지 않아 자신이 곁에 남아 지켜 드려야 한다고 생각했던 것이다.

그런 할머니가 어느 날부터 현주가 방에 들어온 것도 모른 채 달력에 넋을 빼앗기고 있었다.

"할머니, 뭘 보는 거야?"

그제야 할머니가 고개를 드는데 얼굴에는 수심이 가득했다.

"왔니?"

"달력은 왜?"

현주가 묻자 할머니가 다시 달력을 쳐다보며 심상치 않은 표정으로 중얼거렸다.

"둘 다 그믐이야."

"그믐?"

할머니는 마치 누가 듣기라도 하는 것처럼 주위를 둘러보곤 현주의 귀에 대고 작게 속삭였다.

"네 삼촌 둘이 죽어 나간 날이 전부 그믐밤이라고."

"그믐이 뭔데?"

할머니가 쭈글쭈글한 손가락으로 달력에 있는 작은 글자를 가리켰다.

현주는 달력에 자신이 알지 못하는 또 다른 날짜가 있다는 걸 그때 처음 알았다. 할머니는 달력에 빨간색으로 표시된 날짜를 가리키며 현주에게 설명해 주었다.

"봐라, 지지난달 네 작은삼촌이 죽은 날도 음력으로 치면 29일이고 이번에 큰삼촌이 죽은 날도 여기 음력으로 29일이 잖아. 꼭 한 달 만이야."

"그게 왜?"

현주는 여든이 넘은 할머니의 눈이 그토록 투명하게 빛나는 걸 전에는 한 번도 본 적이 없었다.

"엄마, 아빠에겐 말하지 마라. 그믐밤은 음기가 가장 강한 날인 데다 달빛도 없어서 귀신이 돌아다니기에 안성맞춤인 날이거든."

너무 뜻밖의 말이라 현주는 눈을 동그랗게 뜨고 할머니를 쳐다봤다.

"그럼 큰삼촌과 작은삼촌이 죽은 게 귀신 때문이란 말야?"

"네 아빠는 쓸데없는 소릴 한다고 화를 내고 펄쩍 뛴다만 삼촌들이 죽던 날 밤에 난 이상한 기운을 느꼈어. 성국이가 죽던 날에 초저녁부터 이상하게 집 안 공기가 서늘한 것 같아서 춥다고 보일러를 틀라고 했더니 네 아빠가 이제 9월인데 뭐가 춥냐고 했거든. 근데 가만 생각해 보니 성일이 죽던 날 저녁에도 추위를 느꼈고 내가 똑같은 소리를 했지 뭐냐."

그러고 보니 현주도 어렴풋이 기억이 났다.

작은삼촌 죽던 날은 몰라도 큰삼촌 죽던 날은 또렷하게 기억이 났다.

할머니가 춥다고 보일러를 틀라고 했고 아빠가 벌써 보일러를 틀면 겨울에는 어떻게 지내려고 하느냐며 할머니에게 옷을 더 두껍게 입는 편이 건강에도 낫다고 했던 것이다.

큰삼촌이 죽던 날 밤의 일을 분명하게 기억하는 건 현주도 할머니와 똑같이 한기를 느꼈기 때문이었다. 하지만 현주는 그걸 감기 기운으로 생각하고 대수롭지 않게 넘겼었다.

현주가 겁먹은 음성으로 물었다.

"할머니, 귀신이면 어떡해?"

할머니는 마치 보이지 않는 누가 듣기라도 하는 양 목소리를 낮춰 속삭였다.

"귀신이 붙은 게 아니라면 어떻게 그런 일이 일어날 수 있겠니? 천연두가 틀림없어. 내가 어릴 적엔 천연두에 걸린 사람들을 많이 봤어. 셋이 걸리면 하나가 죽었어. 다행히 죽지 않고 살아난 사람들도 얼굴에 너희 삼촌들처럼 그런 흉터가 남았지. 똑같아. 그건 천연두 자국이야. 귀신의 짓이 아니고서야 어떻게 그런 일⋯⋯."

할머니는 수심이 가득한 얼굴로 말끝을 흐렸다.

현주는 그날부터 생전 보지 않던 음력 날짜를 챙겨 보기 시작했다.

그리고 바로 오늘 밤이 할머니가 말하던 음력 29일의 그믐밤이었다.

기분 탓인지 현주는 초저녁부터 또다시 한기를 느끼기 시작했다.

하지만 할머니는 춥다는 얘기도 안 했고 오늘이 그믐밤이라는 걸 아는지 모르는지 별다른 내색도 하지 않았다. 대신 할머니는 평소보다 일찍 잠자리에 들었고 금방 고른 숨소리를 냈다.

현주는 쉽게 잠을 이룰 수가 없었다. 자정이 다가오면서 엄마, 아빠 방에서도 텔레비전을 끄는 기척이 들려왔다.

잠시 후 유리로 된 미닫이문으로 비치던 거실 불빛이 사라졌다.

거실의 불이 꺼지자 사방은 칠흑 같은 어둠으로 변했다. 집 안에서 뿐만 아니라 바깥과 면한 창문으로도 한 줌의 빛조차 스며들지 않았다.

선생님은 그믐에는 달이 태양과 지구 사이 일직선에 위치하고 혼자서는 빛을 낼 수 없는 달이 태양빛을 반사하지 못해 달빛이 사라진다고 했다.

그리고 할머니는 달빛이 사라진 그믐밤에 귀신들이 삼촌들을 데려간 것 같다고 했다.

정말 삼촌들을 데려간 게 귀신일까.

캄캄한 어둠 속에서 그런 생각들을 하고 있자 겁이 나서 오줌이 마려웠다.

현주는 이불 속으로 파고들어 할머니의 앙상하고 쭈글쭈글한 팔에 매달렸다. 거실의 괘종시계가 새벽 1시를 알렸다.

그때 자고 있는 줄 알았던 할머니가 입을 열었다.

"잠이 안 오니?"

"할머니, 안 잤어?"

"넌 왜 안 자니?"

"그냥…… 무서워서."

할머니가 가만히 숨을 죽이고 있다가 말했다.

"아까 저녁 때 너도 추웠지?"

현주는 어둠 속에서 벌떡 몸을 일으켜 할머니를 보고 물었다.

"할머니도 추웠어?"

"그래, 추웠지. 뼛속까지 추웠다. 지금도 추워."

실은 현주도 그랬다. 지금 두꺼운 이불을 꽁꽁 싸매고 있는데도 냉장고에서 나오는 바람 같은 서늘한 한기가 연신 잠옷을 파고들었던 것이다. 현주가 침을 꼴깍 삼키자 기다렸다는 듯 온몸에 깨알 같은 소름이 돋아났다.

그때 집 안 어디에선가 '흐으흑' 하는 여자의 울음소리가 들려왔다. 소리는 분명 집 안에서 들려왔고 출렁이는 물결처럼 어둠을 타고 방 안으로 흘러들어 왔다.

"할머니……."

현주는 할머니의 품속으로 파고들었다.

할머니가 살짝 떨리는 음성으로 말했다.

"어떤 일이 있어도 이불 속에서 나오면 안 된다."

현주는 대답할 용기조차 없어 이불 속에서 연신 고개만 끄덕였다.

여자의 울음소리가 점점 커지고 또렷해졌을 때 이번에는 대문 밖에서 이상한 소리가 들려왔다.

"캑! 캑! 캑!"

소리는 도무지 사람이 내는 것 같지가 않았다. 게다가 소리는 마치 안에서 우는 여자의 울음소리에 대답을 하며 뭔가 의사를 주고받는 것 같았다.

"캑! 캑! 캑!"

계속 여자를 부르는 것처럼 소리를 내던 대문 밖의 뭔가가 급기야는 '쿵! 쿵! 쿵!' 하고 대문을 두드리기 시작했다.

현주는 앙상한 할머니의 팔을 있는 힘껏 움켜잡았다. 할머니가 신음하듯 말했다.

"대문이 닫혀 있으니까 안으로 들어오지 못할 게다."

하지만 할머니의 말이 끝나기가 무섭게 안방의 미닫이문이 스르륵 열리는 소리가 들려왔다. 안방엔 엄마, 아빠밖에 없는데.

그럼 엄마, 아빠도 저 소리를 들었단 말인가.

근데 이상했다.

안방에서 문을 열고 나온 누군가가 음산하게 흐느끼며 울기 시작했다.

'설마 엄마가?'

그럴 리가 없었다. 엄마가 한밤중에 왜 그렇게 소름 끼치는 울음소리를 낸단 말인가.

여자의 음산한 울음소리가 미닫이문을 사이에 두고 거실에서 들려왔다.

현주도 할머니도 몸을 부들부들 떨면서 온 신경을 곤두세웠다. 안방을 나온 여자가 마당으로 내려가는 기척이 들려왔다.

할머니가 불안하게 중얼거렸다.

"대문을 열어 주면 안 되는데."

"할머니, 무서워요. 저 여자 누구예요?"

현주의 말이 끝나기가 무섭게 삐걱 하고 대문 열리는 소리가 났다. 현주도 할머니도 훅 하고 숨을 삼켰다.

어디선가 불어온 세찬 바람 한 줄기가 집 안을 휘감았다.

잠시 후 거실로 누군가 올라왔고 할머니 방 바로 앞에서 '캑! 캑! 캑!' 하는 그 섬뜩한 소리가 들려왔다.

할머니는 이불 속에서 두 손을 더듬어 현주의 얼굴을 꼭 끌어안았다. 현주는 할머니를 끌어안은 채 사시나무처럼 몸을 떨었다.

이윽고 할머니의 방문이 소리 없이 열렸다. 방문이 열리자 이불 속에서도 단번에 느낄 만큼의 차가운 냉기가 방으로 밀려들었다. 할머니가 쥐어짜는 것 같은 소리를 냈다.

"누, 누구야?"

"캑! 캑! 캑!"

소리는 바로 현주의 머리 위에서 들려왔다. 할머니가 힘껏 현주를 끌어안으며 소리쳤다.

"우리 현주는 안 돼!"

현주는 이불 속에서 공포에 사로잡혀 흐느끼면서도 울음소리를 내지 않으려고 스스로 입을 틀어막았다.

할머니가 숨이 가쁜 것처럼 꺽꺽거리는 소리를 냈다. 팔이 부들부들 떨렸고 다리가 요동을 쳤다. 그러면서도 할머니는 현주를 감싸 안고 있던 손을 놓지 않았다.

한동안 소리 없이 발버둥을 치며 경련을 일으키던 할머니는 긴 한숨이라도 내뱉는 것처럼 숨을 토해 냈다.

현주는 아랫도리가 축축하게 젖어 오는 것도 알지 못한 채 할머니만 끌어안고 있었다.

하지만 할머니는 더 이상 현주를 끌어안을 수가 없었다. 할머니의 몸은 이미 힘없는 나무토막처럼 축 늘어져 있었다.

현주에게 그 밤은 평생 잊을 수 없는, 가장 무섭고 긴 밤이었다.

아침에 엄마, 아빠가 들이닥칠 때까지도 현주는 이불 속에서 나오질 못했다.

돌아가신 할머니의 얼굴에도 삼촌들과 마찬가지로 곰보

자국이 생겨났고, 그렇잖아도 앙상하던 팔다리는 더욱 야위고 오그라들어 있었다.

사연을 모두 읽은 태수는 현주 할머니가 돌아가신 대목에서 마음이 찡하게 저려 왔다. 태수도 어릴 때 할머니와 함께 살았는데, 태수가 초등학교에 입학하던 해에 돌아가셨던 것이다.

당시 집안이 어려워 아무도 태수에 대해 신경 써 주지 못할 때 오직 할머니만 태수를 보듬어 주었던 기억이 진하게 남아 있다.

조금만 더 일찍 알았다면 손을 쓸 수도 있었을 텐데.

오인하가 말했다.

"죽은 현주의 두 삼촌과 할머니의 몸에 난 흔적은 틀림없이 천연두를 앓은 흔적이었어요. 거기 내용에도 나오지만 천연두는 한국에서 1960년대 이후 발병한 적이 없어요. 근데 멀쩡하던 사람들이 천연두를 앓은 것처럼 죽었다니 이상하잖아요. 그래서 저희 수사대가 현주네 집에 가서 잠복도 하고 여러 조사를 했는데 아무런 단서도 찾지를 못했어요."

오인하의 말대로 너무도 이상한 일이었다.

태수는 휴대폰으로 달력을 검색해 보고는 고개를 끄덕였다. 제작진과 EMP 수사대가 방송을 너무 서둘러서 이상했는데 이유가 있었다.

"내일이 그믐이군요."

태수의 말에 오인하가 심각한 표정으로 고개를 끄덕였다.

"네, 그래서 저희도 급하게……."

현주의 두 삼촌과 할머니까지 모두 그믐날에 변을 당했다. 그렇다면 내일 그믐날에는 현주 차례가 될 가능성이 높았다. 현주는 할머니가 그토록 지켜 주려던 손녀가 아니던가.

태수는 자신이라도 대신 지켜 줘야겠다는 생각이 들었다.

"알겠어요. 내일 당장 〈영혼탐정〉 시즌 2 촬영을 시작하죠."

고속도로만 4시간을 넘게 달린 태수와 제작진이 현주네 집에 도착한 건 땅거미가 어스름하게 깔리기 시작할 무렵이었다.

현주네 집에는 이미 VJ들과 제작진 일부, EMP 수사대의 오인하 팀장과 박도훈, 윤지숙, 한민석 경장이 미리 도착해서 기다리고 있었다.

태수와 제작진이 도착하자 VJ들이 일제히 카메라를 켜고 촬영을 시작했다.

윤지숙과 한민석 경장은 이미 박찬성의 원혼을 상대할 때 인사를 나눠서 구면이었다.

오인하가 말했다.

"오늘 작전에는 윤지숙 경장과 한민석 경장 두 사람이 참여할 겁니다."

태수가 두 사람과 인사를 나눴다. 둘은 EMP 수사대에서도 가장 최정예 인력이라고 오인하가 소개를 했다.

오인하는 윤지숙이 들고 있는 사이킥 테이저건을 보여 주며 말했다.

"이번에 개량된 신형 테이저건이에요. 이전에는 고스트 스크린과 테이저건이 분리되어 있었는데 신형은 아예 총에 장착이 돼서 성능이 대단히 좋아졌어요. 오늘이 신형 테이저건으로 수행하는 첫 번째 작전이고."

그러고 보니 테이저건의 가늠자 위쪽에 작은 모니터가 달려 있는 게 보였다. 테이저건에 모니터가 부착이 되어 있으면 영적 전투에서 전투력이 올라갈 것 같았다.

모니터의 영을 보면 바로 테이저건을 쏠 수가 있으니까.

VJ들 사이에서 익숙한 목소리가 들려왔다.

"아이고, 반갑습니다. 하하하."

길재중이 긴 머리를 휘날리며 VJ들 사이에서 모습을 드러냈다.

길재중은 카메라가 켜지자마자 기다렸다는 듯 제작진을 일일이 찾아서 다시 불러 줘서 고맙다는 인사를 건넸다.

마지막으로 태수를 본 길재중이 다짜고짜 끌어안으며 감격한 듯 말했다.

"내가 방송 보면서 태수 군이 얼마나 그리웠는지 알아? 그

뭐랄까, 동생 같고 조카 같고…… 그런 거 있잖아. 아주 끈끈한 느낌."

허세를 부리는 건 조금도 변하지 않았지만 그게 또 길재중의 매력이 아닌가.

태수도 모처럼 길재중의 모습을 보니 반가운 마음이 들었다.

"내가 그동안 방송을 쭉 지켜보니까 말야. 출연자들이 다들 너무 경직이 돼 있어서 이전보다 방송이 좀 지루하고 딱딱하더라고. 사고는 좀 쳐도 MSG처럼 방송의 맛을 낼 줄 아는 사람이 있어야겠더라고. 태수 군, 동의하지?"

"예? 아, 예, 뭐."

태수가 동의를 하자마자 방송 분량을 만들려는 길재중의 수다가 다시 시작했다.

길재중이 현주의 집을 가리키며 말했다.

"저기가 현주네 집인데, 지붕 보이지? 지붕 모양이 가운데가 낮게 내려앉았잖아."

길재중의 말처럼 기와로 된 현주네 지붕은 양쪽은 위로 솟고 가운데가 움푹하게 내려앉은 기이한 형태였다.

"보통 지붕은 기운이 모이도록 가운데가 산처럼 볼록하거나 평평한데 저 집은 오히려 처졌잖아. 저런 지붕은 중심의 공간 형태가 빈약해서 기운이 모이지 않는 형태로, 흉가의 대표적인 지붕 형태야."

길재중이 이번엔 현주네 집 안에 심어져 있는 나무를 가리키며 물었다.

"저기 집 안에 큰 나무 보이지? 무슨 나무 같아?"

"밤나무 아닌가요?"

"맞아, 밤나무!"

"밤나무가 왜요?"

"감나무도 아니고 집 안에 밤나무를 심어 놓는 경우는 상당히 드물어. 밤나무는 음기가 강한 대표적인 나무야. 가능한 한 집 안에 심는 걸 피해야 하는 나무라고. 그래서 위패나 신주를 만들 때도 밤나무를 쓰고 신상을 만들 때도 밤나무를 쓰는 거라고. 집의 형태를 보면 바깥의 귀기가 저 밤나무 가지를 타고 집 안으로 들어가 모이는 형상을 하고 있어."

길재중이 모처럼 섭외를 받고 취재도 많이 하고 공부도 많이 한 모양이었다.

태수는 현주네 집으로 들어가기 전에 혹시 몰라 주문을 읊었다.

'귀기탐색.'

화르르르륵.

허공에 지도가 떠올랐지만 붉은 점은 보이질 않았다. 일단 집 안에는 악귀의 존재가 없다는 소리였다.

태수는 현주네 집 대문을 열고 들어갔다. 현주네 식구들이 마당에서 제작진과 얘기를 나누고 있는 모습이 보였다.

현주가 맨 먼저 태수를 알아보고는 수줍은 듯 엄마 뒤로 몸을 숨기고는 고개만 빠끔 내밀었다.

"안녕하세요?"

태수가 인사를 건네자 현주의 부모도 사뭇 신기한 눈으로 보며 마주 인사를 했다. 태수가 엄마 뒤에 숨어 있는 현주를 보고 말했다.

"현주아, 안녕?"

"현주야, 네가 좋아하는 태수 아저씨 왔는데 인사 안 해?"

그제야 현주가 수줍게 손을 흔들었다. 현주는 사연을 읽으며 상상했던 것처럼 수줍음이 많은 여자아이였다.

태수는 VJ들이 집 안 곳곳에 카메라를 설치하는 동안 현주네 가족과 마루에 둘러앉아 몇 가지 질문을 주고받았다.

"현주 편지를 보니까 할머니가 돌아가시던 날에 누군가가 안방 문을 열고 나와서 대문을 열었다고 하던데, 혹시 현주 어머니는 기억나는 거 없으세요?"

엄마인 박순혜가 대답했다.

"전혀요! 만약 정말로 어떤 여자가 안방에 있었고 그렇게 울었다면 왜 못 들었겠어요?"

"아버님도 못 들으셨고요?"

아빠인 이형준 역시 망설임 없이 고개를 끄덕였다.

박순혜가 말했다.

"현주 아빠, 오늘 밤은 우리 모텔에라도 가서 자요! 난 무서워 죽겠어. 이제 남은 건 우리 세 식구뿐인데."

이형준이 깊게 한숨을 내쉬며 물었다.

"저희가 집에 없으면 그 귀신이 나타나지 않겠죠?"

길재중이 얼른 대답했다.

"그렇다고 봐야죠. 피한다고 능사가 아니에요. 만일 오늘 밤 식구들이 다른 곳에서 잔다면 오늘이야 액을 피할 수 있겠지만 다음 그믐밤에는 또 어떡할 겁니까? 이 집을 버릴 게 아니라면 차라리 저희가 있을 때 해결을 하는 게 낫지 않겠습니까?"

박순혜가 이형준을 재촉했다.

"현주 아빠, 어떡해?"

고민을 하던 이형준이 결심한 듯 물었다.

"당신들이…… 우리 가족을 지켜 줄 수 있겠습니까?"

태수가 대답했다.

"네. 그래서 온 거니까요."

"그럼 우린 어떻게 해야 합니까?"

"그냥 평소처럼 행동하시면 됩니다. 평소처럼 지내고 평소처럼 잠자리에 들고. 나머지는 저희가 알아서 하겠습니다. 물어볼 것도 있고 하니까 현주는 저희하고 같이 있다가 시간이 되면 안방으로 데리고 가겠습니다."

현주네 가족을 안심시킨 후 태수와 길재중이 본격적으로 집 안을 살펴보기 시작했다. VJ들이 그런 두 사람을 중심으

퇴마하는
톱스타

로 촬영 카메라를 들이댔고 김영아와 EMP 수사대 윤지숙, 한민석 경장도 흥미로운 표정으로 두 사람을 따라다니며 일거수일투족을 눈여겨 살폈다.

태수가 제일 먼저 살핀 곳은 대문이었다.

사연에 보면 악귀가 곧바로 집 안으로 들어오지 못하고 누군가가 대문을 열어 주었다는 것, 사고가 일어난 날 대문 앞에 번번이 거울이 엎어져 있었다는 점으로 미루어 짚이는 구석이 있었던 것이다.

태수가 대문 앞에 위치를 잡고 김영아에게 물었다.

"거울이 엎어져 있던 곳이 여긴가요?"

김영아가 대답했다. 옆에 카메라가 있어서 김영아도 태수에게 존댓말을 썼다.

"네, 거기 맞아요. 누가 그랬는지 모르겠지만 사고가 나던 그믐밤 다음 날이면 어김없이 거기에 거울이 엎어져 있었대요."

태수가 손바닥을 대고 주문을 읊었다.

'사이코메트리.'

화르르르륵.

공기가 흔들리며 영상이 떠올랐다.

허공에 떠오른 영상을 보던 태수의 입에서 침음이 흘러나왔다.

잔류사념의 영상이 막이 쳐진 것처럼 흐려져서 보이질 않앉던 것이다.

'이상하다. 이런 경우는 처음인데?'

가능성은 두 가지였다.

시간이 너무 많이 흘러서 잔류사념이 남아 있지 않거나 누군가 사념을 읽지 못하도록 강한 결계를 쳐 놓았거나.

태수가 주위를 둘러보며 말했다.

"땅을 팔 만한 도구가 있나요?"

태수의 말에 김영아가 얼른 삽을 찾아서 건넸다.

태수가 삽으로 대문 앞의 땅을 파헤치기 시작했다. 얼마 후 삽의 끝에 딱딱한 뭔가가 와 닿는 느낌이 전해졌다.

허리를 굽혀 손으로 흙을 파헤치고 보니 땅속에 파묻혀 있던 건 벽돌만 한 크기의 돌멩이였다. 돌멩이는 노란빛을 띠고 있었고 표면이 매끄럽고 넓적했다.

'이게 뭐지?'

돌멩이에 묻은 흙을 털어 내자 표면에 붉은 글자와 이상한 문양들이 그려져 있는 게 보였다.

옆에서 지켜보던 김영아가 물었다.

"돌멩이에 그려져 있는 게 뭐예요? 무슨 그림 같기도 하고 글자 같기도 한데, 엄청 오래됐나 봐요, 색이 바랜 걸 보니까."

"부적이에요."

"예?"

김영아가 놀라 태수를 쳐다봤다.

"돌멩이도 부적이 될 수 있어요?"

"그럼요. 본래 부적의 개념은 고대 벽화에서 유래된 거예요. 원시시대의 사람들이 암벽화에 상징적인 그림을 그려서 주술적인 의미를 담은 게 사실은 초창기 부적의 형태였다고 할 수 있어요. 여기 봐요, 색이 많이 지워지긴 했지만 바탕이 노란색이에요, 글씨는 붉은색이고. 붉은색도 그냥 붉은색이 아니에요. 이 글자는 경면주사로 쓴 거예요. 글씨가 지워져서 정확히 알 수는 없지만 금귀부인 것 같아요."

"금귀부요?"

옆에서 지켜보던 길재중이 설명을 했다.

"그러네, 금귀부네. 일체의 사귀, 요귀, 잡귀들이 집에 근접을 못 하게 하는 부적이지. 이제 보니까 영이 스스로 집 안으로 들어오지 못한 건 바로 이 돌 부적 때문이었네. 그리고 사고가 있던 다음 날 아침에 매번 거울이 엎어져 있었던 것도 대문을 열어 준 누군가가 이 부적의 기운을 막아서 영이 집 안으로 들어올 수 있도록 하기 위함이었고. 부적의 기운은 거울을 통과하지 못하거든."

길재중이 태수한테서 돌멩이 부적을 받아 들고는 살피며 감탄을 쏟아 냈다.

"이야, 이거 딱 봐도 엄청 오래된 것 같은데."

김영아가 놀랍다는 표정을 짓고는 물었다.

"아, 이 집이 100년이 넘은 집이라는 얘기는 들었는데. 그 럼 누군가가 부적의 기운을 없애려고 이 위에 거울을 가져다 엎어 놓았다는 얘기네요?"

"맞아요. 식구 중 누군가가 영에게 빙의된 것 같아요. 그 러니까 집 안에서 식구 중 누군가를 조종하는 또 다른 영이 있을 수 있다는 얘기죠."

김영아가 놀라 물었다.

"세상에, 그럼 누가 빙의된 거예요?"

"아직은 모르겠어요. 일단 지금은 식구 중에 빙의된 사람 은 없는 것 같아요."

만약 빙의가 된 식구가 있다면 태수가 금방 알아봤을 테니 까.

길재중이 말했다.

"내 생각엔 집 안 어딘가에 악귀가 숨어 있다가 그믐밤이 되면 나타나 빙의를 하는 것 같은데."

그것도 이론상으로는 가능하지만 만약 집 안에 영이 숨어 있었다면 귀기탐색을 했을 때 드러났을 것이다.

태수가 팔짱을 끼고 생각에 잠기자 여러 관련 정보들이 머 릿속에 떠올랐다.

도력이 높은 누군가가 대문 앞에 돌멩이 부적을 묻어 놓은 것도 그렇고 외부에서 안에 있는 영적 존재와 소통하며 움직 이는 것도 그렇고.

무엇보다 돌멩이 부적의 상태로 봐서 악귀가 상당히 오랫동안 이승을 떠돌았을 가능성이 높다. 오랜 세월이 흘렀다는 건 그만큼 악귀가 강한 영력을 가졌을 가능성이 높다는 걸 의미한다.

태수가 말했다.

"일단 죽은 삼촌들 방을 먼저 살펴보죠."

태수와 길재중, 김영아와 현주가 죽은 현주 삼촌들의 방에 들어섰다. 삼촌들 방에 들어서자마자 구석구석을 살폈지만 귀기는 물론 가벼운 음기조차 느껴지지 않았다.

'사람이 셋이나 죽었는데 영적인 흔적이 전혀 남아 있지 않다니.'

태수는 죽은 삼촌들이 마지막 순간 공포에 사로잡혀 사념이나 이미지를 남겼을 만한 물건들과 이불 등을 찾으려고 정신을 집중했지만, 어느 것에도 이렇다 할 사념은 남아 있지 않았다.

태수가 물건들을 살피는 동안 길재중은 카메라를 의식한 듯 영의 기운을 감지한다며 방 한가운데서 가부좌를 틀고 앉았다.

길재중이 좌선을 하는 것처럼 양손으로 수인을 맺고는 이상한 주문을 외우자 김영아가 의심스러운 눈으로 보다가 물었다.

"뭐 느껴지는 게 있어요?"

길재중이 제법 진지한 표정으로 말했다.

"아직은. 아마도 악귀가 음의 기운이 가장 강해지는 밤을 기다리는 것 같아. 가만 있자, 저기 책상 밑에 떨어져 있는 게 뭐지?"

길재중이 구석에 있던 앉은뱅이책상으로 다가가더니 그 아래 구석에 떨어져 있던 도수가 꽤 높아 보이는 뿔테 안경을 집어 들었다.

길재중이 현주를 돌아보고 물었다.

"이거 너네 삼촌 거냐?"

"네, 큰삼촌 거예요."

길재중이 안경을 살펴보다가 대수롭지 않다는 듯 책상 위에 올려놓으며 말했다.

"자다가 죽었다는데 안경에 사념이 남아 있을 리가 없잖아? 자면서 안경을 끼고 잘 리도 없고. 아이고, 벌써 11시네. 건너편 할머니 방이나 살펴볼까?"

길재중이 자리에서 일어나려는데 현주가 뜻밖의 말을 했다.

"아니에요. 그날 아침에 큰삼촌은 안경을 끼고 있었어요!"

자리에서 일어나려던 길재중이 엉거주춤한 자세로 고개를 돌렸다.

"그게 정말이냐?"

"네, 확실해요."

길재중이 슬쩍 태수를 돌아봤다. 태수는 다른 물건들을 살펴보느라 이쪽을 보지 못하고 있었다. 단독으로 자신을 잡고 있는 카메라를 본 길재중이 마치 탐정이라도 된 것 같은 표정으로 말했다.

"사망 당시에 안경을 끼고 있었단 말이지?"

길재중이 책상에 올려놓았던 안경을 다시 집어 들고는 유심히 살펴보면서 말했다.

"그렇다면 이 안경은 그날 무슨 일이 있었는지 다 봤다는 얘기네. 틀림없이 강렬한 영적인 흔적이 남아 있을 거야. 어디 뭐가 느껴지나 볼까?"

대사를 워낙 실감나게 해서 김영아도 뭔가 나올 것 같은 기분으로 길재중의 행동에 집중했다.

길재중이 안경을 끼더니 이내 금방 벗으며 중얼거렸다.

"아이고 어지러워라. 너네 삼촌 눈이 많이 나빴구나."

현주가 고개를 끄덕였고 옆에서 지켜보던 김영아가 어이가 없다는 듯 저도 모르게 한숨을 내쉬었다.

길재중이 자존심이 상한 듯 이내 다시 안경을 끼고는 눈을 감더니 정신을 집중했다. 길재중도 영적인 감수성이 발달했기에 만약 안경에 영적인 흔적이 남아 있다면 귀기 정도는 충분히 느낄 수가 있다.

눈을 감고 있던 길재중의 양미간이 좁아지며 표정이 급변했다.

김영아가 보나마나 또 혼자 연기한다고 생각하며 피식 웃었다. 김영아 역시 옆에 있는 카메라를 의식하며 자못 진지하게 물었다.

"왜 그러세요, 도사님? 진짜 뭐가 보이는 거예요?"

순간 길재중의 얼굴이 순식간에 창백해졌고 몸을 파르르 떨었다.

김영아가 어이가 없다는 표정으로 보다가 다시 팔을 잡고 흔들었다.

"도사님 왜 그래요? 무슨 일이에요?"

길재중의 입에서 침음이 흘러나오자 김영아가 길재중의 귀에 대고 속삭였다.

"도사님, 그만해요. 다들 놀라잖아요. 그동안 연기 학원 다녔어요?"

하지만 길재중의 몸은 더욱 떨리기 시작했고 급기야 꺽꺽거리며 숨을 못 쉬는 것처럼 괴롭게 몸을 뒤틀기 시작했다. 절대로 연기로 할 수 있는 행동이 아니었다.

그제야 깜짝 놀란 김영아가 태수를 불렀다.

"장태수 씨, 여기 도사님이……."

태수가 돌아보고는 얼른 다가왔다.

"도사님이 왜 이래요?"

김영아가 겁먹은 목소리로 말했다.

"돌아가신 현주 큰삼촌 안경을 쓰고 귀기를 감지한다고 하

퇴마하는
톱스타

시더니 그만 이렇게……."

"예? 단지 안경을 썼을 뿐인데 이렇게 됐다고요?"

태수가 즉시 길재중의 얼굴에 씌워진 안경을 벗겨 냈지만 경련은 멈추질 않았다.

바닥에 드러누운 길재중의 몸이 점점 뻣뻣해지더니 바닥에서 퉁퉁거리며 튀기 시작했다.

태수도 처음 보는 광경이라서 당황할 수밖에 없었다. 단지 죽은 사람의 안경을 썼다고 이런 강력한 영적 공격을 받는다는 게 놀라웠다.

어쩔 수 없이 길재중의 심장 부위에 손바닥을 대고 생기탐랑의 능을 발동시켰다. 공기가 흔들리며 허공에 메시지가 떠올랐다.

제1성인 탐랑성의 생기탐랑의 능이 작동합니다.

화르르르륵.

태수의 손에 푸르스름한 기운이 맺혔다. 생기탐랑의 능이었다. 태수는 생기탐랑의 능을 길재중의 심장으로 옮기려고 했지만 이상하게 기운이 옮아가질 않았다.

"이게 어떻게 된 거지?"

다시 머릿속으로 대처할 수 있는 무수한 정보가 쏟아져 들어왔다.

태수가 김영아에게 윤지숙과 한민석을 불러오도록 했다.

태수가 길재중을 일으켜서 똑바로 앉혔다. 길재중은 앉은 자세에서도 계속 몸에 경련을 일으켜서 제대로 붙잡고 있기도 힘들 지경이었다.

곧이어 윤지숙과 한민석은 물론 권 피디까지 방으로 뛰어 들어왔다.

"무슨 일입니까?"

놀란 권 피디의 물음에 태수가 말했다.

"피디님은 나가 계셔도 돼요. 두 분은 여기 이렇게 길 도사님이 앉아서 자세를 유지하도록 좀 잡아 주세요."

윤지숙과 한민석이 사시나무처럼 떠는 길재중을 양쪽에서 붙잡았다.

태수가 길재중의 바로 뒤에서 가부좌를 틀고 앉아 항마촉지인을 맺었다.

항마촉지인은 항마인, 촉지인이라고도 부르는 불교의 수인으로 모든 악마를 굴복시켜 없애는 불보살의 인상이라고 알려져 있다.

태수가 항마촉지인을 맺은 후 세상 사람들의 두려움을 없애 주고 마의 항복을 받아 낸다는 능엄신주를 읊기 시작했다.

"나맛 타타가토스니삼 시타타파트람 아파라지탐……."

항마촉지인을 맺고 능엄신주를 읊기 시작하자 아랫배가

뜨거워지며 단전에 기운이 몰려들었다.

단전에 모인 푸른 항마의 기운이 수인을 맺고 있는 손안으로 빨려 들어갔다. 수인을 맺은 손가락 안에서 금빛 항마의 기운이 소용돌이치는 게 느껴졌다.

태수는 기운의 힘을 더 이상 감당할 수 없을 때까지 참았다가 그대로 들어 올려 길재중의 등을 힘껏 후려쳤다.

길재중의 입에서 괴성이 터져 나왔다.

"크억!"

목구멍에 막혀 있던 음식물을 토해 낸 것처럼, 길재중이 비로소 기침을 토해 내며 경련이 멈췄다.

길재중이 그 자리에 엎드려서 계속 토악질을 해 댔다.

태수가 길재중을 붙들고 물었다.

"도사님, 괜찮으세요?"

길재중이 토악질을 하며 괜찮다며 손을 내저었다.

태수가 얼른 현주 큰삼촌의 안경을 집어 들었다.

대체 안경에 뭐가 있기에 길재중을 저렇게 만들었는지, 또한 생기탐랑의 능이 옮아가는 것까지 방해를 했는지 궁금했던 것이다.

태수가 안경에 손바닥을 대고 주문을 읊었다.

'사이코메트리.'

화르르르륵.

안경에 남아 있던 서늘한 기운이 태수를 침범하려는 순간 공기가 흔들리며 허공에 칠성의 전수자를 보호하는 메시지가 떠올랐다.

능이 작동하며 태수의 전신을 항마의 기운이 감싸며 보호했다. 저절로 메시지가 뜨며 능이 작동했다는 건 안경에 있던 뭔가가 태수를 공격하려 했다는 얘기였다.

제6성 연년 개양성의 능이 작동합니다!

허공에 잔류사념의 영상이 떠올랐다. 영상은 주위가 칠흑처럼 캄캄했다.

'왜 이렇게 캄캄하지?'

어둠이 서서히 눈에 익은 후 주위를 둘러보니 다름 아닌 현주네 집 마당이었다. 사방이 어두웠던 건 한밤중인 데다 하늘에 달빛이 가장 약한 그믐달이 떠 있었기 때문이다.

현주네 집 대문은 누군가 일부러 열어젖힌 것처럼 활짝 열려 있었다.

근데 잔류사념으로 보이는 기억이 좀 이상했다.

분명히 지금의 잔류사념은 현주 큰삼촌의 사념일 텐데, 발이 땅에 닿아 있지 않고 허공에 둥둥 떠 있었던 것이다.

태수는 지금의 잔류사념이 현주 큰삼촌이 죽기 직전이나 죽는 순간의 사념이라 생각하고 있었다. 근데 어떻게 몸이 허공에 떠 있을 수가 있단 말인가.

그때 어디선가 기묘한 방울 소리가 들려오기 시작했다. 방울 소리에는 사람을 홀리는 것처럼 정신을 혼미하게 만들면서 보이지 않는 힘으로 몸을 끌어당기는 것 같은 힘이 깃들어 있었다.

딸랑…… 딸랑…… 딸랑…… 딸랑…….

방울 소리가 들려오자 현주 큰삼촌의 몸이 저절로 그 방울 소리에 이끌려서 움직이기 시작했다. 그것도 발이 땅에 닿지 않은 채 허공에 둥둥 떠서.

'이게 뭐지? 저 방울 소리는 또 뭐고 현주 큰삼촌은 어떻게 이렇게 몸이 허공에 떠서 날아갈 수가……?'

그때 머리에 번쩍 떠오르는 생각이 있었다.

'혹시 저 소리는…… 망자의 혼을 부르는 방울 소리?'

잔류사념 속 환상이라는 걸 알면서도 소름이 끼쳤다.

지금 태수가 보고 있는 현주 큰삼촌의 잔류사념은 생전의 기억이 아닌 죽은 이후의 기억, 즉 현주 큰삼촌의 영혼 속에 남아 있는 잔류사념을 보고 있는 것이다.

또한 지금 망자의 방울 소리로 현주 큰삼촌의 영혼을 부르고 있는 악귀는 장례를 치르기도 전에 혼을 불러낼 정도로 상당한 주술력을 가진 존재라는 것.

길재중이 귀기를 감지하려다가 왜 그토록 고통을 당했는지 알 것 같았다. 사념 속에 망자의 영혼을 부르는 방울 소리가 남아 있었기 때문이었다.

태수가 잔류사념에서 빠져나왔다.

화르르르륵.

태수가 잔류사념에서 빠져나왔을 때까지도 길재중은 자리
에 폭삭 엎드려 가쁜 숨을 몰아쉬며 고통스럽게 어깨를 들썩
이고 있었다.

"도사님, 괜찮아요?"

길재중이 신음하며 간신히 고개를 끄덕였다. 평소 검붉던
얼굴엔 아직도 핏기가 가셔서 거의 보이지 않았다. 입술은
파랗게 변했고 몸은 부들부들 떨리고 있었다.

"추, 추워."

길재중이 옆에 있던 이불을 와락 끌어다가 몸을 돌돌 말고
서도 이를 딱딱 부딪쳤다.

"대체 그 안경에 뭐가 있었던 거야?"

"도사님, 혹시 안경에서 귀기를 감지할 때 방울 소리 들리
지 않았어요?"

길재중이 고개를 끄덕였다.

"드, 들었어. 정말 이상한 기분이 들게 하는 방울 소리였
어. 그래, 맞아. 그 방울 소리를 들은 후부터 머리가 깨질 것
처럼 아프고 온몸이 찢어지는 것 같은 고통이 찾아들었어."

태수가 고개를 끄덕이며 말했다.

"아마 그랬을 거예요. 그 방울 소리는 망자의 혼을 부르는

방울 소리라고, 죽은 영혼을 부르는 소리거든요."

옆에서 두 사람의 대화를 듣고 있던 김영아가 놀라서 물었다.

"망자의 혼을 부르는 방울 소리요?"

"네, 그러니까 보통 저승사자들이 죽은 혼을 부를 때 사용하는 그런 소리하고 비슷한 거예요. 근데 그 소리를 누군가 주술로 만들어 낸 거예요."

"세상에, 어떻게 그런 일이."

태수가 길재중을 돌아보고 말했다.

"그러니까 도사님은 들어서는 안 되는 소리를 들은 거예요. 도사님의 영혼이 그 방울 소리에 이끌려서 육신에서 분리될 뻔했고 그 과정에서 그런 고통이 찾아온 거예요."

길재중도 상당히 놀란 표정으로 되물었다.

"젠장, 그럼 그 방울 소리 때문에 내 영혼이 육신에서 강제 분리될 뻔했단 말이야?"

"그렇죠."

"이런 미친, 대체 누가 그런 짓을 한 거야? 망자는 저승사자가 와서 데려가야지. 저승사자가 오기도 전에 영혼을 빼내서 잡아먹으려고 했다는 거잖아."

영혼을 잡아먹는다는 길재중의 소리에 김영아가 무서운 듯 인상을 찡그렸다.

"악귀가 귀기를 유지하려면 계속 영을 잡아먹어야 하죠.

제 생각에는 아마도 그 방울 소리로 혼을 불러들이는 악귀가 이 집 근처를 맴돌고 있는 것 같아요."

평소 늘 허세를 부리던 길재중도 이번만큼은 얼굴에 두려움이 떠올랐다.

옆에서 지켜보던 김영아가 카메라를 힐끗 보고는 걱정스럽게 물었다.

"그렇게 무시무시한 악귀라면 차라리 현주하고 식구들을 다른 곳으로 피신시키는 게 낫지 않을까요?"

카메라가 비추자 태수가 고개를 젓고는 말했다.

"그건 아닌 것 같아요. 잠시 제작진 회의를 했으면 좋겠어요. 현주네 가족도 참여를 하는 게 좋을 것 같고."

태수의 말에 제작진과 EMP 수사대 그리고 현주네 가족들이 급하게 한자리에 모였다.

시간을 보니 이미 11시 30분을 넘어서고 있어서, 잠시 후 자정이면 그믐달이 뜨기 때문에 별로 여유가 없었다.

태수는 방 안에서 길재중이 당한 일을 제작진과 현주 가족에게 설명했다.

더불어 주술력이 있는 악귀가 집 안에 있는 어떤 영을 조종해서, 현주의 부모 중 한 사람에게 빙의되어 악귀를 돕는 것 같다고 했다.

얘기를 듣고 있던 현주 아빠인 이형준이 펄쩍 뛰었다.

"그게 말이 됩니까? 나도 그렇고 집사람도 그렇고 아무리 빙의가 됐다고 해도 식구를 죽이는 걸 돕는다는 게."

엄마인 박순혜도 옆에 있는 현주를 끌어안으며 항변했다.

"말도 안 돼, 내가 우리 현주를 죽이려는 악귀한테 조종을 받는다니."

사실 지금으로선 빙의당하는 사람이 박순혜일 가능성이 높았다. 밤에 들려왔다는 소리가 여자 울음소리라는 점을 감안하면.

낮에만 해도 집을 지키겠다던 이형준이 단호하게 말했다.

"그럼 차라리 저희는 오늘 밤 다른 곳에 가서 자겠습니다. 현주야, 여보. 일어납시다. 여기 있다가는 우리 현주마저 무슨 일을 당할 것 같아."

박순혜가 일어나며 팔을 잡아당겼지만 유독 현주는 꼼짝도 하지 않은 채 고개를 저으며 말했다.

"난 태수 아저씨가 하라는 대로 할 거야."

"너 엄마 말 안 들을 거야?"

태수가 깊게 한숨을 내쉬며 말했다.

"소용없습니다. 이 집을 나가서 다른 곳에서 자는 건 오히려 악귀가 바라는 일일 수도 있어요."

이형준이 물었다.

"그게 무슨 소립니까?"

"제 생각에 현주의 부모님 두 분은 알게 모르게 오랫동안 악귀의 귀기에 오염이 되어 있었을 겁니다. 그랬으니까 그믐날에 현주는 들었다는 울음소리를 두 분은 듣지 못한 겁니다. 또한 악귀가 그토록 쉽게 빙의를 할 수 있었던 것도 같은 이유고."

박순혜가 허옇게 질린 표정으로 말했다.

"만약 그렇다면 더더욱 집을 떠나야죠."

"그렇지 않아요. 악귀의 귀기에 오염이 됐다는 건 어딜 가더라도 악기가 찾아낼 수 있고 악귀의 영향에서 벗어날 수가 없다는 얘기예요. 즉 장소가 중요한 게 아니라는 얘기입니다. 현주 아버님, 저한테 손을 좀 내밀어 주시겠어요?"

이형준이 어리둥절한 표정으로 자신의 손을 내밀었다. 태수가 그 손을 살짝 잡고 눈을 감았다.

예상대로 집 안에선 느껴지지 않던 귀기가 이형준의 손에서 느껴졌다.

물론 지금 귀기를 제거할 수도 있지만 자칫 돌이킬 수 없는 후유증이 남을 수도 있다.

오염된 귀기를 안전하고 완전하게 제거하는 가장 좋은 방법은 그 근원이 되는 악귀를 제령하는 것이다.

"제 생각에는 위험을 감수하더라도 오늘 밤 이곳에서 악귀가 나타나기를 기다렸다가 제령하는 게 최선입니다."

태수의 말에 현주의 부모는 물론 제작진의 얼굴에도 심각한 표정이 떠올랐다. 지금까지 태수가 이렇게 대놓고 위험을 감수해야 한다고 얘기한 적이 없었기 때문이다.

태수 역시도 이번만큼은 모든 것들이 혼란스러웠다.

분명 집 안에서 누군가 악귀에게 빙의를 당해 대문을 열어 줬고 영적인 공격으로 사람이 셋이나 죽었는데, 집 안엔 잔류사념은커녕 영적인 흔적조차 느껴지지 않았던 것이다.

덕분에 과연 자신이 현주와 가족을 제대로 보호할 수 있을지 마음이 무거웠다.

자신의 선택이 옳은 것인지 알아보기 위해서 예지 영상을 떠올렸다.

제7성인 파군성의 예지파군의 능이 작동합니다.

화르르르륵.

공기가 흔들리며 허공에 영상이 떠올랐지만 흐릿해서 전혀 알아볼 수가 없었다. 아마도 악귀의 귀기 때문이거나 주술의 영향으로 예지를 할 수가 없는 모양이었다.

'이럴 줄 알았으면 강 신부와 현준이를 미리 부를걸.'

후회해도 지금은 돌이킬 수가 없었다.

그나마 현재 도움을 받을 수 있는 건 부족하긴 해도 길재중과 EMP 수사대 정도였다.

현재 현장에 파견된 EMP 대원들은 팀장인 오인하를 비롯해 박도훈 경사와 윤지숙, 한민석 경장 네 사람이고 길재중은 영적 공격의 충격에서 어느 정도 벗어나 회복을 한 상태였다.

태수가 오인하 팀장과 제작진에게 말했다.

"길 도사님과 수사대원들께서는 일단 밖에서 대기해 주세요. 도사님은 EMP 수사대의 장비를 지원받아서 집으로 다가오는 악귀가 있으면 저한테 연락을 주세요. 안팎에서 서로 연락을 주고받으면서 대처해야 할 것 같아요. 그리고 모든 VJ분들은 집 안에 카메라만 설치하고 철수해 주세요, 이번 작전은 너무 위험해요."

태수가 이번엔 김영아를 돌아보고 말했다.

"작가님은 안방에서 현주와 함께 있어 주세요. 물론 현주 부모님도 함께 있겠지만 악귀에게 빙의되면 오히려 현주를 공격할 수도 있으니까. 그리고…… 현주와 함께 있으면 작가님도 악귀의 공격을 받을 수가 있어요."

김영아의 눈이 휘둥그레졌다.

"그, 그건……."

"작가님이 원치 않으면 어쩔 수가 없어요."

김영아가 옆에 있는 현주를 보다가 가만히 끌어안으며 한숨처럼 말했다.

"내가 없으면 현주가 너무 무섭잖아. 이러다가 나도 영혼이 육신에서 강제 분리되는 거 아닌지 몰라. 그럼 장태수 씨는 어디에 있을 거예요?"

"저도 안방에 함께 있을 거예요."

김영아가 이내 활짝 웃는 표정으로 말했다.

"그럼 걱정할 거 하나도 없네. 난 또 우리끼리만 방에 있는 줄……."

"전 옆에 있어도 악귀가 제 모습을 보지 못하도록 주술을 걸어 놓고 지켜만 볼 거예요. 두 사람이 고통을 받아도 한동안은 도와주지 않을 거예요. 왜냐하면 악귀의 정체를 확실히 알 수 있을 때까지는 기다려야만 할 테니까."

여러모로 위험이 따르는 작전이지만 다른 방법이 없었다. 악귀의 정보가 전혀 없는 상태에서 섣불리 나서다간 모두가 위험해질 수가 있었다.

김영아가 사색이 돼서 말했다.

"그럼 어느 정도의 고통은 견뎌야 한다는 거네요? 아까 길 도사님처럼?"

태수가 고개를 끄덕이고는 말했다.

"만약 지금이라도 싫으면 얘기해요. 이건 누구에게도 강요할 수 있는 문제가 아니니까."

"됐어요, 내가 이 어린 현주 혼자 두고 마음 편하게 빠질 수가 있겠어요? 까짓 거 죽기 전에만 구해 줘요."

김영아가 애써 웃음을 지어 보였다.

알면 알수록 괜찮은 사람이 있다. 태수에겐 그런 사람이 김영아였다. 아무리 프로그램 구성 작가라도 웬만한 사람이면 싫다고 했을 텐데.

어둠이 주위를 뒤덮었고 납덩이같은 적막이 세상의 모든 소음을 집어삼킨 것 같았다.

온갖 소음과 불야성의 불빛이 밤새 거리를 밝히는 서울에선 그믐밤의 어둠과 적막을 느낄 겨를조차 없을 것이다.

하지만 이곳은 아무리 둘러봐도 불빛 한 점 보이지 않는 어둠이 주위를 에워싸고 있었다. 게다가 음기가 가장 강해진다는 그믐날이다.

김영아는 현주의 머리맡에 있었다. 어둠 속에서 김영아와 현주는 서로 손을 마주 잡고 있었다. 그나마 방 안에 태수가 함께 있다는 게 너무도 큰 위안이 되어 주고 있었다.

태수는 영들이 자신을 알아보지 못하도록 은형법을 사용해서 어둠 속에 은신하고 있었다.

마루의 괘종시계가 새벽 1시를 알려 오자 다들 긴장감에 숨을 삼켰다.

태수가 귀에 꽂고 있는 리시버에서 바깥에 대기하고 있던 길재중의 긴장된 목소리가 들려왔다.

—왔어. 엄청나게 센 놈인 것 같아. 여기 수사대원들 말이 고스트 펄슨가 뭔가가 지금 요동을 치고 난리가 났대. 지금 공격을 해야 하는 거 아닌가?

태수가 다급하게 말했다.

"절대 공격하지 마세요. 도사님과 대원들이 감당할 수 있는 악귀가 아니에요."

얼마 전 고통을 겪은 탓인지 길재중이 금방 수긍했다.

―그래, 알았어. 지금 보니까 희미하게 방울 소리가 들리네. 젠장맞을, 아주 멀리서부터 방울 소리가 점점 가까이 다가오고 있어.

"도사님, 조심하세요. 방울 소리가 들린다는 건 놈이 도사님을 알고 있다는 징조일 수도 있어요. 어떤 경우에도 대응하지 말고 가만히 있으세요. 어차피 놈의 목표는 현주니까."

EMP 대원들의 테이저건에 달려 있는 모니터에 고스트 펄스가 미친 듯이 요동을 치기 시작했다. 일전에 박찬성의 펄스하고는 비교가 되지 않을 정도로 강력한 펄스였다.

길재중이 양손으로 귀를 막으며 중얼거렸다.

"으으으, 저 방울 소리."

오인하가 의아하게 물었다.

"방울 소리라니요?"

"저 소리 안 들려요? 멀리서 점점 가깝게 들려오는 방울 소리 말입니다."

오인하와 나머지 대원들이 모두 고개를 저었다.

"아무 소리도 안 들리는데요."

"아무런 소리도 안 들린다고? 그럼 정말로 저놈이 날 알고 있는 건가?"

길재중이 얼른 주머니에 있던 부적을 꺼내서 손에 움켜쥐었다.

방울 소리가 귓가에서 울릴 정도로 점점 가까워지면서 길재중의 눈앞 공기층이 미세하게 흔들리는 게 보였다.

"이, 이런 젠장맞을."

길재중의 입에서 침음이 흘러나왔다.

차갑고 음습한 바람이 축축하게 목덜미를 훑고 지나가더니 후각을 마비시킬 것 같은 강렬한 피비린내가 사방에서 밀려들었다.

길재중이 겁에 질린 표정으로 숨을 들이켰다.

바로 눈앞에서 여태까지 경험해 보지 못한 강렬한 귀기가 느껴졌다.

오인하를 비롯한 EMP 수사대원들은 만약을 대비해 모두 길재중의 바로 앞 허공을 향해 테이저건을 겨누고 있었다. 고스트 스크린에 나타난 고스트 펄스가 길재중의 코앞에서 요동을 치고 있었던 것이다.

길재중이 대원들에게 테이저건을 쏘지 말라고 손짓을 했다. 태수 말대로 이 정도의 귀기라면 테이저건 같은 무기로 잡을 수 있을 것 같지가 않았던 것이다.

만에 하나 악귀를 자극했다가 실패하면 이곳에 있는 모든 이들이 몰살을 당할 수도 있었다.

'젠장, 이러다가 오늘이 내 제삿날이 되는 거 아니야?'

길재중이 두려운 마음으로 어둠을 노려보는데, 공기가 흔들리며 눈앞에서 습한 기운의 덩어리가 뭉치기 시작했다. 어둠 속에서 기운 덩어리가 뭉치며 영의 형체와 얼굴이 서서히 드러나고 있었다.

'이게 뭐지? 내겐 영을 볼 수 있는 영안이 없는데?'

하지만 의문은 금방 풀렸다.

자신이 영을 보는 게 아니라 영이 스스로 모습을 드러냈던 것이다.

BMP 수사대원들도 모두 영의 모습을 눈으로 직접 목격하고 충격을 받은 표정을 짓고 있었으니까.

더욱 놀라운 건 영이 사람이 아닌 인형의 모습을 하고 있다는 점이었다.

작은 어린아이 크기의 목각인형이 눈앞에서 길재중을 조롱하듯 고개를 까딱거리며 움직이고 있었다. 흉측한 가면 모양의 인형 얼굴에는 액(厄)이라는 붉은 글자가 새겨져 있었다.

길재중이 저도 모르게 중얼거렸다.

"액막이 인형의 원한령……?"

그랬다. 액 자가 선명한 가면은 틀림없는 액막이 가면이었다.

길재중은 언젠가 이런 독특한 인형의 염체에 대한 얘기를 들은 적이 있다.

원래 액막이 인형은 액운이 있는 집 안에서 액운과 저주를 인형이 대신 가져가라는 좋은 의미로 사용이 됐다. 따라서 가면의 이마에 새겨진 厄(액)이란 글자는 세상의 모든 재액(災厄)과 병고(病苦)를 사람 대신 인형이 받아 간다는 의미를 담고 있었다.

근데 액막이 인형을 남을 저주하는 데 이용한 사람들이 있었다. 즉, 미워하는 사람의 얼굴을 닮은 인형을 만들고 그 인형의 얼굴에 액 자를 새기면 모든 액이 인형 얼굴을 닮은 사람에게 간다는 것이다.

그렇게 누군가의 저주에 성공한 인형을 무당들이 다시 주술을 걸어 악귀로 재차 이용하는 경우가 있다는 것이다.

국내뿐만 아니라 티베트의 고승들도 주술을 통해 '툴파'라는 인형의 염체를 만들어서 부렸다고 한다.

악귀가 된 액막이 인형은 주술을 건 사람의 명령에 따라 꼭두각시처럼 움직인다.

그 얘기를 들려준 사람은 길재중하고 친하게 지내던 선녀보살이었다.

지금 길재중의 눈앞에서 기이하게 웃고 있는 염체가 바로 그 저주받은 액막이 인형이다.

인간들의 저주스럽고 악한 마음으로 빚어진 존재!

인형의 까만 동공을 마주 보며 길재중은 숨이 막힐 것 같은 공포를 느꼈다.

액막이 인형이 길재중한테서 몸을 돌려 현주의 집으로 향하는 모습을 보고서야 길재중은 참았던 숨을 내쉬었다.

길재중이 무전기를 들고 태수에게 알렸다.

−태수 군, 지금 액막이 인형의 염체가 그쪽으로 가고 있어.

액막이 인형의 염체가 현주네 집으로 향했다는 길재중의 다급한 목소리가 리시버를 통해 들려왔다.

'액막이 인형의 염체라고?'

태수가 저도 모르게 미간을 찌푸렸다. 액막이 인형은 인간의 가장 추악한 마음에서 빚어진 존재라는 걸 알기 때문이다.

그때 안방 어둠 속에서 소름 끼치는 여자의 울음소리가 들려왔다.

으흐흐흐흑.

울음소리가 얼마나 음산한지 이불 속에 누워 있던 현주가 김영아의 손을 힘껏 움켜잡았고, 김영아 역시 몸의 솜털이 올올이 일어서는 것 같은 공포를 느꼈다.

놀랍게도 울음소리는 두 사람의 바로 지척에서 들려왔다.

이윽고 어둠 속에서 방 안에 있던 누군가가 이불을 밀어내며 일어나는 기척이 들려왔다.

김영아의 동공이 저절로 커졌다.

어둠이 너무 짙어 이불 속에서 누가 나온 건지 알 수가 없었다. 눈앞에서 어둠이 움직였다.

드르르륵.

누군가가 안방 문을 열고 마루로 나갔다.

대문 밖에서 인형이 사람이 나오는 소리를 듣고 반갑게 소리를 냈다. 한 번도 들어 본 적이 없는 기이하면서도 소름 끼치는 소리였다.

"캑! 캑! 캑!"

방에서 나간 누군가가 대문을 열기 위해 마당으로 내려서는 기척이 들려왔다.

저벅…… 저벅…… 저벅.

김영아가 현주에게 속삭였다.

"현주야, 방금 엄마가 나간 거야?"

현주가 뜻밖의 대답을 했다.

"아뇨, 아빠가 나갔어요."

"뭐, 아빠라고?"

"엄마는 지금 제 옆에 누워 있어요."

현주가 옆에 누워 있던 엄마를 흔들며 속삭였다.

"엄마…… 엄마 일어나 봐. 엄마."

하지만 현주 엄마는 아무런 반응을 보이지 않았다.

현주가 겁먹은 목소리로 말했다.

"언니, 엄마가 이상해요. 엄마가 아무런 말도 안 해요."

태수가 어둠 속에서 낮은 목소리로 말했다.

"현주야. 엄마는 잠을 자고 있는 거야. 그냥 주무시게 놔 둬."

태수는 현주 아빠가 자리에서 일어나 방을 나가는 모습을 구석에서 모두 지켜봤다. 여자의 울음소리가 들렸다고 해서 당연히 현주 엄마가 악귀에게 빙의를 당했다고 생각했는데 그게 아니었다.

그렇다면 현주 아빠에게 빙의되어 조종을 하는 악귀가 여자의 영이라는 얘기였다. 악귀는 집 안에 숨어 있으면서도 귀기를 완벽하게 숨길 정도의 주술력을 가지고 있다는 말이었다.

'그럼 악귀가 인형을 집 안으로 불러들인다는 말인가?'

그때 밖에서 집 대문이 열리는 소리가 들려왔고 여자의 소름 끼치는 웃음소리가 들려왔다. 현주 아빠가 여자처럼 깔깔거리며 액막이 인형을 부르고 있었던 것이다.

현주는 이불을 머리끝까지 뒤집어썼고 김영아는 그런 현주를 꼭 끌어안았다.

마당에서부터 여자의 웃음소리와 함께 캑캑거리는 소름 끼치는 소리가 안방으로 점점 다가오고 있었다.

드르르르륵.

방문 앞에 기이한 형태의 실루엣이 보였다.

놀랍게도 인형은 단순한 영이 아니었다. 인형은 물리적으로도 완벽한 실체를 갖추고 있었다. 인형은 영적인 차원과 현실의 차원에 동시에 속해 있는 존재였다.

그렇게 되면 영력과 물리력을 모두 발휘할 수 있기 때문에 그만큼 더 강한 위력을 발휘할 수가 있다.

인형은 나무로 된 팔다리를 축 늘어뜨리고 고개를 까딱거리고 있었다. 얼굴은 추하고 흉물스러운 모양이었고 이마에 厄(액)이란 붉은 글자가 새겨져 있었다.

이윽고 인형이 방 안으로 스윽 발을 들여놓았다.

태수는 숨을 죽인 채, 고개를 까딱거리며 방 안으로 들어오는 인형의 염체를 가만히 응시했다. 사람의 영이 아닌 인형의 염체이기에 최대한 많은 정보를 얻어야 실수가 없다.

김영아는 가슴까지 이불을 덮고 얼굴은 밖에 내놓은 채 눈을 감고 자는 척을 하고 있었다. 현주는 이불 속에 숨어서 김영아를 꼭 끌어안고 있었고.

김영아는 공포로 인해 입 밖으로 비명이 새어 나올 것 같아 이불을 있는 힘껏 움켜잡았다.

인형이 그런 김영아의 얼굴 바로 위로 고개를 숙이고 유심히 보다가 스윽 몸을 일으켰다. 인형이 현주가 숨어 있는 불룩한 아래쪽 이불을 살피더니 소름 끼치는 소리를 냈다.

"캑! 캑! 캑!"

이불 속에서 현주의 겁에 질린 신음이 약하게 흘러나왔다.

김영아가 이불 속에서 현주를 감추는 것처럼 더욱 세게 끌어안았고 현주도 그런 김영아를 끌어안았다. 현주의 울먹이는 가는 목소리가 이불 속에서 흘러나왔다.

"언니…… 무서워요."

인형이 불룩한 이불을 이리저리 살펴더니 다시 한번 그 소름 끼치는 소리를 냈다.

"캑! 캑! 캑!"

그리곤 인형의 시커먼 나무 손이 꿈틀거리듯 이불 속을 파고들어 갔다. 인형의 나무 손이 마치 보이는 것처럼 이불 속을 더듬어서 현주의 손을 덥석 움켜잡았다.

"흐흑."

이불 속에서 현주의 겁먹은 울음이 새어 나왔고 그 소름 끼치는 공포는 손을 맞잡은 김영아에게도 고스란히 전해졌다. 김영아는 필사적으로 현주를 끌어안는 일 외에는 할 수 있는 일이 없었다.

그때 어디선가 망자의 방울 소리가 들려왔다. 마치 어서 일을 끝내라고 재촉을 하는 것 같은 소리였다.

인형의 나무 손이 현주의 손을 잡아당기자 현주와 김영아가 거의 동시에 비명을 내질렀다.

"아악!"

"안 돼!"

은형법으로 몸을 숨기고 있던 태수가 안타까운 마음으로 빌었다.

'현주야, 조금만 참아. 작가님, 조금만 더 버텨 줘요.'

태수가 인형을 향해 손을 뻗어 주문을 읊었다.

'사이코메트리.'

누가 방울 소리를 내는지, 인형이 어떻게 만들어졌는지에 대한 정보가 있어야만 제령이 가능하기 때문이다.

아무런 정보도 없이 주술력을 가진 악귀와 영력과 물리력을 모두 갖춘 인형의 염체를 상대하는 건 태수한테도 엄청난 부담이었다.

또한 인형의 염체로부터 직접 잔류사념을 읽어야만 하는 이유는 인형의 염체가 워낙 오래된 원혼령이어서 물건에 남겨진 사념으로는 정보를 얻을 수가 없기 때문이다.

사이코메트리가 발동되면서 공기가 흔들렸다.

화르르르륵.

오래된 사념인 만큼 곧바로 사념이 보이질 않았다.

희뿌연 막을 영력으로 걷어 내면 그 안에 또 다른 막이 앞을 가로막았다.

그렇게 몇 겹씩 기억의 막을 걷어 낸 후에야 비로소 원하는 사념의 영상이 눈앞에 떠올랐다. 적어도 100년 이상의 시간은 거슬러 올라간 사념인 것 같았다.

사념 1.

기기묘묘한 그림들과 주술 도구로 가득한 무당의 방이다. 방의 한가운데 짙은 화장과 화려한 색상의 무녀복을 입은 무당과 곱게 한복을 입은 여자가 마주 보고 앉아 있다.

여자가 대여섯 살쯤 됐을 남자아이의 얼굴 그림을 무당에게 건넨다. 한지에 묵으로 그린 그림이지만 분명하게 얼굴을 알아볼 수 있는, 꽤나 정교한 그림이다.

여자는 벼슬아치 집안의 후처이고 그림 속 아이는 본처의 자식이다. 후처는 무당에게 본처의 아이를 저주해 달라고 요구했다.

영상과 기억이 단편적으로 툭툭 끊어졌지만 무슨 내용인지는 알 수가 있었다.

사념 2.

머리가 희끗한 노인이 침침한 작업장 안에서 가면을 만들고 있다. 바로 액막이 가면이다. 노인이 가면에 厄(액)이란 붉은 글씨를 새겨 넣고 있다.

무당이 작업장으로 들어온다. 무당이 구석에 세워 둔 나무 인형을 집어 든다.

마리오네트 인형 비슷하게 생긴 나무 인형으로 전체에 붉은 옻칠을 해 놓았다.

놀라운 건 나무 인형의 얼굴이 조금 전 여자가 건넨 그림 속 아이와 꼭 닮았다는 점이다.

노인이 액막이 가면을 완성해서 무당에게 건넨다.

"다 됐습니다."

특이한 건 일반적인 액막이 가면과 달리 노인이 건넨 가면에는 눈동자에 구멍이 뚫려 있다는 점이다.

무당이 가면을 받아서 어린아이의 얼굴을 빼닮은 인형의 얼굴에 액막이 가면을 씌웠다.

구멍이 뚫린 가면의 눈동자를 통해 인형의 두 눈이 또렷하게 보였다.

원래 액막이 가면은 액을 막아 주는 가면이지만 저렇게 가면의 눈동자에 구멍을 뚫어 놓으면 가면을 쓴 사람에게 세상의 모든 액이 달라붙게 된다.

무당이 인형을 보며 음산하게 중얼거린다.

"세상의 모든 끔찍한 액을 너에게 다 몰아주마!"

사념 3.

후처가 무당한테 기석을 저주하는 액막이 인형을 넘겨받아서 자신의 방 안 병풍 뒤에 숨겨 놓는다.

사념 4.

본처의 여덟 살 된 아들, 기석의 방이다. 바로 후처가 무당에게 저주를 내려 달라고 가져온 그림 속의 아이 얼굴이다.

기석이 신음하며 고통스럽게 방 안을 뒹굴고 있다. 기석의 온몸이 불덩이처럼 끓고 있고 전신에는 발갛게 발진이 돋아 있다.

태수도 아이가 느끼는 고통을 고스란히 느낄 정도다. 온몸의 뼈마디가 모두 녹아내리는 것 같은 고통이다.

아이의 얼굴을 보는 순간 단어 하나가 떠오른다.

천연두!

후처의 저주로 기석이 천연두에 걸린 것이다. 죽은 현주의 삼촌들 얼굴에 곰보 자국이 나 있던 것도 바로 기석을 죽게 만든 천연두의 흔적이다.

사념 5.

본처가 무덤에 들어가는 기석의 시신을 붙잡고 울부짖는 동안 후처는 숨어서 소리 없이 웃고 있다.

사념 6.

야심한 시각.

후처가 행복한 듯 자신의 아들을 바라보며 웃고 있는데 병풍 뒤에서 뭔가 움직이는 것 같은 소리가 들린다.

후처가 병풍을 걷어 보면 저주에 성공한 기석을 닮은 인형의 염체가 음산하게 서 있다.

근데 후처의 얼굴에는 인형이 웃고 있는 것처럼 보인다. 마치 자신이 할 일을 했으니까 사랑해 달라는 것 같은 느낌이다.

후처가 인상을 찡그린다. 이제 뜻을 이룬 후처는 인형이 두렵고 꺼림칙하다. 후처는 인형을 들고 부엌으로 가더니 불이 활활 타는 아궁이 속에 던져 넣는다.

불길에 휩싸이는 인형을 보며 후처가 중얼거린다.

"그 무당이 저주에 성공한 인형을 곁에 두면 좋다고 했지만 볼 때마다 꺼림칙해서 안 되겠어. 이제 기석이도 없고 그

애미는 병이 들어서 골골하니까 어차피 내 세상이라고. 인형의 도움 따위는 필요가 없어."

불길에 휩싸인 인형을 보면서 입꼬리를 올리는 후처.

순간 인형이 불길 속에서 벌떡 일어나더니 아궁이 밖으로 뛰쳐나온다.

"으아악!"

비명을 지르며 뒤로 주저앉은 후처.

불길에 휩싸인 인형이 부르르 몸을 떨며 겁에 질려 있는 후처에게 확 달려들며 소리친다.

－실컷 이용해 먹고 죽이려 들다니! 뜨겁다, 이년아! 니년부터 죽어라!

인형이 후처를 끌어안자 불길이 후처의 몸에도 옮겨붙는다.

"아아아악! 저리 가! 아악! 뜨거워!"

후처가 미친 듯이 비명을 지르며 인형을 떼어 내려고 했지만 인형은 마치 한 몸인 것처럼 후처에게 달라붙어서 떨어지지 않는다.

결국 후처의 몸도 불길에 휩싸이고 비명소리가 점점 잦아든다.

인형이 불타는 후처의 몸에서 떨어지자 신기하게도 인형의 몸을 휘감았던 불길이 잦아든다. 놀랍게도 불이 꺼진 인형의 몸에는 작은 그을음조차 남아 있지 않다.

그때 부엌 입구에 화려한 무녀복을 입은 무당이 나타난다.

인형이 고개를 돌려 무당을 돌아본다. 액막이 가면 뒤에 숨겨진 인형의 반질거리는 눈동자에 원망이 가득하다. 무당에 대한 원망이다.

인형이 금방이라도 달려들 것처럼 노려보는데 무당의 입에서 주문이 흘러나온다.

인형이 부르르 몸을 떨더니 맥없이 그 자리에 폭삭 주저앉는다.

무당이 입꼬리를 올리더니 인형을 들고 어둠 속으로 사라진다.

화르르르륵.

'하아.'

잔류사념에서 벗어난 태수가 참고 있던 숨을 토해 내며 숨을 헐떡였다.

너무도 끔찍하고 오래된 사념이라서 엄청난 집중력을 필요로 했기에 그 어느 때보다 많은 귀기를 소모했다.

눈앞을 보니 액막이 인형이 이불 위에 누워 있는 현주의 몸 위에 역시 반듯하게 누워서 둥둥 떠 있는 모습이 보였다.

놀랍게도 허공에 떠 있는 인형의 모습이 저주를 받아 죽은 기석의 얼굴로 변해 있었다. 기석의 온몸에는 끔찍한 흉터와 붉은 발진이 뒤덮여 있었다.

인형의 모습이 왜 기석으로 변했을까 생각하던 태수의 입에서 욕지기가 흘러나왔다.

'이런 미친, 저주를 받아 천연두로 죽은 기석의 영혼을 액막이 인형의 가면에 봉인을 시켰단 말인가?'

인간의 영혼을 봉인시키면 인형의 염체가 더 큰 힘을 발휘하기 때문에 무당이 저런 짓을 저지른 모양이었다.

사악한 무당이 기석에게 저주를 내려 죽인 것도 모자라서 자신의 힘을 키우기 위해 아이의 영혼한테도 저주를 내린 것이다.

태수는 무당의 사악한 본성에 치가 떨릴 지경이었다.

김영아와 현주는 바닥에 나란히 누워 있는데 모두 가위에 눌린 것처럼 몸을 꼼짝도 하지 못했다. 현주의 몸과 얼굴에 천연두의 붉은 발진이 돋아나고 있었다.

이젠 더 이상 지켜만 볼 수가 없었다.

태수는 수인을 맺고 부동명왕의 형상을 떠올린 후 그 형상에 집중하며 부동명왕의 항마진언을 읊었다. 직접적으로 인형을 공격하는 다른 퇴마술은 염체와 연결된 현주를 위험하게 만들 수가 있기 때문이다.

"옴 싯디 싯디 수싯디……."

또박또박 끊어 읽는 태수의 신비한 목소리가 어둠 속으로 스며들며 공기 중에 파동을 일으켰다. 황금빛 항마의 기운이

퇴마하는
톱스타

파동을 일으키며 기석의 영혼을 때리고 압박했다. 허공에 떠 있던 기석의 영혼이 불안정하게 흔들리기 시작했다.

태수가 기석의 영혼에게 말했다.

"기석아, 소멸되고 싶지 않으면 그만해."

자신의 이름이 불린 탓인지 기석의 영혼이 파르르 떨렸다. 이윽고 기석의 영혼이 힘겹게 중얼거렸다.

─나는…… 멈출 수가…… 없어…….

그러고 보니 지금 기석이 행하는 모든 악행은 그의 의지가 아니다. 현주 아빠의 몸에 빙의된 무당의 영이 인형과 기석의 영혼을 조종하는 것이다.

태수가 영력을 최대한으로 끌어올려 진언을 읊자 황금빛 기운의 파동이 더욱 강해졌다.

기석의 영혼이 비명을 질러 대기 시작했다.

─너무 아파…… 살려 줘…… 아아악!

기석의 영혼은 고통에 몸부림치면서도 현주의 손을 잡고 놓지 않았다.

"기석아, 잡고 있는 손을 놔! 할 수 있어, 어서!"

태수가 목소리에도 영력을 실어서 일갈했다.

"기석아, 손을 놔!"

강력한 항마의 기운과 태수의 일갈에 기석은 더 이상 견디지 못하고 현주의 손을 놓았다.

─아악!

그 순간 압력에 밀려나듯 기석의 영혼이 허공으로 튕겨 나갔다. 기석의 영혼이 구석에 웅크린 채 고통스러운 신음을 토해 냈다.

고통스러워하는 기석의 영혼을 보고 있자니 안타까움과 분노가 동시에 솟구쳐 올라왔다.

하지만 그런 감상에 젖을 여유가 없었다. 기석의 얼굴이 다시 액막이 인형으로 변해 가고 있었기 때문이다.

인형의 염체에서 살기가 뿜어져 나오고 있었다.

그렇다고 인형을 곧바로 소멸시킬 수도 없었다. 그렇게 되면 현주의 영적 충격이 너무도 클 테고 기석의 영혼도 구원받지 못할 테니까.

태수가 마이크에 대고 밖에서 대기하는 길재중에게 말했다.

"도사님, 지금 마당에 현주 아빠가 있을 거예요. 현주 아빠의 육신에 깃든 악독한 무당의 영이 인형의 염체를 조종하고 있어요. 악귀는 인간의 육신에 깃들었을 때 더 큰 힘을 발휘하기 때문에 현주 아빠의 몸에 들어가 있는 거예요. 지금 즉시 EMP 대원들과 함께 악귀가 현주 아빠의 몸에서 빠져나가도록 퇴마하세요."

길재중이 물었다.

－퇴마는 할 수 있지만, 그랬다가 아이 아빠가 후유증이 생기면 어떡하지?

"만약 현주 아빠의 몸에 들어 있는 악귀를 퇴마하지 않으면 현주가 위험해져요. 무슨 말인지 아시겠죠?"

―음, 그럼 어쩔 수가 없겠구먼. 그래, 무슨 소린지 알겠어. 일단 그렇게 진행하도록 할게.

"도사님!"

―그래, 말해.

"악귀가 주술까지 사용을 해서 보통 강력한 게 아니에요. 퇴마를 하다 보면 대원들은 물론이고 도사님도 위험해질 수가 있어요. 대원들은 경찰이니까 위험을 감수해서라도 자신들의 할 일을 하는 거지만 도사님은 입장이 다르잖아요. 만약 원치 않으시면 빠지셔도 원망하지 않을게요."

―뭔 소리야, 섭섭하게. 나도 쥐꼬리긴 하지만 나름대로 영능력을 가지고 있는 사람이야. 물론 방송 출연 욕심도 있지만 사명감도 있다고. 내가 퇴마를 하다가 다치거나 죽어도 자네 원망하지 않을 테니까 걱정하지 마. 다 내가 원해서 하는 일이라고.

"고마워요, 도사님."

물론 현주 아빠의 육신에서 악귀를 쫓아내기 위해서는 길재중보다 EMP 대원들의 무기가 더 위력을 발휘할 것이다.

하지만 퇴마라는 일의 특성상 모든 일이 그렇게 이론적으로만 흘러가지 않기에 길재중처럼 영이나 퇴마에 대한 이런저런 잡다한 지식과 경험이 있는 사람의 존재가 그만큼 중요한 것이다.

생각지도 않은 변수가 발생했을 때 판단을 내리고 임기응변으로 대처해야 할 일이 많기에.

아마도 무사히 악귀를 쫓아낸다 해도 현주 아빠는 어느 정도의 영적 충격을 받을 것이다. 하지만 나중에 사정을 알게 되면 당연히 이해할 것이다. 자신이 아니었으면 현주가 그 충격을 받았어야 할 테니까.

"캑! 캑! 캑!"

인형의 소리에 태수가 고개를 돌렸다. 바로 앞에 완벽하게 변신한 액막이 인형이 살기를 뿜으며 서 있었다.

몸에서 검은 귀기가 뿜어지더니 인형이 태수를 향해 몸을 날려 달려들었다.

그야말로 육탄 돌격.

카아아악!

태수가 황급히 팔에 기공력을 실어서 막았다.

퍼억!

태수의 기공력이면 보통은 달려든 물체가 튕겨 나가야 하는데 태수의 몸이 뒤로 날아갔다. 영력과 물리력을 동반한 공격이라서 충격이 상당했다.

전수자를 보호하는 개양성의 능이 발동했고 태수의 몸이 벽으로 날아가서 쿵 소리가 나도록 처박혔다.

길재중은 오인하를 비롯한 대원들과 현주네 마당으로 들

어섰다. 마당에서는 현주 아빠가 팔을 들어 이상한 동작을 취하고 있었다.

길재중은 동작만 봐도 현주 아빠의 몸에 빙의한 악귀가 주술로 방 안에 있는 인형의 염체를 조종하고 있다는 걸 알았다.

현주 아빠가 마치 뒤쪽까지 보이는 것처럼 길재중과 대원들이 들어서자 곧바로 등을 돌려 돌아섰다. 일행을 본 현주 아빠의 입에서 여자의 날카로운 목소리가 흘러나왔다.

"가증스러운 인간들."

말싸움이라면 악귀한테도 지지 않을 자신이 있는 길재중이지만 지금은 그럴 때가 아니었다. 말싸움을 해 봤자 시간만 낭비하는 것이기에 오인하에게 곧바로 속삭였다.

"악귀는 이쪽에 어떤 무기가 있는지 모를 테니까 대비를 못 할 겁니다. 지금 기습적으로 테이저건을 쏴요!"

기습이라는 길재중의 얘기에 오인하가 발사하라는 외침 대신 테이저건을 쏘라는 손짓으로 명령을 대신했다.

오인하를 비롯한 네 명의 대원들이 들고 있던 테이저건에서 일제히 전기에너지를 파괴하는 임펄스파가 발사됐다.

-슈슈슉.

화륵.

공기가 흔들리며 허공으로 임펄스파가 부챗살처럼 퍼져 나갔다.

네 대의 테이저건이 모두 최대치의 전력으로 발사를 했기에 반경 30미터 이내 전기 에너지와 자기장이 파괴되는 위력이었다.

영혼도 전기에너지로 이루어진 존재이기에 충격을 받지 않을 수가 없었다.

"키악!"

테이저건이 발사되자마자 무당이 괴성을 지르며 현주 아빠의 육신에서 빠져나갔다.

무당의 혼이 빠져나가자마자 끈이 잘린 마리오네트 인형처럼 꼬꾸라지는 현주 아빠를 길재중이 황급히 부축했다.

무당의 영이 테이저건의 위력을 미처 인지하지 못한 덕에 충격을 받은 듯 괴성을 질렀다. 대원들이 고스트 스크린을 살피며 무당의 영을 찾았다.

윤지숙이 소리쳤다.

"제 바로 뒤쪽이에요!"

영체가 일부 찢어진 무당의 영이 분노를 표출하며 윤지숙을 집어 던졌다.

"악!"

윤지숙이 허공을 날아가 벽에 부딪히며 쓰러졌다. 대원들이 일제히 테이저건을 쐈지만 무당의 영은 두 번 당하지 않았다.

영이 순식간에 하늘로 솟구쳐 올라갔다.

오인하가 쓰러진 윤지숙을 살피는데, 그녀의 옆에서 고스트 펄스가 솟구치는 모습이 스크린에 나타났다.

"팀장님!"

이런 때를 대비해서 길재중이 땅속에 묻어 뒀던 부적 돌멩이를 꺼내 들고 있다가 무당이 서 있는 방향을 향해 던졌다.

화아아악!

돌멩이가 항마의 기운을 뿌리며 날아갔고 무당이 괴성을 질렀다.

"키아악!"

부적이 그려진 돌멩이가 네 대의 테이저건보다 무당의 영에게는 위력이 훨씬 강했다.

무당의 영이 충격을 받고는 힘을 추스르기 위해 다시 현주 아빠의 육신을 찾아 현주네 집으로 이동했다.

무당의 영이 대문 앞으로 들어서자마자 마침 밖으로 나온 태수와 마주쳤다. 태수가 즉시 주문을 읊었다.

"오대존명왕 퇴마진!"

"카아악!"

무당의 영이 놀라서 달아나려고 했지만 이미 늦은 후였다.

화르르르륵.

공기가 흔들리며 네 장의 부적이 허공에 넓게 진을 펼치며 무당의 영을 그 안에 가뒀다.

태수는 무당의 영이 현주 아빠를 빠져나가는 순간 힘을 잃은 인형의 염체를 제압부로 꼼짝 못 하게 가둔 후에야 밖으로 나올 수가 있었다.

퇴마진에 갇힌 무당의 영이 밖으로 나가려고 미친 듯이 악을 써 댔다.

"키아아아악!"

태수와 노인이 한마음으로 분노한 목소리를 냈다.

"어린아이에게 저주를 내린 것도 모자라서 그 영혼까지 사로잡아 액막이 인형의 염체로 사용하다니. 너는 인간으로서 도저히 행해서는 안 되는 악행을 저질렀다."

무당의 영이 여전히 기가 살아서 악을 써 댔다.

"난 자그마치 137년 동안이나 이승을 떠돌며 살아왔어. 네깟 놈에게 훈계나 들을 사람인 것 같냐. 감히 내가 누군지도 모르고 함부로 지껄이다니, 네놈을 죽여서 내 밑에 두고 부려 먹어야겠다!"

무당의 영이 진을 깨려고 수인을 맺고 주술을 부렸다. 영체에서 검은 귀기가 뿜어지며 사방에 떠있는 부적들이 귀력에 밀려나며 힘겹게 펄럭거렸다.

부적들이 더 이상 뒤로 밀려나면 진이 깨질 수도 있는 상황.

태수의 안에 있던 노인이 분노에 찬 음성을 토해 냈다.

"간악한 것, 더 이상은 못 봐주겠다! 내가 업을 쌓는 한이 있어도 너에게 가장 끔찍한 고통을 내려 주마!"

태수의 몸이 저절로 움직였다. 태수가 아닌 노인이 육신을 통제하고 있었기 때문이다.

노인은 양손으로 엄지, 검지, 약지의 끝을 붙이고 나머지 손가락은 깍지를 끼는 수인을 맺은 후 귀기를 소모해서 검지와 약지에 하늘과 땅에 존재하는 가장 강한 기운인 대운기(大運氣)를 집약시켰다.

손끝에 대운기의 백색 기운이 응축되자 노인이 맞잡은 양손을 얼굴로 당겼다가 무당의 영을 향해 앞으로 내뻗으며 소리쳤다.

"뇌전(雷電)!"

화아아아악!

손끝에서 뻗어 나간 백기(白氣)가 번쩍하고 영의 머리 위에 떨어지더니 회오리처럼 악귀를 휘감았다.

악귀의 입에서 참혹한 괴성이 터져 나왔다.

"끼아아아악!"

회오리처럼 휘도는 백기의 기운이 머리 위에서부터 쏟아지며 살갗이 벗겨지는 것처럼 악귀의 영체가 한 꺼풀씩 찢어져서 허공으로 흩어지고 있었다.

악귀의 영체는 100년 이상 이승을 떠돌며 사람을 해치고 귀기를 모은 탓에 진짜 물리적인 피부처럼 영체가 두터워져 있었던 것이다.

영체가 벗겨지는 건 피부가 벗겨지는 것보다 고통이 훨씬 심한 데다 거기에 퇴마진 부적 네 장이 점점 공간을 좁히며 다가오자 항마 기운의 농도도 점점 짙어졌다.

마치 상처 난 곳에 소금을 뿌리는 것처럼 항마의 기운이 무당의 영을 고통스럽게 만들었다.

한동안 소름 끼치는 비명과 온갖 저주를 다 퍼부으며 발버둥 치던 무당 영의 움직임이 잦아들더니 마침내 조용해졌다.

태수가 수인을 맺고는 조용히 읊조렸다.

"제령."

허공에 메시지가 떠올랐다.

귀기를 흡수했습니다!

태수가 무당의 영을 소멸시킨 후 현주 아빠는 대기하고 있던 구급차에서 안정을 취하고 있었다. 경찰들이 병원으로 후송하려는 걸 길재중이 영적인 치료가 필요하다며 대기를 시켜 놓았기 때문이다.

태수가 움직이자 주변을 촬영하던 VJ들이 태수 주위로 몰려들었다.

태수는 즉시 현주 아빠의 가슴에 손을 대고 생기탐랑의 기운을 흘려보냈다.

의식이 없던 현주 아빠가 의식을 되찾자마자 현주와 아내의 안부를 물으며 걱정했다.

태수는 둘 다 무사하다고 전하고는 서둘러 다시 집 안으로 들어갔다. 카메라들이 우르르 그런 태수의 뒤를 쫓아왔다.

방 안으로 들어서자 온몸에 천연두처럼 발진이 올라오던 현주의 얼굴이 본래의 뽀얀 피부로 돌아와 있었다. 다행히 김영아도 별다른 이상은 없어 보였다.

김영아가 물었다.

"태수 씨, 이제 다 끝난 건가요?"

"아뇨, 아직 해야 할 일이 있습니다."

태수는 아무도 주시하지 않는, 어두운 기운이 뭉쳐 있는 방의 구석을 돌아봤다.

방구석에는 기석의 영이 웅크리고 있었는데 영체가 서서히 풀어지고 있었다. 영체를 유지해 주던 주술과 저주가 사라졌기 때문이다.

태수는 그런 기석의 영을 안타깝게 바라보며 자신을 촬영하고 있는 카메라를 향해 이 집에서 무슨 일이 벌어졌는지, 그리고 지금 자신의 앞에 있는 영이 누구인지 간략하게 설명을 했다.

아마도 이 방송을 보는 많은 시청자들이 안타까워할 장면이 아닐까 싶었다.

당장 태수의 설명을 듣고 있던 현주와 김영아가 약속이나 한 것처럼 닭똥 같은 눈물을 뚝뚝 흘리고 있었으니까.

김영아가 눈물을 훔치며 말했다.

"기석이 불쌍해서 어떡해요?"

태수도 안타까운 표정으로 말했다.

"제대로 천도를 시키려면 이름과 생년월일을 알아야만 하는데, 기석인 그런 걸 전혀 기억하지 못하는 것 같아요. 기석이란 이름도 잔류사념을 통해 겨우 알았으니까."

그런 기석의 영체가 서서히 풀어지더니 그 영기가 어딘가로 움직이기 시작했다.

순간 태수의 눈이 반짝하고 빛났다.

"잠시만요."

"왜요?"

"지금 기석이의 영체가 풀어져서 영기가 어딘가로 향하고 있어요. 제 생각에는 평소 영기가 깃들어 있던 장소가 있나 봐요. 어쩌면 그곳에 기석과 관련된 정보를 얻을 수 있는 단서가 있을지도 몰라요. 당장 따라가 봐야겠어요."

하긴, 무당의 영은 집 안에 깃들어 있었지만 기석과 인형의 염체는 바깥에서 왔으니 평소 혼이 깃들 만한 장소가 있을 가능성이 높았다.

태수는 부리나케 밖으로 나가 제작진의 차를 몰고 기석의 영기를 쫓아갔다. 제작진과 VJ들도 태수의 차에 타거나 별도의 차량을 타고 뒤를 쫓아갔다.

기석의 영기가 머문 곳은 뜻밖에도 현주네 집에서 불과 수

백 미터 떨어진 뒤쪽 야산이었다.

태수가 차에서 내려서 야산을 올려다보자 기석의 영기가 잠시 허공에 머물더니 스르르 땅속으로 스며들며 모습을 감췄다.

태수가 야산 위로 뛰어 올라갔다.

그곳은 마을의 공동묘지인 듯 곳곳에 무덤으로 보이는 봉우리들이 듬성듬성 모여 있었다. 기석의 영이 사라진 장소는 봉우리가 없는 그저 평범한 흙바닥이었다.

태수가 기석의 영이 스며든 자리에 쪼그리고 앉아 손바닥으로 기운을 읽었다. 흙바닥 아래에서 심상치 않은 기운이 느껴졌다.

제작진과 상의 끝에 마을 이장을 비롯해 주민 몇몇과 땅을 파 보기로 했다. 마을 공동묘지라서 주민들의 허가 없이 땅을 팠다가는 오해를 불러일으킬 수도 있기 때문이다.

나이가 지긋한 마을 이장과 주민 몇몇이 지켜보는 가운데 제작진이 땅을 파기를 10여 분. 놀랍게도 땅속에서 부적으로 입구가 봉인된 커다란 항아리가 모습을 드러냈다.

부적은 무당이 혼을 마음대로 부리기 위한 주술을 써서 붙여 놓은 것이었다.

태수가 조심스럽게 항아리의 입구에 봉해진 부적을 벗겨 냈다.

지켜보던 모든 사람들의 입에서 탄식이 흘러나왔다.

항아리 안에는 100여 년 전에 묻은 액막이 인형과 기석으로 추정되는 어린아이의 유골이 좁은 공간에 꽉 들어차 있었다.

인형의 악한 기운을 극대화하기 위해 무당이 매장된 기석의 시신을 파내 인형과 함께 다시 파묻은 모양이었다. 덕분에 기석은 죽어서도 고통과 저주에서 벗어나지 못했던 것이다.

유골임에도 그 형태가 몸을 웅크린 자세 그대로 미라처럼 보존이 되어 있어서 보는 사람들의 마음을 더욱 안타깝게 만들었다.

유골을 본 이장이 혀를 차며 말했다.

"예전에 액막이 인형의 저주에 대한 이야기가 마을에 전설처럼 내려오긴 했는데 그 저주가 아직까지 이어지고 있었다니."

어느새 옆으로 다가와 시신을 본 김영아가 흐느꼈고 현주도 울음을 터뜨렸다.

김영아가 감정을 추스르려 애쓰며 말했다.

"저 아이가 기석이군요. 그동안 얼마나 고통스러웠을까요? 죽어서도 누군가의 저주와 액운을 한 몸에 받으며 그 많은 세월을 견뎌 온 아이니까."

숙연한 분위기 속에서 다들 한동안 할 말을 잃고 있었다.

이장은 혀를 찼고 마을 사람들도 탄식을 했다.

태수는 그 자리에서 인형을 불태우고 저주받은 기석의 영혼을 위무하기 위한 천도제를 마을 사람들과 함께 성대하게 지냈다. 유골이 있었기에 천도는 어렵지 않았다.

천도제가 끝나 갈 즈음 어디선가 구슬픈 새의 울음이 긴 여운을 남기며 야산 저편으로 넘어갔다. 업장이 소멸된 영혼이 하늘로 올라갈 때 새가 되어 날아간다는 이야기가 있다.

태수는 방금 사라진 새가 자유로워진 기석의 영혼이라는 걸 믿어 의심치 않았다. 새의 울음과 함께 주위에서 느껴지던 귀기가 사라졌으니까.

사악한 주술사

　〈영혼탐정〉 '액막이' 편은 〈영혼을 찾아서〉 시즌 2의 첫
방송인 데다 최근 사회적 분위기 때문에 큰 반향을 불러일으
켰다.

　덕분에 액막이 편은 실시간 평균 시청률이 자그마치 37%
라는 기록적인 수치를 찍었다. 시청률 37%는 예전 케이블이
생기기 이전 공중파 최고 인기 드라마도 쉽게 도달하기 힘들
었던 수치다.

　시즌 2에서 가장 달라진 점은 경찰인 EMP 수사대가 방송
에 참여해서 함께 사건을 해결한다는 점이었다. 비록 녹화방
송이라도 긴장감과 몰입도가 높아질 수밖에 없었다.

　거기에 악독한 무당과 불쌍한 기석의 이야기가 대비되면

서 방송국 게시판에는 수많은 글들이 올라왔다.

대부분 무당에 대한 분노와 기석의 영혼을 애도하는 글이 었다. 그중에서도 기석을 추도하고 싶으니 무덤의 위치를 알려 달라는 글들이 가장 많았다.

제작진은 마을 주민들의 허락을 얻어서 기석의 무덤이 있는 위치를 게시판에 올리고 조용히 추모해 줄 것을 당부했다.

태수는 〈아내의 남자〉 시나리오를 읽은 손예지의 연락을 기다리며 제작진과 함께 다음에 촬영할 〈흉가탐방〉 코너에 대한 아이템 회의를 하고 있었다.

김영아가 제보 게시판의 게시물을 읽다가 미간을 찌푸리며 중얼거렸다.

"영혼찾기는 계속 문제가 생기네. 이번 화에서도 그 프로그램 때문에 피해를 봤다는 시청자가 우리 게시판에 글을 올렸어요. 태수 보고 대신 좀 나서서 진실을 밝혀 달라고."

태수가 물었다.

"그게 무슨 소리예요?"

김영아가 물었다.

"너 오티비에서 하는 〈영혼찾기〉라는 심령 프로그램 안 봤어?"

"프로그램은 아는데 한 번도 보지는 않았어요. 근데 그 프로가 왜요?"

오티비는 대기업 계열의 케이블 TV로 규모 면에서 QBS

하고는 비교가 되지 않았다.

　태수가 오티비의 〈영혼찾기〉 프로그램에 대해 알게 된 건 두 달 전이었다.

　당시 시즌 1을 마치고 쉬고 있는 태수에게 창호가 오티비에서 〈영혼찾기〉라는 프로그램을 신설하는데 태수에게 출연 요청을 했다는 것이다.

　당시 오티비에서 태수에게 제안한 회당 출연료는 무려 1억 5천만 원. 회당 1억 5천만 원이면 명실공히 국내 최고 수준의 출연료다.

　처음에는 농담을 하는 줄 알았는데 사실이었다.

　시즌 1을 마치면서 이번에 파인미디어와 시즌 2 계약서에 사인한 회당 출연료가 5천만 원이었으니까 세 배가 되는 셈이었다.

　워낙 큰 금액이라서 당시 창호도 마음이 흔들렸는지 태수에게 은근히 방송국을 바꿨으면 하는 눈치를 보였다.

　물론 최근 태수의 인기는 다른 여타의 연예인들하고는 비교조차 되지 않는다. 심령 사건이 터지고 사회 분위기가 변하면서 태수의 주가는 그야말로 천정부지로 올라갔다.

　방송국 입장에서는 돈이 문제가 아닌 셈이었다.

　드라마 〈오늘도 연애〉가 30%가 넘는 시청률을 기록하면서 인기를 입증했고 〈영혼을 찾아서〉를 통해서는 사람들에게 신뢰감을 심어 줬다.

하지만 태수는 돈 때문에 제작사를 바꿀 마음이 전혀 없었다.

처음부터 함께 일해 온 파인미디어하고 의리도 지키고 싶었고 모든 걸 태수에게 맡겨 주는 현재의 제작 방식도 마음에 들었다.

또한 눈빛만 봐도 태수의 마음을 알아주는 현재의 스태프들하고 정도 들고 호흡도 잘 맞았다.

오티비에서는 태수가 출연을 거절하자 다른 출연자를 섭외해서 프로그램을 시작한 모양이었다.

권 피디가 말했다.

"우리가 시즌 1 끝나고 쉬는 동안 심령 사건들이 연이어 터지면서 심령 프로그램에 대한 사람들의 관심이 정말 많아졌거든. 그래서 그동안 새롭게 생긴 심령 프로그램만 일곱 개야."

최근에 새롭게 신설된 심령 프로그램이 많다는 건 알고 있었지만 석 달 사이에 그렇게 많은 프로그램이 생겼을 줄은 생각지도 못했다.

먼저 드는 걱정은 그렇게 많은 심령 프로그램이 생기다 보면 부작용도 많이 생길 것 같다는 것.

"그럼 그 많은 프로그램에 전부 영능력자가 출연하는 거예요?"

권 피디가 고개를 흔들었다.

"그럴 리가 있겠어? EMP 수사대에서 공인한 국내의 공식적인 영능력자는 네 명뿐이야. 너하고 강형진 신부님, 현준이 그리고 아직 정체를 드러내지 않은 또 한 명까지. 물론 EMP에서도 파악하지 못한 영능력자들이 있을 수도 있겠지만."

"그럼 그런 프로그램들은 누가 진행을 하는 거예요? 예전처럼 또 조작이나 연출을 하는 건가요?"

"대부분은 그렇지. 근데 그렇게 해도 예전보다는 시청률이 잘 나오니까 너도나도 프로그램을 만드는 거야. 한동안 맛집 찾아다니고 해외여행 다니는 프로그램이 유행했던 것처럼. 근데 그렇게 만든 심령 프로그램 중에서 유일하게 오티비의 〈영혼찾기〉만 대박을 쳤어. 지난주 실시간 시청률이 17퍼센트까지 올랐으니까."

태수가 저도 모르게 목소리를 높였다.

"17퍼센트요?"

시청률 17%면 이전에 〈영혼을 찾아서〉가 기록했던 20%대의 시청률에 거의 근접하는 수치가 아닌가.

권 피디가 물었다.

"두 달 전에 오티비가 너 섭외하려고 했다며?"

"어? 그걸 피디님이 어떻게 아세요?"

태수는 괜히 파인미디어에서 걱정할까 봐 당시 출연 제안을 받은 사실을 일부러 말하지 않았던 것이다.

"왜 몰라, 이 바닥이 얼마나 좁은데. 사실 그쪽에서 제안한 출연료 액수도 들었어. 우리로서는 엄두도 낼 수 없는 액수라서 진짜 입이 안 다물어지더라. 솔직히 그때 그 얘기 듣고 우리끼리 시즌 2는 어렵겠다는 얘기를 했거든. 근데 네가 거절했다는 얘기 듣고 얼마나 고마웠는지 몰라."

"고맙긴요. 만약 〈영혼을 찾아서〉 같은 프로그램이 없었으면 지금의 저도 없었을 텐데요. 근데 그 프로그램이 왜요, 뭐 문제가 있나요? 그 프로그램 때문에 피해를 봤다는 사람이 저한테 무슨 도움을 요청한다는 거죠?"

자신에게도 출연 요청이 왔던 프로그램이라서 무슨 일인지 무척 궁금했다.

김영아가 오티비 〈영혼찾기〉와 관련해서 그동안 있었던 일을 대충 요약해서 들려줬다. 얘기를 들으면 들을수록 그 프로그램에 출연하지 않기를 잘했다는 생각이 들 정도로 문제가 많았다.

오티비 〈영혼찾기〉 제작사에서는 당시 태수에게 거절당한 후 희망보육원 강형진 신부를 찾아갔다고 한다. 그들은 강 신부에게도 파격적인 제안을 하며 방송 출연을 제의했지만 일언지하에 거절을 당했다.

그러자 이번에는 강 신부 몰래 현준의 학교를 찾아갔다고 한다. 제작진이 현준의 학교까지 찾아갔다는 소리에 태수도 흥분해서 말했다.

"그 사람들 정말 몰상식하네요. 어떻게 중학교 3학년 학생한테 보호자도 모르게 그런 식으로 접근할 수가 있어요?"

김영아가 고개를 끄덕이고는 말했다.

"원래 그쪽이 시청률이라면 살인 빼고는 다 할 수 있다고 공공연하게 말하는 곳이거든."

당시 〈영혼찾기〉 제작사 대표까지 내려가서 온갖 감언이설로 현준을 유혹했다는 것이다.

하지만 현준 역시도 태수와 함께하는 프로그램이 아니면 방송에는 일절 출연할 생각이 없다고 거절했다.

"결국 〈영혼찾기〉 측에서는 우리가 보조 영능력자 찾을 때 했던 것처럼 프로그램 진행할 영능력자를 찾는다는 공고를 냈고, 금천지라고 하는 퇴마사를 찾아서 진행자로 내세웠어."

이후 〈영혼찾기〉는 〈영혼을 찾아서〉의 제목과 포맷을 노골적으로 베껴서 프로그램 론칭을 했다.

〈흉가탐방〉 코너는 〈흉가찾기〉로, 〈영혼탐정〉은 〈영혼해결사〉로 표절에 걸리지 않을 정도로만 교묘하게 이름을 바꿔서 사용한 것이다.

하지만 더 큰 문제는 프로그램에서 다루는 소재가 너무 자극적이고 선정적이어서, 방송을 할 때마다 끊임없이 논란이 되고 방송으로 인한 피해자가 생긴다는 것이다.

물론 그런 논란 덕분에 시청률이 계속 올라가긴 했지만.

태수가 고개를 갸웃하면서 물었다.

"아무리 저희 포맷을 따라 하고 소재가 자극적이라고 해도 진행자가 영능력이 없다면 시청률이 17퍼센트까지 올라갈 수가 있나요?"

김영아가 말했다.

"맞아, 진행자가 영능력이 없다면 그런 시청률이 절대로 나올 수가 없지. 근데 그 금천지라는 진행자가 연기를 잘하는 건지 조작을 완벽하게 하는 건지는 모르겠는데 몇 번 놀라운 장면을 보여 줬어."

"놀라운 장면요?"

"응. 영능력자가 아니면 불가능할 것 같은 장면이었어. 그래서 우리도 네가 그 프로그램을 보고 금천지라는 퇴마사가 정말 영능력이 있는지 좀 봐 줬으면 하는 거야. 우리도 여러 번 프로그램을 봤는데 솔직히 진짜 모르겠더라고. 어느 때 보면 정말로 영능력이 있는 것처럼 보이거든."

"그래요?"

다른 사람도 아니고 태수와 함께 심령 프로그램을 계속해 온 김영아와 권 피디까지 혼란스러울 정도라니 태수도 얼른 보고 싶었다.

"지금 그 프로그램 좀 볼 수가 있을까요?"

권 피디가 말했다.

"다 볼 필요는 없고 우리가 그동안 논란이 된 장면들만 편집해서 모아 놓은 게 있어. 그거 보고 네가 판단을 좀 해 줘. 그 방송 때문에 계속 피해자들이 생기니까 문제가 있다면 무슨 조치를 취해야지."

권 피디가 〈영혼찾기〉 프로그램에서 특히 문제가 되고 있다는 〈영혼해결사〉 코너를 편집한 영상을 틀어 줬다.

태수도 금천지라는 퇴마사가 정말 영능력을 가지고 있는지 몹시 궁금했다. 그리고 심령 프로그램 때문에 부작용이 생기고 억울한 피해자까지 발생한다면 퇴마사에 대한 대중의 이미지도 나빠질 수가 있어서 신경이 쓰였다.

모니터에 영상이 흘러나왔고 화면에 하나 가득 남자의 얼굴이 잡혔다.

김영아가 말했다.

"저 사람이 금천지야."

금천지의 나이는 30대 중반 정도. 머리는 녹색으로 물들였고 귀에는 피어싱을 여러 개 하고 있어서 진행자라기엔 상당히 불량해 보이는 모습이었다.

거기에 분장 때문인지 다크서클 때문인지 눈 아래에 유난히 어두운 기운이 드리워 있었는데 아무리 봐도 도를 닦거나 수련을 하는 퇴마사의 모습으로는 보이지 않았다.

화면 속 금천지는 오만한 표정으로 토크쇼 스튜디오 같은 곳의 소파에 앉아 있었는데, 뜻밖에도 그의 무릎에 키보드가 올려져 있었다. 언뜻 예전에 태수가 최성식의 영혼과 토크를 나눌 때의 장면을 떠올리게 만드는 화면과 구성이었다.

금천지가 잔뜩 목이 쉰 것 같은 허스키한 음성으로 말했다.

－자, 오늘은 또 어떤 외로운 영혼이 이 금천지를 찾아왔는지 만나 보도록 합시다.

　금천지가 앞에 있는 빈 소파를 가만히 노려보다가 말했다.

　－일단 오늘 찾아온 영혼은 젊은 여잡니다. 20대? 30대? 이야, 영혼인데도 얼굴이 예쁘네. 미인박명이라고. 얼굴을 보니까 죽기 전에 남자 깨나 후렸겠어.

　그러면서 금천지가 낄낄거렸다.

　태수는 순간 자신의 눈과 귀를 의심했다. 방송에서 '남자를 후린다' 같은 저속한 표현을 쓰는 것도 놀라웠지만 영혼한테 저토록 함부로 대하는 태도가 경악스러웠던 것이다.

　물론 금천지의 앞에 진짜 영혼이 앉아 있는지 없는지는 알 수가 없었다.

　태수는 계속해서 흥미롭게 화면을 지켜봤다.

　화면 속 금천지가 허공을 응시하며 물었다.

　－아가씨야, 아줌마야?

　금천지가 무릎에 얹혀 있는 키보드를 두드리자 뒤쪽 화면에 자막이 떴다.

　아가씨요.

　－오호, 아가씨? 이름은?

　금천지가 다시 키보드를 두들겼다.

박희정요.

그때 김영아가 말했다.

"저렇게 키보드로 영혼의 말을 대신 전하는 건 누가 봐도 우리가 〈영혼을 찾아서〉에서 최성식 배우님 편에 시도했던 포맷을 그대로 베낀 거잖아."

"그러네요."

남의 프로그램 포맷을 저렇게 아무렇지도 않게 베끼는 것도 황당했지만 금천지가 영혼에게 던지는 질문들이 너무도 저급하고 자극적이어서 계속 듣고 있는 게 민망할 지경이었다.

—넌 언제 죽었어?

—죽어 보니까 기분이 어때, 좋아?

—지난번에 스튜디오에 나왔던 남자 영혼은 여자 목욕탕에 자유롭게 들어갈 수 있어서 좋다고 하던데, 너도 남자 목욕탕에 들어가 봤어?

—에이, 솔직하게. 뭐 어때? 이젠 사람들이 널 보지도 못하는데.

—영혼도 성욕을 느껴?

옆에서 지켜보던 김영아가 참다못해 한마디 했다.

"너무 저질이지? 아무리 시청률을 높이고 싶어도 어떻게 저런 사람을 진행자로 앉혔는지 몰라."

태수는 말없이 계속 화면을 지켜봤다.

〈영혼을 찾아서〉에서 〈영혼탐정〉이 주로 따스한 이야기를 소재로 사용한 반면에 〈영혼해결사〉에서는 매회 영혼을 스튜디오로 불러들여서 토크쇼의 형식으로 선정적이고 자극적인 대화를 유도하는 방식을 취했다.

태수가 방송을 보면서 드는 의문은 하나였다.

아무리 저렇게 자극적이고 엽기적으로 토크를 유도해도 시청자들이 가짜라고 믿으면 그만 아닌가. 시청률이 그토록 높다는 건 금천지의 앞에 영혼이 있다는 걸 시청자들이 믿었기 때문이다.

'대체 금천지는 어떻게 시청자들의 신뢰를 얻은 걸까?'

그런 태수의 마음을 알고 김영아가 말했다.

"방송 초반에는 조작이라는 의심과 선정적인 소재 때문에 욕을 정말 많이 먹었는데, 3회 방송에서 금천지가 몇 가지 놀라운 장면을 보여 줬어. 아마 다음 장면에 나올 거야."

김영아의 말처럼 다음에 이어지는 장면에서 금천지는 스튜디오의 소파 대신 오티비 공개홀 무대에 서 있었다.

김영아가 말했다.

"저 사람, 네가 예전에 기자들 앞에서 커밍아웃했을 때의 방식을 그대로 사용했어. 정말 하나에서 열까지 우리 프로그램과 태수 네가 했던 방식을 대놓고 베끼더라고."

정말로 금천지의 앞쪽에는 예전 태수가 〈모텔 파라다이스〉 제작 발표회에서 커밍아웃했을 때처럼 수많은 기자들이 모여 있었다.

다른 점이라면 당시 태수가 잔뜩 긴장한 순진한 모습이었던 반면 금천지는 쏟아지는 카메라 플래시 세례를 즐기며 사악한 주술사 같은 모습을 연출하고 있다는 것이다.

이어지는 장면에서 태수는 저도 모르게 미간을 찌푸렸다. 금천지가 기자들을 향해서 말을 하는데 자신의 이름이 나왔기 때문이었다.

―요즘 장태수라는 친구가 엄청난 인기를 끌고 있죠? 그 친구 별명이 뭐였더라?

금천지가 짐짓 기억이 나지 않는 척 연기를 했다. 태수에 대한 온갖 것들을 다 모방하면서 별명이 기억나지 않는다는 건 말이 되지 않았지만 금천지는 능청스럽게 연기를 했다.

기자들 중에 한 명이 '영혼을 보는 남자'라고 소리치자 그제야 기억이 났다는 듯 웃으면서 말했다.

―아, 맞아, 맞다. 그렇지. 영혼을 보는 남자. 여러분, 영혼 보는 게 어렵습니까? 안 어려워요. 제가 아는 도사들 중에 영혼 본다는 도사만 수십 명이야, 수십 명. 근데 왜 그 사람들이 텔레비전에 나오지 않느냐? 다들 도 닦느라고 안 나오는 거야.

기자들 몇몇이 웃음을 터뜨렸다.

금천지가 그 웃음을 터뜨린 기자를 향해 말했다.

―거기 웃은 기자분, 잠깐 무대로 올라올래요?

금천지가 웃었던 기자를 무대로 불러올렸다.

금천지가 미소를 머금은 얼굴로 기자에게 부드럽게 물었다.

―왜 웃었어요?

―솔직히 영혼을 보는 게 흔한 능력이 아니잖아요. 제가 알기로 그런 영능력 가진 사람은 장태수 씨를 비롯해서 국내에 서너 명밖에 없는 걸로 아는데 그런 도사들이 수십 명이나 도를 닦느라 세상에 안 나온다고 하니까 웃은 거죠.

그러자 금천지의 표정이 서늘하게 변했다.

―기자님이 방금 한 말은 내 얘기가 아주 우습게 들렸다는 소리네? 나도 그런 영능력이 없다는 소리고? 그 말에 책임질 수 있어요?

기자가 어색하게 웃자 금천지가 허공을 보고 말했다.

―아줌마, 이 기자분한테 아줌마 손톱 맛 좀 보여 줘. 아주 세게!

금천지의 말에 장난을 치는 줄 알고 피식 웃으면서 주위를 두리번거리던 기자가 갑자기 비명을 지르며 몸을 웅크렸다.

―아악!

순간 기자석이 술렁거렸다.

잠시 후 기자가 허옇게 질린 얼굴로 고개를 들더니 자신의 팔뚝을 기자들한테 보여 주며 말했다. 기자의 얼굴에는 조금 전의 웃음기가 전혀 보이질 않았다.

―지금 나한테 무슨 짓을 한 겁니까? 누가 손톱으로 팔뚝을 긁었어요. 어떻게 이런 일이!

정말로 화면에 비친 기자의 팔뚝에는 길게 손톱 자국이 깊게 파여 있었고 피까지 줄줄 흘렀다.

기자가 두려운 눈으로 주위를 살피며 말했다.

－이거 기자 폭행 아닙니까?

앞에서 취재를 하던 기자들도 웅성거리자 금천지가 히죽 웃으며 갑자기 여자 목소리로 말을 했다.

－폭행? 누가 폭행을 했다는 거야? 나?

피를 흘리는 기자가 허옇게 질린 표정으로 대답을 못 하자 금천지가 앞에 있는 기자들을 향해 말했다.

－어머머, 참 이상한 분이시네. 그 손톱 자국 내가 한 거 아니거든요. 여기 앞에 있는 기자분들 모두 보셨죠? 전 손가락 하나 까딱하지 않았 잖아요. 어떡하나? 귀신을 고소할 수도 없고. 호호호.

아마 예전이라면 방송심의규정에 걸렸을 내용이지만 심령 방송에 대한 규제는 이제 심령방송위원회에서 별도로 심사 하기 때문에 문제가 되지 않았다.

화면을 지켜보던 태수의 표정이 심각해졌다. 저런 물리력 을 자유롭게 행사할 정도의 영이라면 귀기가 상당할 것이고 악귀일 가능성이 높았다.

그런 악귀를 퇴마하지 않고 자신의 사익을 위해 데리고 다 니며 저런 식으로 이용한다면 보통 심각한 일이 아니다.

악귀를 이용해서 범죄를 저질러도 현재의 법체계로는 막 을 수가 없고, 그렇게 되면 사회에 엄청난 혼란이 초래될 수 있다.

영상의 막바지에 금천지가 카메라를 보며 말했다.

－앞으로 저는 영혼을 부르는 남자라고 불러 주시면 감사하겠습니다.

그리고 장태수 군. 아, 내가 태수 군보다 열 살은 많으니까 군이라고 불러도 되겠죠? 우리 선의의 경쟁을 하자고. 조만간 시청률로 내가 〈영혼을 찾아서〉도 이기고 태수 군의 인기도 능가할 테니까.

영상이 끝나자 김영아가 화난 표정으로 말했다.
"금천지 저 사람 뭘 할 때마다 일부러 널 물고 늘어지더라고. 인성이 진짜 안 좋은 것 같아."
권 피디가 말했다.
"저렇게 계속 물고 늘어지고 도발을 해야만 태수하고 비교되는 기사가 나올 테니까 저러는 거야. 방송 시간도 우리하고 같은 시간대에 편성한 것도 그런 이유일 테고."
태수가 팔짱을 끼고 가만히 화면을 노려봤다.
개인적인 도발에 화가 났다기보다는 영능력을 저렇게 사익을 위해 악용하고, 악귀를 퇴마하기는커녕 오히려 못된 짓에 이용하는 것에 분노가 일었던 것이다.
"아까 게시판에 올라온 글은 뭔가요? 저한테 도움을 청한다던 시청자 글요."
김영아가 프린트한 사연을 보며 간단하게 설명했다.
"사연을 보낸 사람은 강현경이라는 여잔데, 얼마 전 사고로 죽은 남편의 영혼이 자신을 만나고 싶어 한다면서 오티비에서 연락이 왔나 봐. 근데 강현경은 남편의 영혼을 만나고 싶은 생각이 없어서 출연 요청을 거절했대. 생전에 남편의 가정 폭력이 심해서 부부 사이가 극도로 좋지 않았던 거지. 그러자 금천지한테서 직접 연락이 왔대."

금천지는 만약 강현경이 출연을 하지 않으면 남편의 영혼이 보복을 하러 갈지도 모른다면서 노골적인 협박을 했다는 것이다.

이후 정말로 남편의 영혼인지 귀신이 나타나 주변을 맴돌기 시작해서 강현경은 공포에 떨어야만 했다.

그래서 강현경은 자신이 방송에 출연하지 않았다는 이유로 금천지가 남편의 영혼과 어떤 음모를 꾸미며 복수를 하는 것 같다며 태수에게 도움을 청한 것이다.

김영아가 말했다.

"근데 이전에도 저런 피해자가 꽤 많았어. 출연을 거부하면 영혼이 나타나서 겁을 주는 경우가. 네가 보기엔 어때? 정말 금천지가 영능력자인 것 같아?"

"화면으로 봐서는 잘 모르겠어요. 확실히 알려면 아무래도 직접 만나 봐야 알 것 같아요."

김영아가 놀라서 반문했다.

"금천지를 직접 만난다고?"

"계속 저런 행동을 하도록 내버려 둘 순 없잖아요."

이번엔 권 피디가 걱정스럽게 말했다.

"그렇다고 딱히 금천지의 행동을 막을 수 있는 방법이 있는 것도 아니잖아. 네가 하지 말라고 한다고 말을 들을 인간도 아닐 텐데."

"그건 제가 알아서 할게요. 제 방식대로."

태수는 창호를 통해 금천지와 만날 수 있도록 약속을 잡아
달라고 부탁했다.

오티비 〈영혼찾기〉 외주제작사인 염미디어 사무실.

염미디어 염재호 대표, 민재일 피디, 홍수진 작가 그리고
금천지가 심각한 표정으로 제작 회의를 하는 중이었다.

프로그램 론칭을 한 후로 지난주에 최고 시청률인 17%를
찍었을 때만 해도 다들 입꼬리가 귀에 걸려 있었다.

〈영혼을 찾아서〉 시즌 1 마지막 방송 시청률이 20%대였
기 때문에 다들 시청률을 조금만 더 올리면 〈영혼을 찾아서〉
를 따라잡을 수 있을 것이란 희망에 들떠 있었다.

근데 어제 〈영혼을 찾아서〉와 같은 시간대에 방송된 〈영
혼찾기〉의 실시간 시청률은 4%로 곤두박질쳤다. 그야말로
아무도 예상치 못한 충격적인 결과였다.

석 달이나 방송을 쉬었던 〈영혼을 찾아서〉가 복귀하자마
자 37%라는 놀라운 시청률을 기록할 줄 누가 알았겠는가.

지난 수요일에 오티비 정현철 편성국장이 〈영혼을 찾아서
〉 시즌 2 방송이 시작되니까 방송 시간을 바꾸자고 했을 때
만 해도 다들 정면 대결을 하겠다고 의욕을 불태웠다.

17%의 시청률과 함께 그동안 〈영혼찾기〉의 자극적인 소

재에 길들여진 고정 시청자들이 꽤 많이 생겼다는 자신감이 있었기 때문이다. 근데 막상 뚜껑을 열어 보니 〈영혼찾기〉는 〈영혼을 찾아서〉의 상대가 되지 않았다.

그 말은 곧 입만 열면 장태수와 자신을 비교하는 금천지가 실제로는 장태수의 상대가 되지 않았다는 걸 스스로 증명한 셈이었다.

염 대표가 짜증스럽게 말했다.

"그러게 편성 시간 바꾸자니까 왜 괜히 우겨 가지고."

대놓고 말하진 않았지만 금천지를 겨냥했다는 걸 다들 알고 있었다.

"이젠 딴소리하지 말고 무조건 평일로 시간대 바꿔."

민 피디가 말했다.

"평일이면 시청률이 많이 떨어질 텐데요?"

"그럼 장태수하고 계속 경쟁하겠다는 거야? 시즌 2 첫방 시청률이 자그마치 37% 나왔어. 그쪽하고 우린 체급이 달라, 체급이! 정신들 차리라고!"

평소 장태수 얘기만 나오면 예민해지던 금천지도 오늘만큼은 아무 소리도 하지 못했다. 대신 금천지의 두 눈엔 질투의 불길이 활활 타올랐다.

그때 금천지의 매니저 황정일이 회의실로 들어와서 말했다.

"지금 장태수 매니저한테 전화가 왔는데 장태수가 선생님을 만나고 싶다는데 어떡할까요?"

순간 회의실 안에 있던 모든 사람들의 표정이 급변했다.

"장태수라고?"

금천지가 흥분을 억누르며 물었다.

"지금 전화한 사람은 장태수 매니저야?"

"예."

금천지가 자신에게 전화를 달라는 손짓을 했다. 매니저한테 전화를 건네받은 금천지가 목을 가다듬고 전화를 받았다.

금천지가 특유의 능글맞은 목소리로 말했다.

"예, 안녕하세요. 귀한 분의 매니저께서 전화를 주셨네요. 하하, 장태수 군이 절 만나고 싶어 한다고요?…… 아뇨, 아뇨. 같은 영능력을 가진 사람들끼리 만나면 재미있는 얘기도 나누고 좋죠. 나도 기회가 되면 장태수 군을 한번 만나야겠다고 생각하고 있었으니까. 근데 말입니다……."

금천지가 말끝을 애매하게 흐리자 다들 숨을 죽이고 다음 말을 기다렸다.

"제가 요즘 워낙 바빠서 따로 시간을 내기는 좀 어려울 것 같은데…… 차라리 태수 군이 우리 프로그램에 출연을 해서 나하고 얘기를 나누는 게 어떻겠습니까? 초대 손님으로 태수 군이 출연을 해 주면 꽤나 재미있는 토크가 될 것 같은데."

창호가 어이없다는 표정으로 금천지의 얘기를 태수에게

전하고는 말했다.

"얘 자뻑이 완전 심한데? 자기하고 얘기를 하고 싶으면 자기 토크 쇼에 나오라는 게 말이 돼? 지까짓 게 뭐라고. 그냥 이런 애는 상대하지 않는 게 상책이야. 아주 저질이라고."

태수가 말했다.

"생각했던 것보다 더 멍청한 인간이네요. 출연하겠다고 하세요."

창호가 무슨 소리냐는 듯 눈을 부릅떴다.

"미쳤어? 거기 나가면 아무래도 그 인간이 진행자라서 자기 멋대로 얘기를 끌고 갈 테고, 네가 그 프로에 출연하면 그쪽에서는 시청률이 대박이 나서 더 좋아할 텐데……."

태수가 입꼬리를 올리며 말했다.

"차라리 잘된 거예요. 시청자들이 보는 앞에서 제대로 정신을 차리게 해 줘야죠. 다시는 그런 방송을 못 하도록."

〈흉가찾기〉의 〈영혼해결사〉 코너는 생방으로 진행된다.

태수는 〈영혼을 찾아서〉 제작진과 창호의 만류에도 불구하고 금천지의 요구대로 〈흉가찾기〉 생방송에 출연하겠다는 의사를 전했다.

처음에는 조용히 만나서 경고 정도만 하려고 했지만, 금천지가 스스로 판을 벌리겠다니 원하는 대로 장단을 맞춰 주겠다고 작정한 것이다.

평소엔 마음이 여리고 순한 태수지만 이번만큼은 마음을

독하게 먹었다.

금천지와 제작진이 워낙 교묘한 방법으로 범죄를 저지르고 있어 EMP 수사대도 어떻게 할 수 있는 방법이 없었기에 자신이 직접 나설 수밖에 없었다.

모든 걸 영혼 탓으로 돌리는데 영혼을 잡아서 조사할 수도 없는 노릇이고.

금천지도 토크쇼 출연 얘기를 할 때 태수가 정말로 〈영혼 찾기〉에 출연할 것이라는 기대는 전혀 하지 않았다. 밑져야 본전이니 도발하는 셈치고 툭 던져 본 말이다.

근데 태수가 그 미끼를 덥석 문 것이다. 적어도 금천지는 태수가 자신의 덫에 걸려들었다고 생각했다.

금천지는 전국민의 사랑을 받는 슈퍼스타이자 영능력자인 장태수가 자신과 나란히 앉아서 쩔쩔매는 모습과 토크를 주도하는 자신의 모습을 떠올리는 것만으로도 비실비실 웃음이 흘러나왔다.

아무리 장태수가 대단하다고 해도 자신이 주도권을 가진 프로그램에서는 할 수 있는 게 별로 없다. 어차피 게스트는 제작진이 준비한 구성과 질문에 답변할 수밖에 없으니까.

금천지는 이번 기회에 수단과 방법을 가리지 않고 장태수의 이미지는 물론 가능한 재기할 수 없게 정신적 육체적으로 심각한 타격을 입힐 작정이었다.

금천지는 영능력을 가진 게 아니라 귀기가 많은 악귀를 자신의 몸에 받아들여서 그 악귀가 가진 힘으로 주술을 부리는 인물이었다.

귀기를 흡수해서 사용한다는 점은 같지만 태수가 악귀를 퇴마해서 악귀의 귀기를 자신의 것으로 만드는 방법을 쓰는 반면에, 금천지는 접신을 하는 것처럼 악귀를 몸으로 받아들여서 그 귀기를 이용하는 형태라서 둘의 방식은 전혀 달랐다.

태수는 평소에도 몸속에 늘 귀기를 보유하고 있기에 영능력을 사용할 수 있지만 금천지는 악귀가 접신이 되어 있지 않으면 할 수 있는 일이 아무것도 없었다.

결론적으로 태수는 악귀를 퇴마하고 금천지는 악귀의 힘을 더욱 키우고 있었던 셈이다.

어리석은 금천지는 태수도 자신처럼 악귀의 힘을 이용하거나 영상을 조작했다고 믿었다.

〈흉가탐방〉 코너의 중요한 장면에서 모든 카메라가 오류를 일으켜서 영상이 제대로 나오지 않는 것도 조작을 감추기 위한 꼼수라고 생각한 것이다.

어쨌든 태수가 출연하겠다는 의사를 밝히자 오티비에서는 그야말로 난리가 났다.

급히 방송 시간을 변경하면서 오티비의 모든 프로그램마다 대대적인 홍보를 했고 언론에도 보도 자료를 돌렸다.

보도 자료의 문구도 사뭇 자극적이었다.

[영혼을 보는 남자 장태수, 〈영혼찾기〉에 전격 출연! 최고의 영능력자 장태수와 금천지의 정면 대결! 이 시대 최고의 영능력자는 누구인지 내일 〈영혼찾기〉에서 직접 확인하세요!]

홍보 문구를 보던 〈영혼을 찾아서〉의 제작진은 너무 어이가 없어서 실소를 흘렸다. 태수의 팬 카페인 강혁바라기와 영혼남의 회원들도 저질 프로그램에 출연하지 말라는 요청을 쏟아 냈다.

〈영혼찾기〉 생방송 당일.
오티비 스튜디오는 평소와 다르게 분위기가 들떠 있었고 평소보다 훨씬 많은 사람들이 스튜디오에 꽉 들어차 있었다.
오티비 방송국에 근무하는 직원이나 연예인들이 태수를 보려고 몰려온 탓이었다.
온라인의 반응을 살피던 오티비 홍수진 작가가 비명을 질렀다.
"피디님, 지금 벌써 〈영혼찾기〉가 실검 상위권을 휩쓸었어요."
분장을 마치고 대본을 체크하던 금천지가 얼른 달려와서 물었다.
"어디, 어디?"
온라인을 확인하니 실검 1위가 영혼찾기, 2위가 장태수, 5

위가 금천지였다.

금천지는 자신이 5위인 게 불만이긴 했지만 어차피 장태수가 망가질 테니 상관없다고 생각했다.

그때 스튜디오 바깥이 소란해졌고 복도에서부터 깍깍거리는 소리가 들려왔다.

홍수진이 가슴에 양손을 올리고는 중얼거렸다.

"어떡해? 정태수 왔나 봐. 내가 왜 이렇게 떨리지?"

태수가 안으로 들어서자 스튜디오가 환하게 빛이 나는 것 같았고 사람들이 술렁거렸다.

오늘 태수는 처음부터 금천지의 기를 죽이기로 작정을 했기에 스튜디오에 들어설 때부터 생기탐랑의 능을 발동시켜서 사람들의 시선을 끌었다.

금천지는 이유도 모른 채 괜히 태수 앞에서 주눅이 드는 기분을 느꼈다.

금천지가 스스로를 다독였다.

"저놈도 똑같아. 괜히 기죽을 필요 없어."

금천지가 다가가서 손을 내밀었다.

"아이고, 장태수 군. 일부러 이렇게 찾아 줘서 고마워요."

"네, 안녕하세요. 초대해 주셔서 고맙습니다."

태수가 활짝 웃으며 금천지의 손을 잡고 주문을 읊었다.

금천지의 속마음을 읽기 위해서였다.

'사이코메트리.'

화르르르륵.

공기가 흔들리며 금천지의 속마음이 들려오기 시작했다.

근데 이상했다. 들려오는 마음의 목소리가 두 가지였다.

더 정확하게 말하면 금천지의 안에서 두 사람이 대화를 나누고 있었다.

하나는 금천지고 다른 하나는 여자 목소리였다. 일전에 태수가 금천지가 기자들을 모아 놓고 이벤트를 벌이던 그 영상 속에 등장했던 여자의 목소리와 똑같았다.

금천지가 태수의 손을 잡고 악수하자 여자가 비명을 질렀다.

─이게 뭐야? 이놈의 손을 잡으니까 왜 이렇게 숨이 답답하지?

태수의 몸에 흐르는 항마의 기운 때문이란 걸 금천지가 알 턱이 없었다.

'무슨 소리야? 손을 잡는데 왜 숨이 답답해.'

─모, 모르겠어. 뭔지는 모르지만 이놈은 괜히 무서워.

'쓸데없는 소리 하지 말고 정신 바짝 차려. 이번에 이놈만 망가트리면 앞으로 우릴 건드릴 사람은 아무도 없어. 내가 정숙이를 불러서 뜨거운 차를 저놈한테 배달시킬 테니까 넌 그때 기회를 놓치지 말고 저놈 머리 위에 조명을 떨어트리라고. 알았지?'

금천지의 마음을 읽은 태수가 쓴웃음을 지었다. 이제야 금천지가 어떻게 영능력자인 것처럼 장난을 친 건지 알 것 같았다.

'스스로 악귀를 몸에 받아들이다니. 어리석은 인간 같으니라고.'

영적 감수성이 예민한 사람들은 쉽게 빙의를 당한다.

금천지도 그런 특이체질이었다. 간혹 그런 체질을 가진 사람 중에 영을 부리는 주술이나 진언을 터득해서 금천지처럼 악귀와 공생하는 경우가 있다.

처음엔 영능력이 있는 것처럼 힘을 발휘할 수가 있지만 결국 귀기에 오염되어 나중엔 악귀에게 육신을 빼앗기는 결과를 초래하게 된다.

분장을 했음에도 금천지의 눈 아래가 다크서클이 낀 것처럼 어두운 이유를 이제야 알 것 같았다. 귀기에 오염된 탓이다.

금천지가 태수가 앉을 소파를 가리키며 음흉한 목소리로 말했다.

"여기가 게스트 자리입니다. 앉으시죠."

태수가 소파에 앉으며 위를 올려다보니 커다란 조명 기기가 매달려 있는 게 보였다. 떨어져서 맞으면 목숨을 잃을 수도 있을 정도로 크고 무거운 장비였다.

금천지는 태수가 상상한 이상으로 위험인물이 되어 있었

다. 자신의 인기를 위해 사람을 죽일 생각까지 하고 있었으니까. 천성이 악했거나 귀기에 오염된 탓이거나.

두 사람이 나란히 앉아 있으니 태수는 더욱 빛이 났고 금천지는 더욱 우중충한 분위기로 보였다. 민재일 피디가 그런 두 사람을 바라보며 걱정스럽게 말했다.

"참 이상한 일이야. 장태수 저 친구는 보고 있으면 왠지 모르게 나도 자꾸만 호감이 가네. 이러다가 장태수만 띄워 주는 거 아닌가 모르겠어."

메인 작가인 홍수진도 눈에 하트를 그리며 말했다.

"그렇죠? 얼굴이 훤해서 정말 빛이 나는 것 같아요. 직접 눈으로 보니까 사람들이 왜 장태수, 장태수 하는지 알겠어요. 보고만 있어도 설레는 거 있죠? 근데 우리 금 선생님은…… 오늘따라 분장을 어둡게 한 건가? 평소보다 얼굴이 더 우중충해 보이지 않아요?"

민 피디가 홍수진을 돌아보고는 눈을 흘겼다.

"홍 작가, 정신 차려. 우리가 지금 장태수 응원할 때가 아니야. 오늘 대본하고 금 선생이 준비하라고 한 차는 준비했지?"

"그럼요. 최대한 뜨겁게 펄펄 끓여서 준비하라고 해서 그렇게 준비했어요. 대체 뭘 하려고 그러는지."

태수가 금천지를 돌아보고 물었다.

"대본 카드는 없나요?"

"에이 무슨 선수끼리. 우리 프로그램은 원래 대본 같은 거 없어요. 뭐든지 즉흥적으로. 그게 생방송의 묘미 아니겠습니까? 헤헤."

두 사람의 모습을 지켜보던 민 피디가 말했다.

"그럼 시작해 볼까?"

스튜디오 정리가 끝나고 카메라가 오프닝 그림을 잡자 조연출이 소리쳤다.

"생방 시작합니다!"

조연출이 카운터를 센 후에 큐 사인을 주자 금천지가 여유롭게 오프닝 멘트를 시작했다.

"안녕하십니까? 영혼해결사 금천지입니다. 오늘은 이미 예고해 드린 대로 영혼을 보는 남자 장태수 군과 함께 이 시간을 꾸며 보도록 하겠습니다. 지금 제 옆에 장태수 군이 나와 있습니다. 안녕하십니까?"

"네, 안녕하세요."

금천지가 살짝 비꼬는 것 같은 뉘앙스로 말했다.

"우리 장태수 군은 현재 대한민국에서 가장 인기 있는 배우이자 영화감독이고 퇴마까지 하는 만능 스타인데. 나머지는 뭐 재능이 있으면 그럴 수도 있겠다 싶은데 심령 분야는 제 전공 분야라서 그런지 방송을 보다 보면 이해가 안가는 내용이 있더군요. 일테면 악귀만 나타나면 카메라가 오류를 일으켜서 갑자기 화면이 안 보인다거나."

태수가 빙긋 웃으며 금천지를 가만히 주시했다.

"오비이락이라고 하필이면 결정적인 순간에 화면이 보이지 않는 이유가 혹시…… 조작이라든가…… 뭐 그런 이유 때문은 아니겠죠? 저희 방송에서는 한 번도 그런 일이 없었거든요."

일반적인 출연자였다면 대단히 모욕감을 느꼈겠지만 금천지의 속마음까지 알고 있는 태수이기에 듣기 좋은 중저음으로 담담하게 대답했다.

"원래 악귀를 퇴마할 때는 강한 자기장이 발생하기 때문에 전자 기기들이 오류를 일으켜서 그런 현상이 발생하는 것 같아요. 최근 귀신 현상이 전기에너지 때문에 생긴다는 연구 결과도 발표가 됐었죠."

금천지가 피식 웃더니 말했다.

"그것 참 이상하군요. 제가 우리 방송에서 퇴마를 행할 때는 그런 현상이 생기질 않았는데."

"저도 방송을 봤는데 금 선생님이 퇴마를 하실 때는……."

금천지가 재빨리 태수의 말을 끊으며 자신의 멘트로 돌렸다.

"아, 뭐 그 얘긴 됐습니다. 이런. 제가 귀한 손님을 모셔 놓고 너무 대접이 소홀하죠?"

금천지가 제작진을 돌아보고 말했다.

"우리 장태수 군한테 따스한 차 한 잔 대접하고 싶은데 가

퇴마하는
톱스타

능하겠습니까? 아, 준비가 되어 있어요? 아니, 아니 가져올 필요 없습니다. 오늘은 영능력을 가진 분이 게스트로 나왔기 때문에 저도 모처럼 시청자들에게 색다른 즐거움을 드리고 싶거든요. 차를 거기에 그냥 두세요."

제작진이 스튜디오 반대편의 준비된 테이블 위에 찻잔을 올려놓았다.

금천지가 찻잔을 노려보다가 딱 하고 손가락을 튀기자 허공이 흔들렸다.

그 모습을 놓치지 않고 태수도 주문을 읊었다.

'안명부.'

화르르르륵.

눈에 보이지 않는 무형의 부적이라서 금천지는 볼 수가 없었다.

태수가 팔을 뻗어서 부적을 집어 눈에 문지르는 모습을 금천지가 수상쩍은 표정으로 빤히 바라봤지만 그 행동의 의미를 알 턱이 없었다.

금천지는 무형의 부적이라는 걸 들어 본 적조차 없으니까.

태수가 안명부의 기운을 눈에 문지르자 공기가 흔들리며 시야가 푸르스름하게 변했다.

비로소 스튜디오 어두운 구석에 핏빛의 흰 원피스를 입은 원혼이 숨어서 서 있는 모습이 보였다. 어둠에 묻혀 있어서 자세히 보지 않으면 찾기도 어려울 정도였다.

아마도 조금 전 금천지의 마음을 읽을 때 정숙이라고 부르던 그 원혼인 모양이었다.

태수가 미간을 좁히자 안명부의 효력으로 원혼의 모습이 좀 더 분명하게 보였다.

원혼의 원피스에는 여러 군데 찢어진 구멍이 보였는데 딱 봐도 칼에 찔린 자상의 흔적들이었다. 온몸을 칼로 수십 군데 찔려서 죽은 원혼이니 영체에서 엄청난 귀기가 피어오르는 건 당연한 일이었다.

'저런 원혼을 겁도 없이 불러내서 부리다니.'

금천지가 마치 자신이 영능력을 사용하는 것처럼 팔을 들어서 해괴한 손짓을 했다.

원혼이 금천지의 신호에 맞춰서 뜨거운 커피가 담긴 찻잔을 허공에 띄워서 태수를 향해 천천히 움직였다.

허공을 둥둥 떠오는 찻잔을 보며 관계자 몇몇이 탄성을 내질렀다.

태수는 원혼이 귀기로 움직이는 찻잔을 금천지가 마치 자신의 영능력인 양 온갖 해괴한 몸짓으로 연기를 하는 모습을 보며 실소를 금치 못했다.

'이 인간은 내가 설마 숨어 있는 원혼도 찾아내지 못할 거라고 생각을 한 건가?'

태수가 모른 척 가만히 지켜보자 금천지는 더욱 의기양양

한 표정으로 찻잔을 태수의 약 30센티미터 앞까지 배달해서 허공에 띄워 놓았다.

금천지가 말했다.

"자, 따뜻한 커피가 배달됐습니다. 드시죠."

태수가 팔을 뻗어 찻잔을 잡으려고 하자 금천지가 말했다.

"에이, 그럼 재미가 없지. 시청자들이 오늘 보고 싶어 하는 그림이 있는데. 장태수 군이 현재 대한민국 최고의 영능력자로 알려져 있는데 이 금천지가 하는 정도의 능력은 보여 줘야 우리 제작진이 게스트로 초대한 보람이 있지 않겠습니까? 설마, 못 하는 건 아니겠죠?"

태수는 이미 금천지의 속마음을 통해 찻잔을 잡으면 머리 위에 있던 조명 기기가 떨어지기로 약속이 되어 있다는 걸 알고 있었다.

태수가 피식 웃으면서 말했다.

"전 영능력을 이런 이벤트에 사용하고 싶지 않아요, 제 영능력을 자랑하고 싶은 마음도 없고. 전 사람들을 괴롭히는 악귀들을 퇴마하는 데만 영능력을 사용할 겁니다. 제가 예능 프로에 출연하지 않는 것도 그것 때문이고요."

금천지가 얄미운 듯 인상을 찡그리며 태수를 바라보는데 그의 온몸에서 귀기가 강하게 피어오르는 게 느껴졌다. 금천지에게 빙의되어 있는 악귀가 태수의 머리 위 조명을 떨어트리기 위해 힘을 쓰고 있기 때문이다.

금천지가 태수를 바라보고는 씨익 웃으며 입 모양으로 말했다.

'잘 가.'

악귀가 조명 기기의 나사를 풀었고 거대한 조명 기기가 태수의 머리 위로 떨어졌다. 스튜디오에 있던 몇 사람들한테서 비명이 터져 나오는 순간 조명 기기가 허공에 딱 멎었다.

태수가 귀기를 사용해서 염력으로 멈춘 것이다.

거대한 조명 기기가 태수의 머리 바로 위에 둥둥 떠서 미동도 하지 않았다.

금천지의 표정이 허옇게 질렸다.

"그, 그걸 어떻게?"

"왜요, 의도한 대로 일이 잘 풀리지 않았나요?"

뒤늦게 금천지가 짐짓 놀란 표정을 지으며 말했다.

"아, 아니…… 무슨 얘길 하는 건지. 정말 큰일날 뻔했네요."

금천지가 제작진을 돌아보며 인상을 썼다.

"조명이 어떻게 된 거야? 잘못하면 사람 다칠 뻔했잖아."

스태프들 몇 명이 달려오자 태수가 팔을 들고 제지하며 말했다.

"괜찮습니다, 올 필요 없습니다. 이것도 금 선생님이 절 환영해 주는 이벤트니까요."

태수의 말에 제작진이 어리둥절한 표정을 지었고 금천지의 표정이 더욱 굳어졌다.

이윽고 태수가 정색을 하며 무서운 눈으로 금천지를 노려봤다.

금천지가 허공에 떠 있는 조명 기기에서 눈을 떼지 못한 채 말을 더듬었다.

"왜 그, 그런 눈으로 보는 겁니까? 뭐 나한테 섭섭한 거라고 있으신가? 조명 떨어진 거하고 나하고 무슨 관련이 있다고."

태수가 대답 대신 조용히 주문을 읊조렸다.

'봉인부.'

화르르르륵.

허공에 노란 부적이 둥실 떠올랐지만 금천지는 자신의 눈앞에 그런 부적이 있다는 걸 상상조차 할 수가 없었다.

태수가 주문을 읊어서 부적을 금천지에게 날렸다. 무형의 봉인부가 금천지에게 날아가서 이마에 달라붙었다.

그리고 그 순간 금천지의 입에서 여자의 비명이 흘러나왔다.

"까악!"

갑자기 금천지가 몸을 부들부들 떨었다. 태수는 자리에서 일어나 머리 위에 있던 커다란 조명 기기를 손으로 잡아서 천천히 바닥에 내려놓았다.

몸을 웅크린 채 소파에서 몸을 떨고 있는 금천지를 향해 허공에 떠 있던 찻잔이 천천히 움직였다. 물론 태수가 염력으로 움직인 것이다.

원혼이 찻잔의 움직임을 막으려고 했지만 엄청난 태수의 염력에 전혀 힘을 쓰지 못했다.

찻잔이 금천지의 앞으로 둥둥 떠서 나아갔다.

태수가 사시나무처럼 떨고 있는 금천지에게 말했다.

"저한테 대접한다던 커피를 왜 금 선생님이 가져가시나요?"

고개를 치켜든 금천지가 자신에게 다가오는 찻잔을 보고는 놀라서 눈이 휘둥그레졌다.

뜨거운 커피가 담긴 찻잔이 금천지의 얼굴로 점점 다가갔고 금천지가 어떻게든 피해 보려고 했지만 몸이 전혀 움직이질 않았다. 봉인부로 금천지의 안에 있는 원혼을 꼼짝 못하게 했기에 금천지 역시 몸을 움직일 수가 없었던 것이다.

금천지가 꺽꺽거리며 눈을 부릅떴다.

허공에 떠 있던 찻잔이 서서히 기울어지며 뜨거운 커피가 금천지의 다리 위로 쏟아졌다.

"끄아아아악!"

금천지가 비명을 질렀지만 스태프들은 선뜻 달려와서 돕지를 못한 채 어쩔 줄을 몰라 했다.

방송 때마다 워낙 엽기적인 이벤트를 잘 벌리는 금천지인

데다 평소 스태프들에게 어떤 일이 벌어져도 방송에 함부로 개입하지 말라고 엄포를 놓았기 때문이다.

태수가 봉인부에 천천히 항마의 기운을 불어넣자 금천지의 입에서 여자의 비명이 점점 더 음산하고 날카롭게 터져 나왔다.

태수가 물었다.

"조금 전 조명 기기가 왜 떨어졌죠?"

금천지가 몸을 부들부들 떨다가 급기야 여자 목소리로 대답했다.

"금천지가…… 시켰어. 장태수가 자리에 앉으면…… 조명 기기의 나사를 풀어서 떨어트려 죽이라고."

순간 이곳저곳에서 놀람과 탄식이 흘러나왔다.

태수가 다시 물었다.

"그동안 이 프로그램에 출연을 거부한 출연자들한테 귀신이 나타나서 괴롭혔다고 하는데 그 이유를 알고 있나?"

이번에도 여자가 대답했다.

"그것도…… 금천지가 시킨 거야. 나보고…… 그 사람들 겁을 주라고."

제작진은 방송을 끊을 생각은커녕 다들 놀라서 입을 다물지 못했다. 비록 시청률을 위해서는 무슨 짓이든 할 수 있다는 오티비 제작진에게도 충격이었고 처음 듣는 얘기들이었다.

다들 시청률을 위해서 금천지가 하자는 대로 따랐지만 정작 금천지가 무슨 짓을 꾸미고 있는지는 아무것도 알지 못했던 것이다.

태수가 물었다.

"지금 대답하는 너는 누구야?"

"나는…… 금천지의 몸에 붙어사는…… 영혼이야……."

"누군지 이름과 생년월일을 말해."

금천지가 고개를 저으며 말했다.

"싫어."

태수가 항마의 기운으로 더욱 압박을 가하자 비명 소리가 더욱 커졌다.

"어서, 이름과 생년월일을 말해."

여자의 원혼이 말했다.

"나, 나는 김원희, 생년월일은…… 1972년 5월 21일."

태수는 수인을 맺고 악귀의 업장을 소멸시킨 후 천도를 위한 광명진언을 읊었다.

"옴 아모가 바이로차나 마하무드라……."

태수가 진언을 읊는 동안 금천지의 동공이 뒤집어지며 흰자위가 파르르 떨렸다. 이윽고 금천지의 입에서 여자의 서러운 흐느낌이 흘러나오기 시작했다.

업장이 소멸되고 천도를 받는 영들에게 나타나는 흔한 현상이었다.

퇴마하는
톱스타

진언이 끝났을 때 태수가 비로소 봉인부를 해제시켰고 금천지의 육신에 갇혀 있던 원혼이 천도되어 허공으로 사라졌다.

금천지가 바닥에 무릎을 꿇고는 한동안 토악질을 해 댔다.

태수가 금천지의 몸 안에 원혼을 가두고 천도를 시킨 건 이유가 있었다.

보통의 경우엔 영을 그런 식으로 몸 안에 가둬 두고 천도를 시키면 추후에 상당한 후유증을 겪게 되기 때문에 절대로 행하지 않는 방법이다.

하지만 금천지의 경우에는 그렇게 해야만 육신이 다시는 영을 받아들일 수 없는 상태가 되기 때문에 일정 부분 후유증으로 고통을 받아도 어쩔 수가 없었다.

겨우 정신을 차린 금천지가 자리에서 일어나 소파에 털썩 주저앉았다.

그러자 스튜디오 구석에 몸을 웅크리고 있던 정숙이라는 원혼이 금천지의 옆으로 스윽 다가왔다. 핏빛 원피스를 입은 원혼이 금천지의 몸에 들어가려고 계속 접신을 시도하면서 중얼거렸다.

-몸을 줘…… 몸을 줘…… 몸을…….

아마도 금천지가 자신의 말을 들으면 몸을 빌려주겠다고 약속을 했던 모양이었다.

금천지가 비명을 지르며 몸을 웅크렸다. 이전과 달리 지금은 육신이 변해서 악귀의 귀기로 인한 공포가 밀려들었기 때문이다.

금천지가 태수에게 애원을 했다.

"태수 군, 아니 장태수 씨…… 나 좀 살려 줘요…… 제발……."

"원혼의 이름과 생년월일을 알려 주세요."

금천지가 원혼의 이름과 생년월일을 말했고 태수가 원혼의 업장을 소멸시킨 후 천도시켰다.

원혼이 사라지자 금천지가 바닥에 엎드려서 흐느꼈다.

한참을 흐느끼던 금천지가 고개를 드는데 얼굴이 완전 다른 사람처럼 분위기가 변해 있었다.

눈 밑에 드리웠던 다크서클도 보이지 않았고 눈빛에 가득하던 살기도 사라졌다.

그동안 악귀를 몸에 받아들이면서 자신도 모르는 사이 귀기에 오염이 되어 점점 악귀로 변해 가고 있다는 걸 본인도 몰랐던 것이다.

금천지는 카메라 앞에서 그동안 자신이 저지른 잘못을 모두 고백하며 용서를 빌었고, 더 이상 방송 활동을 하지 않겠다며 시청자들에게 마지막 인사를 했다.

그런 금천지의 커밍아웃과 방송 하차로 인해 가장 멘붕이 온 건 〈영혼찾기〉 제작진과 오티비였다.

평소 금천지와 프로그램을 진행했던 개그맨이 제작진의

지시를 받고 황급히 카메라 앞에 섰다.

　"오늘 갑작스러운 방송 사고에 대해서 시청자 여러분에게 진심으로 사과드립니다. 현재 금천지 선생님이 영적 공격으로 인한 정신적인 쇼크를 크게 받으셔서 부득이하게 오늘 방송은 여기서 마치도록 하겠습니다."

최고의 캐스팅

　〈영혼찾기〉에서 금천지의 정체가 발각되는 장면이 방송으로 나간 후 오티비는 엄청난 후폭풍에 시달려야만 했다.

　방송 진행자가 범죄에 가까운 행각을 벌이는 동안 방송국과 제작진은 시청률에만 집착한 나머지 아무런 조치도 취하지 않았다는 비난이 게시판에 폭풍처럼 쏟아졌다.

　결국 금천지와 오티비는 공식 심령 사건으로 인정되어 EMP 수사대에서 정식으로 수사를 받아야만 했다.

　오티비에서는 당분간 자숙의 시간을 가진 후 새로운 진행자와 함께 변화된 모습으로 다시 찾아오겠다는 간단한 사과문만 발표하고 프로그램을 잠정 중단했다.

　태수에게 파격적인 출연료를 제안하고 강 신부에 이어

현준이까지 찾아가서 출연을 제안할 정도로 심령 방송에 집착한 오티비이기에 프로그램을 폐지할 생각은 전혀 없어 보였다.

오티비는 프로그램을 잠정 중단하면서도, 엄청난 자본력을 앞세워 앞으로 심기일전해서 심령 방송 최강자로 자리매김하겠다는 의지를 공공연히 드러냈다.

덕분에 제2, 제3의 금천지가 나올 가능성은 이후로도 다분했다.

사람들은 이번 일을 계기로 악귀들보다 자신의 이익을 위해서라면 물불을 가리지 않는 사악한 인간들이 더 위험한 존재라는 걸 깨달았다.

아무튼 〈영혼을 찾아서〉 시즌 2 첫 방송에 이어 옆 동네까지 가서 제대로 사고를 친 태수 덕분에 가장 바빠진 사람은 창호였다.

광고부터 드라마, 예능 프로그램까지 태수의 출연을 원하는 수많은 매체들의 연락 때문에 다른 업무가 마비될 지경이었다.

거실 소파에서 〈아내의 남자〉 시나리오를 검토하는 태수에게 창호가 말했다.

"크랭크인은 언제 들어갈 거야?"

"저도 잘 모르겠어요, 예지 누나가 아직 연락이 없어서."

"그럼 광고 먼저 찍자. 동신커피랑 S전자에서 지난주부터 계속 스케줄 달라고 난리야. 콘셉트 회의도 해야 하고 광고주 미팅도 해야 하니까 이번 주말하고 다음 주초에 스케줄 잡는다?"

광고 두 개를 촬영하려면 일주일은 잡아야 하는데, 그렇게 되면 지금 드라마를 준비하고 있는 동생들이 또 기약 없이 기다려야만 한다.

"드라마도 많이 늦어서 얼른 들어가야 하는데 예지 누나가 왜 이렇게 연락이 없지?"

"아무리 손예지가 너랑 친하다고 해도 너 못지않게 바쁜 스타야. 캐스팅 제안도 아니고 시나리오만 읽어 봐 달라고 하면 빨리 읽어 보겠어? 그러지 말고 그냥 넌지시 얘기해 봐, 캐스팅하고 싶다고."

태수가 어떡해야 하나 고민하고 있는데 카톡이 울렸다.

바로 손예지였다.

   혹시 내일 저녁에 시간 있니?

태수가 즉시 답장을 보냈다.

   그럼요^^

태수는 얼마 전에 창호가 뽑아 준 SUV를 몰고 손예지와 만나기로 한 압구정동의 이자카야로 향했다.

손예지가 아는 사람이 주인이라서 지난번에도 왔었는데 분위기도 조용하고 안주도 맛있는 집이었다.

주차장에 차를 세우고 술집으로 들어섰다.

손예지가 시나리오를 어떻게 읽었을지 긴장이 됐다. 일단은 본인이 재미있게 읽어야만 출연해 달라고 말이라도 꺼내 볼 수 있을 테니까.

태수가 술집으로 들어서자 주인이 금방 알아보고 손예지가 있는 안쪽으로 안내했다. 이제 외출할 때는 캡 모자에 마스크와 안경까지 완전무장을 해야만 했다.

태수가 술집 안쪽으로 들어서자 손예지도 태수를 알아보고 손을 번쩍 들었다.

얼굴을 가린 껍질을 하나하나 벗는 태수를 바라보며 손예지가 말했다.

"넌 가려도 티가 나서 사람들이 다 알아보겠다."

"진짜요?"

"워낙 비율이 좋은 데다 뭐랄까…… 장태수만의 환한 기운 같은 게 있거든. 그리고 다녀도 사람들 많이 알아보지?"

"와, 맞아요. 이렇게 가리고 다니는데도 사람들이 알아봐서 정말 당황스럽다니까요."

"후후, 아무리 가려도 가릴 수 없는 게 있는 거야."

태수가 손예지와 건배를 한 후에 물었다.

"누나는 어떻게 지냈어요?"

"어떻게 지내긴, 너 방송 보면서 지냈지. 네가 오티비에서 금천지 응징하는 거 보면서 얼마나 통쾌하던지. 금천지 그 사람 진짜 비호감이었거든."

"누나도 그 프로 시청자였어요?"

"보고 싶어서 보는 게 아니라 오늘은 또 얼마나 미친 짓을 할까 싶어서 자꾸 보게 되더라고. 아마 나처럼 보는 사람들 많았을 거야. 진짜 그런 프로그램은 안 만들었으면 좋겠어."

"앞으로는 점점 더 많아질 거예요."

"그럴 것 같아. 요즘 방송국들이 시청률이라면 뭐든 하니까."

태수가 그동안의 근황을 얘기하다가 조심스럽게 물었다.

"참, 누나 시나리오는 읽으셨어요?"

손예지가 고개를 끄덕이며 말했다.

"응."

그냥 표정만 봐서는 손예지의 마음을 전혀 읽을 수가 없었다. 초조한 마음에 사이코메트리로 마음을 읽을까 하다가 그만뒀다.

"어땠어요?"

손예지가 곧바로 대답을 하지 않고 잠시 뜸을 들이다가 불쑥 물었다.

"혹시 민지영 역할로 마음에 둔 배우가 있어?"

"음…… 네."

"누군데?"

생각지도 않은 질문을 받아서 당황스러웠지만 차라리 잘됐다 싶었다. 이참에 그냥 솔직하게 말하는 게 좋을 것 같았다.

"사실 그 시나리오, 〈모텔 파라다이스〉 때처럼 누나 생각하면서 썼어요. 그래서 누나한테 혹시 출연해 줄 수 있는지 물어보고 싶었는데, 영화도 아니고 60분짜리 드라마인 데다…… 내용상 걸리는 부분도 있어서 선뜻 출연해 달라고 부탁할 수가 없었어요."

손예지가 뜻밖이라는 표정으로 물었다.

"진짜? 날 생각하면서 썼다고?"

"네. 시나리오 읽어 보면서 그런 생각 들지 않았어요?"

"왜 안 들었겠어. 나도 시나리오 읽으면서 자꾸 그런 생각이 들어서 이거 뭐지, 하면서 읽었거든."

태수는 저도 모르게 마른침을 꿀꺽 삼켰다.

손예지가 알 수 없는 표정을 지으며 혼잣말처럼 중얼거렸다.

"그랬구나……."

태수는 그런 손예지의 표정이 뭘 의미하는지 몰라서 긴장한 채 다음 얘기를 기다렸다.

언뜻 봐서는 시나리오가 재미없었다는 얘기를 하고 싶은데 태수가 실망할까 봐 망설이는 것처럼 보였던 것이다.

가만히 생각에 잠겨 있던 손예지가 결심한 듯 고개를 들고 말했다.

"민지영 역할…… 내가 할게."

생각지도 못한 손예지의 대답에 태수가 놀라서 반문했다.

"그게 정말이에요, 누나?"

손예지가 진지하게 태수의 눈을 바라보며 말했다.

"사실은 너한테 연락을 늦게 한 이유가 민지영 역할이 욕심이 나서 그랬어. 나도 너한테 그 역할 내가 하고 싶다고 말하려니까 민망하잖아. 이미 배역이 결정됐을 수도 있고."

태수가 허탈한 웃음을 지으면서 말했다.

"와, 진작 연락할걸. 근데…… 시나리오 읽어 보셨으면 알겠지만 노출하고 베드씬 있는데 괜찮겠어요?"

태수가 손예지에게 말조차 꺼내지 못한 진짜 이유는 그것 때문이었다. 물론 노출이 많은 진짜 19금 베드씬은 아니고 18금 정도 되는 가벼운 베드씬이었다.

그 장면이 없으면 부부가 서로를 불신하는 심리를 제대로 표현할 수가 없기 때문에, 아무리 손예지라도 베드씬을 완전히 뺄 수는 없었던 것이다.

"나도 알아, 시나리오에 정확하게 표현이 되어 있으니까.

수위는 시나리오 이상은 아니지?"

"그, 그럼요. 당연하죠."

"그 정도 수위라면 나도 괜찮아. 실은 요즘 이런 치정 스릴러를 해 보고 싶었거든. 나도 30대라서 그런지 너무 말랑거리는 로코는 좀 심심하더라고. 그래서 좀 끈적거리면서 미스터리한 치정물 해 보고 싶었는데, 마침 〈아내의 남자〉가 딱 그런 이야기잖아."

누군가 말했다. 삶도 그렇고 영화도 그렇고 가장 중요한 건 타이밍이라고. 그동안 늘 청순한 역할만 해 오던 손예지가 치정극을 찾고 있을 줄 누가 알았겠는가.

"이번에도 연기 변신 같은 거예요?"

"비슷해. 그렇다고 무조건 장르만 보고 하겠다는 건 아니고, 시나리오를 읽다 보니까 자연스럽게 내가 민지영이 되어 있더라고. 그 정도로 시나리오가 재미있었어. 한국 영화에선 보기 힘든 미스터리 구조인 것도 마음에 들고."

"제가 타이밍을 정말 잘 맞췄네요."

"스케줄은 어떻게 돼? 크랭크인하고 촬영 회차는?"

그나마 출연 요청을 할 수 있었던 건 영화하고는 비교도 되지 않게 촬영 일수가 짧다는 것이다. 태수가 워낙 빠르게 찍는 편이기도 했고.

"프리는 이미 다 끝나서 촬영은 언제든 들어갈 수 있는 상황이고, 회차는 10회 차를 넘지 않을 거예요."

"그럼 스케줄 부담은 없겠다."

〈아내의 남자〉에 민지영 역할을 손예지가 한다는 생각을 하는 것만으로도 벌써 흥분이 됐다. 마음 같아서는 당장 내일이라도 촬영장으로 달려가 슛을 외치고 싶을 정도였다.

민지영 역할로 손예지를 떠올리는 순간 허공이 흔들리며 그동안 떠오르지 않던 예지 영상이 떠올랐다. 영상 속에서 민지영의 상대역인 남자 배우의 얼굴도 희미하게 떠올랐다.

'저 배우가 누구지?'

흐릿한 영상을 뚫어지게 보던 태수의 입에서 탄성이 흘러나왔다.

'말도 안 돼, 조경수 역할을 조승수가 한다고?'

조승수는 설명이 필요 없는 명실공히 대한민국 최고의 배우다.

그런 조승수가 〈아내의 남자〉에 출연한다니 이해가 되지 않았다.

태수의 기억으로 조승수는 지금까지 드라마에 출연한 적이 없다. 줄곧 영화 작업만 해 온 배우다.

'그런 조승수가 60분짜리 넷플릭트 드라마에 출연한다고?'

아무리 예지 영상이라도 그런 일이 일어날까 싶은 의구심이 들었다.

손예지와 조승수의 투 톱이라니, 상상하는 것만으로도 마음이 설렐 정도였다. 잠깐 떠오른 예지 영상의 짧은 장면에서도 순식간에 몰입하게 만드는 두 배우의 연기를 볼 수가 있었다.

'근데 어떻게 조승수 선배가 조경수 역할을 맡는다는 거지? 예지 누나는 나하고 친분이 있어서 가능하다지만 조승수 선배하고는 아무런 인연도 없는데.'

꿈결 같은 공상에 빠져 있는 태수에게 손예지가 물었다.

"그럼 조경수 역할은 누가 해? 결정됐어?"

조경수는 민지영의 남편이니 손예지로서는 궁금해하는 게 당연하다. 게다가 이번처럼 베드씬이 있는 경우에는 더더욱.

태수가 자신이 없는 목소리로 대답했다.

"아직 결정되지 않았어요. 일단 민지영 역할부터 먼저 결정되면 거기에 맞춰서 캐스팅하려고 미뤄 뒀거든요."

"혹시 생각해 둔 배우는 있어?"

"아뇨, 아직."

손예지가 조심스럽게 물었다.

"조승수 선배 어때?"

손예지의 입에서 조승수라는 말이 나오는 순간 태수는 하마터면 환호성을 지를 뻔했다.

"조승수 선배님요?"

"왜, 생각한 이미지하고 달라?"

태수가 흥분을 억누르며 말했다.

"그, 그럴 리가요. 너무 잘 어울려서 그렇죠. 근데 조승수 선배님은 지금까지 드라마는 한 번도 한 적이 없는 걸로 알고 있는데."

"맞아. 아직까지 한 번도 드라마 한 적은 없어. 근데 넷플릭트 드라마는 드라마라고 하지 않고 TV 영화라고 하잖아. 내가 꼬셔 볼게, 내가 볼 때 조경수 캐릭터가 매력적인데 조승수 선배만큼 그 역할 잘할 수 있는 배우는 없을 거야. 그리고 승수 선배라면 나도 베드씬을 좀 편하게 할 것 같아. 그런 면으로는 워낙 프로 의식이 강한 선배라서."

태수가 마른침을 꿀꺽 삼키며 물었다.

"스케줄은 괜찮아요?"

"내가 알기론 괜찮아, 며칠 전에 통화했거든. 그동안 계속 뮤지컬 공연을 했는데 지난주에 끝났다고 했으니까."

태수는 벌어진 입을 다물지 못했다.

역시 인생도 영화도 타이밍이다!

조승수와 손예지 투 톱이 주연이라면 기본 50억 이상의 제작비가 들어가는 장편 상업 영화 투자도 받을 수 있을 정도로 화려한 캐스팅이 아닌가.

만약 그게 현실이 된다면 넷플릭트 최초로 한국 감독이 드라마를 연출한다는 상징성에 못지않게 캐스팅만으로도 화제가 될 것 같았다.

물론 드라마의 완성도는 일정 수준 이상 보장이 됐다고 해도 과언이 아니다.

손예지와 조승수를 떠올리는 순간 아무리 멈추려고 해도 드라마의 장면들이 끊임없이 머릿속에 떠올랐다.

그런 장면들이 예지 영상 때문인지 태수 자신의 콘티와 연출 감각으로 떠올린 영상인지는 알 수가 없었다.

조승수의 대답을 기다리며 초조하게 며칠이 흘러갔다.

이전 단편영화 때는 오디션으로 무명 배우들을 뽑고 곧바로 촬영에 들어갈 수 있었지만, 상업 영화나 드라마에서의 캐스팅은 지루한 기다림의 연속이다.

마침내 손예지한테 전화가 왔다.

"네, 누나."

예상과 달리 손예지의 목소리에 힘이 없었다.

―어떡하니? 며칠 전에 승수 선배한테 시나리오 보내 줬고 어제 연락이 왔더라고. 그래서 저번에 너랑 만났던 이자카야에서 만났어.

태수가 불안감을 억누르며 물었다.

"시나리오가 별로래요?"

―아니, 그게 아니라. 시나리오는 너무 재미있게 읽었대, 조경수 역할도 너무 하고 싶고. 근데 요즘 몸이 너무 안 좋대.

"몸이 안 좋다고요?"

―응. 굉장히 무기력하고 힘든가 봐. 내가 보기에도 힘이 하나도 없고, 나하고 얘기하는 시간에도 너무 힘들어하는 거야. 지금까지 승수 선배가 그런 모습을 보인 적이 한 번도 없거든. 자기는 너무 쉼 없이 일을 해서

슬럼프가 온 것 같다는데 내가 보기에는 그건 아닌 것 같아. 네가 한번 만나 보면 어떨까?

"제가요?"

—응. 선배랑 얘기를 나누다 보니까 예전에 내 생각이 나는 거야, 너 처음 만났을 때.

태수는 손예지가 무슨 얘기를 하는지 감을 잡지 못해서 다음 얘기를 기다렸다.

손예지가 조심스럽게 말했다.

—그때 있잖아, 너하고 처음 만났을 때 나 우울증 때문에 병원 다니고 있었잖아.

"아, 예, 기억나요."

당시 손예지는 할머니의 영혼이 주변을 맴돌아서 모든 일에 의욕을 잃었고 계속 죽고 싶다는 생각만 하고 있을 때였다. 당시 손예지는 그런 증상을 우울증으로 잘못 알고 계속 병원을 다니고 있었고.

태수가 그제야 감을 잡고 되물었다.

"그럼 혹시 승수 선배님도?"

—응. 우울증인 것 같아서 요즘 정신과 다닌대. 근데 얘기를 나눠 보면 예전에 내 증세하고 너무 비슷한 거야. 무기력하고 매일 죽고 싶다는 생각이 드는데, 또 어느 때는 갑자기 온몸에 소름이 돋아서 춥기도 하고. 춥고 소름이 돋는 건 우울증 증세하고 관련이 없잖아.

태수가 단호하게 대답했다.

"당연히 관련이 없죠."

손예지의 얘기대로라면 그런 증상은 우울증이 아니라 귀기에 오염되었을 때 나타나는 증상이다. 귀기에 오염되면 우울증처럼 무기력하고 죽고 싶다는 생각을 하면서, 시도 때도 없이 온몸에 소름이 돋고 몸에 열이 날 때처럼 한기가 들곤 한다.

드라마 캐스팅과 별개로 서둘러 조승수를 만나 보는 게 좋을 것 같았다.

"누나, 제가 만나 볼게요. 서둘러서 약속 좀 잡아 줘요."

<사내의 남자> 크랭크인 CD

  겉으로 많이 드러나지 않아서 그렇지, 연예계에 정신과 치료를 받으러 다니는 사람이 상당히 많다는 건 공공연한 비밀이다.

  연예인들의 불안정한 생활도 원인이 되지만 감수성이 워낙 예민한 사람들이라서 어쩌면 당연한 일일 수도 있다.

  덕분에 조승수처럼 단순 우울증이 아닌 귀기에 오염되어 고통받는 사람들이 많다. 감수성이 예민하면 영들이 쉽게 달라붙고 그 기운에 지속적으로 노출이 될 수밖에 없으니까.

  아마도 빙의가 되었거나 주변에 영이 오랫동안 머물고 있을 가능성이 높다.

  태수는 손예지와 함께 조승수의 집을 찾았다.

요즘 증세가 심해져서 조승수가 아예 바깥출입 자체를 싫어한다고 해서 집에서 만나기로 한 것이다.

초인종을 누르자 조승수가 문을 열어 줬다.

조승수의 변한 모습을 보고 태수는 물론이고 손예지까지도 깜짝 놀랐다.

눈 밑에는 다크서클 같은 검은 기운이 드리워져 있었고 핏발이 곤두선 눈빛은 불안하게 흔들리고 있었다. 귀기에 오염됐을 때 보이는 여러 증상들이 얼굴에 나타나 있었다.

평소에 알던 당당하던 배우 조승수의 모습은 어디에도 남아 있질 않았다.

조승수는 인사도 없이 도망치듯 집 안으로 들어갔다.

손예지가 걱정스럽게 중얼거렸다.

"세상에, 저 선배가 절대로 저런 사람이 아닌데."

손예지와 함께 거실로 들어서자 조승수가 마치 심한 감기에 걸린 사람처럼 거실 소파에서 이불을 둘둘 감은 채 벌벌 떨고 있었다.

손예지가 조심스럽게 물었다.

"선배…… 괜찮아?"

조승수가 힘겹게 고개를 끄덕였다.

"선배, 여기 장태수. 알지?"

조승수가 힐끗 태수를 보고는 간신히 고개만 까딱했다.

"안녕하세요, 선배님."

얼굴만 봐서는 조승수가 자신을 제대로 알아보는지조차
알 수가 없었다.

태수는 인사를 건넨 후에 집 안을 가만히 둘러보다가 주문
을 읊었다.

'귀기탐색.'

화르르르륵.

공기가 흔들리며 허공에 지도가 떠올랐다.

지도에 나타나는 선명한 붉은 점.

예상대로였다.

게다가 붉은 점은 조승수의 바로 뒤쪽에 한 몸인 것처럼
착 달라붙어 있었다.

붉은 점이 꽤 큰 걸로 봐서 악귀에 가까운 영이었다. 저
런 영이 오랫동안 가까이에 머물면서 쉼 없이 귀기를 뿜어
냈다면 감수성이 예민한 조승수가 오염되는 것도 무리가
아니었다.

'안명부.'

화르르르륵.

부적이 허공에 떠올랐고 부적을 손으로 집어서 눈가를 문
지르자 시야가 푸르게 변했다.

비로소 조승수의 등 뒤에 달라붙어 있는 영이 모습을 드러
냈다.

혓바닥이 밖으로 밀려나와 턱까지 늘어져 있었고, 목에 밧

줄 자국이 선명한 것으로 봐서 목을 매달고 죽은 원혼이라는 걸 알 수가 있었다.

목을 매달고 죽는다고 영혼이 다 저렇게 참혹한 모습으로 변하는 건 아닌데, 저 영혼은 아무래도 조승수에게 많은 원한이 있는 모양이었다.

보통 원한이 있는 사람한테 복수를 하려는 원혼들이 최대한 공포심을 유발하기 위해 저렇게 무시무시한 모습으로 변해 나타나는 경우가 많기 때문이다.

원귀가 영체에서 검은 귀기를 뿜어내며 무시무시한 눈으로 태수를 노려봤다.

태수가 조승수에게 말했다.

"지금 선배님한테 원귀가 달라붙어 있어요."

원귀라는 말에 조승수의 표정이 변했다.

"원귀라니요?"

"혹시 원한을 품을 만한 여자 없으세요?"

태수가 원귀를 바라보며 생김새를 설명했다. 아무래도 저렇게 원한을 품은 원귀라면 분명히 어떤 관계가 있을 테니까 조승수도 알고 있을 가능성이 높았다.

만약 조승수가 아는 여자라면 이름과 생년월일을 알아내서 수월하게 천도를 시킬 수가 있다.

"나이는 30대 중반, 검정색 원피스를 입었고 머리는 긴 생머리예요."

설명을 하던 태수가 고개를 흔들었다.

"이런 식으로는 아무리 말해도 모르시겠네요. 원혼을 직접 보시겠어요?"

조승수의 눈이 휘둥그레졌다.

"원혼을 직접 보다니요?"

"제가 잠깐 원혼을 보게 해 드릴 수가 있는데, 많이 놀라실 수가 있어요. 한을 품고 죽은 원혼들은 그 모습이 엄청 무섭거든요."

옆에 있던 손예지가 인상을 찡그리며 말했다.

"난 무서워서 못 볼 것 같아."

그러면서 손예지가 태수의 옆으로 바싹 다가가 앉았다.

조승수가 말했다.

"보게 해 주세요. 나한테 원한을 품었다면 이유가 있을 테니까."

"그럼 눈을 감고 계세요."

조승수가 눈을 감았고 태수가 손을 뻗어서 항마의 기운을 원귀에게 내보냈다. 아직 사연을 모르는 상태에서 영혼을 고통스럽게 만드는 부적을 쓰고 싶지는 않았던 것이다.

크르르르.

원귀가 고통스럽게 몸을 뒤틀다가 조승수에게 떨어져서 거실 구석으로 밀려났다. 원귀가 원망스럽게 태수를 노려봤지만 그리 위협적이진 않았다.

태수가 주문을 읊었다.

"안명부."

허공에 노란 부적이 떠올랐고, 안명부를 손으로 잡은 후 조승수의 눈가에 문지른 후에 말했다.

"이제 눈을 떠 보세요."

눈을 뜬 조승수가 주변을 두리번거리다가 원귀를 발견하고는 뒤로 물러나며 짧게 비명을 질렀다.

태수가 말했다.

"겁이 나겠지만 자세히 보세요, 아는 얼굴인지."

인상을 찡그린 채 가만히 원귀를 바라보던 조승수가 탄식처럼 중얼거렸다.

"다, 당신……?"

"왜요, 아는 사람이에요?"

조승수가 고개를 끄덕이고는 말했다.

"몇 년 전부터 내가 가는 곳마다 나타나서 이상한 소리를 하던 여자예요."

"이상한 소리라니요?"

"자기가 나하고 결혼을 약속했던 사람이라면서 신문기자며 방송국에 계속 편지를 보내고, 제가 가는 행사장마다 쫓아와서 소란을 피웠어요. 어쩔 수 없이 경찰에 몇 번이나 신고를 했지만 그때뿐이었어요."

옆에 있던 손예지도 소름이 돋는다는 표정으로 중얼거렸

퇴마하는
톱스타

다.

"세상에, 사생 팬도 무서운데 이젠 영혼이 돼서도 쫓아다니다니."

그제야 어떻게 된 사정인지 알 것 같았다. 어쩌면 유명 스타이기에 겪을 수밖에 없는 고충이라고도 할 수가 있었다.

"혹시 저 여자 이름과 생년월일 아세요?"

"워낙 여러 번 경찰에 신고를 했기 때문에 우리 매니저가 알고 있을 거예요."

조승수가 매니저와 통화해서 이름과 생년월일을 알려 줬다.

태수가 즉시 업장을 소멸시킨 후 원귀를 천도했다. 원귀는 영이 되어서도 정신이 오락가락하는지 별다른 저항도 하지 않고 그대로 모든 의식을 받아들였다.

원귀가 사라진 것만으로도 조승수의 표정이 한결 밝아졌다. 조승수가 둘둘 감고 있던 이불을 걷어 내며 말했다.

"이럴 수가, 방금 오싹하던 한기가 완전히 사라졌어요. 정말 고마워요."

"저한테 손을 좀 주세요."

당장은 괜찮아 보이지만 몸속에 귀기가 남아 있으면 앞으로도 문제가 될 수 있다.

태수는 조승수의 손을 잡고 생기탐랑의 영을 작동시켰다. 푸르스름한 생기탐랑의 기운이 조승수의 손으로 옮아갔다.

귀기의 오염이 심각한 수준이 아니었기에 불과 몇 분이 지나자 조승수의 모습이 거의 평상시 모습으로 돌아왔다.

조승수는 놀라운 변화가 믿어지지 않는지 태수에게 연신 고맙다는 마음을 전했다.

지금은 태수가 다른 어떤 스타 못지않은 슈퍼스타지만 예전부터 좋아했던 조승수 같은 배우와 이렇게 인연을 맺자 태수도 너무 기분이 좋았다.

갑자기 활기를 찾은 조승수가 술을 사겠다고 해서, 셋은 인근 술집으로 가서 여러 얘기를 나눴다.

원래 낯선 자리와 사람을 싫어하는 조승수였지만 태수하고는 금방 마음이 통했고, 오랫동안 만나 온 형 동생처럼 허물없는 사이가 됐다.

태수는 자신이 원귀를 쫓아 줬다고 해서 〈아내의 남자〉에 일부러 출연할 필요는 없다고 거듭 말했다.

"아냐, 예지한테도 말했지만 정말 시나리오가 좋아서 출연하려는 거야. 장 감독이 연출한 단편들도 봤고."

조승수가 웃으면서 말했다.

"자꾸 내가 출연하고 싶어서 부탁하고 매달리게 할래?"

"네, 알겠습니다. 그럼 선배님 출연하는 걸로 확정할게요."

또 한 명의 주연인 한지훈 역할을 맡을 배우는 조승수의 추천으로 젊은 신인 배우인 강한울로 결정이 됐다. 강한울은 주연이 손예지와 조승수라는 말을 듣는 순간 1초의 망설임도 없이 출연 의사를 밝혔다.

태수는 그동안 자신 못지않게 크랭크인을 기다려 온 넷플릭트 백인우 지사장에게도 곧바로 최종 캐스팅 결과를 알려 줬다.

사실 손예지가 캐스팅됐을 때 깜짝 놀라게 하고 싶은 마음도 있었지만, 모든 캐스팅이 확정되면 얘기하려고 지금까지 꾹 참고 있었던 것이다.

손예지에 조승수, 거기에 강한울까지.

아무리 넷플릭트라고 해도 절대 드라마에서 만날 수 있는 꿈의 캐스팅이 이루어진 셈이다.

태수의 연락을 받은 백인우 지사장은 몇 번이나 정말로 그 배우들의 출연이 확정된 게 맞느냐, 소속사에서도 찬성을 했느냐고 물었다.

"네, 확실하고 스케줄도 확정이 됐어요. 다음 주 곧바로 크랭크인 들어갈 예정이에요."

태수의 말을 들은 백인우 지사장은 한동안 어안이 벙벙했다. 대체 그 배우들이 뭘 보고 〈아내의 남자〉에 출연을 결정했는지 선뜻 이해가 되지 않았던 것이다.

사실 백인우는 오랫동안 한국 최대의 투자 배급사인 KU엔터에서 투자본부장을 지내던 인물이었다. 덕분에 한국 투자사들이 가지고 있는 고질적인 선입견과 안정 지향적인 영화에만 투자하는 성향이 누구보다 강한 인물이었다.

이왕이면 스타 감독, 가능하면 장르도 공포와 SF에는 투자하지 않는 게 일종의 불문율처럼 여겨지고 있었다. 외국에서 공포는 가장 장사가 잘되는 가성비 높은 장르였지만 국내에서는 그 반대였기 때문이다.

그러다 보니 국내 영화들이 늘 그 나물에 그 밥처럼 비슷한 스릴러 영화들만 나오는 것이고.

그런 기준으로 본다면 〈아내의 남자〉는 국내 투자사에서는 투자를 받을 가능성이 거의 없는 작품인 셈이었다. 물론 태수가 연예인으로서는 스타였지만 감독으로는 단편 몇 편 연출한 게 전부인 데다, 그 단편들마저도 모두 공포 장르였으니까.

그런 장태수를 넷플릭트 드라마 사상 최초의 한국 감독으로 추천한 사람은 다름 아닌 아시아 콘텐츠기획팀장인 릴리 맥코나였다.

그녀는 태수의 스토리텔링 방식이 한국에서 보기 드문 독특한 구성이라는 걸 금방 알아봤고, 충분히 좋은 드라마를 만들 수 있는 역량을 가졌다는 확신을 가지고 있었기에 거꾸로 백인우에게 태수를 추천했던 것이다.

백인우 지사장은 릴리 맥코나가 태수를 추천한 후에도 의구심을 지우지 못했고, 사실 그런 마음은 지금도 크게 변화가 없었다.

〈아내의 남자〉 시나리오도 자신이 볼 때는 그다지 대중성이 없을 것 같은데 릴리 맥코나는 상당히 높은 점수를 줬던 것이다.

어떻게 된 일인지는 모르겠지만 〈아내의 남자〉 캐스팅이 역대급이란 건 사실이었다.

솔직히 백인우는 완성된 〈아내의 남자〉를 보고 자신과 릴리 맥코나 중에서 누구의 안목이 옳았는지 어서 확인을 해 보고 싶은 묘한 경쟁심도 발동이 됐다.

화려한 캐스팅 덕분에 넷플릭트에서는 성대한 제작 발표회를 준비했다. 발표회장에는 웬만한 영화 제작 보고회보다 많은 취재진이 몰려들었다.

무대에는 태수를 비롯해서 손예지, 조승우, 강한울이 올라갔다.

취재진은 손예지와 조승수가 넷플릭스 드라마에 출연한 이유를 궁금하게 생각했고, 두 배우 모두 일관되게 시나리오가 재미있었고 태수의 단편 연출작을 보고 감독에 대한 신뢰를 갖게 됐다고 답했다.

태수는 배우가 아닌 감독의 자격으로 영화에 대한 다양한 질문에 답을 해야만 했다. 처음 제작 발표회를 할 때부터 영화와 관련되지 않은 질문은 하지 말아 달라는 양해를 미리 구했기에 불필요한 얘기들은 나오지 않았다.

발표회가 끝난 후에는 손예지, 강한울까지 합세해서 조승수의 집에서 술잔을 기울이며 영화에 대한 더 많은 얘기를 나눴다.

감독과 배우들은 촬영 전 끊임없이 대화를 나눠야만 현장에서 소통에 문제가 없다.

일단 현장에 가면 배우는 감독을 믿고 자신의 모든 걸 맡겨야만 하는 입장이기 때문에, 신뢰가 없다면 깊이 있는 연기를 할 수가 없는 것이다.

게다가 이번처럼 신인 감독에 노출도 있고 베드씬도 있는 경우에는 더더욱.

크랭크인 날, 동생들도 사뭇 긴장된 표정으로 각자의 역할을 묵묵히 수행했다.

예전 단편영화를 만들 때와 달리 카메라, 조명, 미술, 오디오 등 대부분의 스태프들이 업계 최고의 전문가들로 구성이 됐기 때문에 그들에게 흠 잡히지 않으려고 다들 최선을 다하는 모습이 역력했다.

첫 씬을 촬영할 장소는 종합병원의 특수 병실.

출연할 배우는 조경수 역할의 조승수와 천 형사 역할의 천길강이다. 천길강은 태수가 시나리오를 쓸 때부터 천 형사 역할로 내내 마음에 두고 있었다.

태수하고는 드라마를 같이 해 봐서 잘 아는 사이인 데다 시나리오상으로 젊은 형사보다는 나이가 지긋한 형사가 훨씬 어울릴 것이란 판단 때문이었다.

실제 종합병원의 사용하지 않는 수술실을 꾸며서 촬영이 진행되는 데다 배우와 감독까지 스타들이라서 간호사와 환자, 심지어 의사들도 촬영하는 모습을 구경하려고 현장으로 몰려들었다.

조승수를 보려는 사람도 많았지만 태수를 보기 위해 몰려든 사람들이 훨씬 많았다.

수술실을 개조한 특수 병실은 넓이도 넓었지만 벽 한 면이 경찰서 취조실처럼 밖에서 안쪽을 관찰할 수 있도록 반투명 유리로 이루어진 공간이다.

그 특수 병실 한가운데 침대가 하나 놓여 있었고 침대에는 환자복을 입은 조승수가 누워 있었다.

조승수의 팔에는 링거가 꽂혀 있었고 몸을 움직일 수 없도록 팔다리에는 압박대가 채워져 있었다. 손목에는 자해를 한 흔적과 함께 붕대가 감겨 있었다.

조승수는 눈을 감은 채 이미 연기에 몰입해 있었다.

천 형사 역할의 천길강 역시 천 형사로 빙의가 된 것 같은 매서운 눈매로 반투명 유리 건너편 침대에 누워 있는 조승수를 노려보고 있었다.

천길강의 옆에는 의사 가운을 입은 단역배우가 긴장된 표정으로 큐 사인을 기다리고 있었다.

신호철이 외쳤다.

"슛 들어갑니다!"

워낙 구경꾼도 많고 오픈된 공간이라서 소음을 통제하는 게 무엇보다 중요했다. 신호철의 외침에 천길강 옆에 있던 의사가 얼른 책상에 엎드려서 자는 것처럼 포즈를 취했다.

"조용!"

아무리 베테랑 배우라도 첫 씬의 촬영은 긴장이 되는 법인데, 모니터로 보이는 조승수의 표정은 정말 잠이 든 사람처럼 너무도 평안해 보였다.

손예지와 강한울은 자신의 촬영이 없는데도 현장에 나와서 촬영 장면을 지켜봤다.

씬1. 종합병원 특수 병실.

"카메라 롤! 씬 1-1."

태수가 화면을 보고 있다가 외쳤다.

"레디…… 액션!"

큐 사인과 함께 카메라가 반투명 유리 너머에서 잠든 조경수를 노려보는 천 형사의 옆얼굴을 클로즈업으로 잡았다.

특수 병실 안의 조경수가 꿈틀하고 몸을 움직이자 미간이 좁혀지는 천 형사.

이윽고 조경수가 눈을 번쩍 뜨더니 주변을 두리번거리다가 팔다리를 버둥거린다. 팔다리가 압박대로 묶여 있어서 움직이지 않자 괴성을 지르며 울부짖는 조경수.

천 형사가 옆에 엎드려서 잠자는 의사의 어깨를 흔들면서 말했다.

"이봐요, 의사 양반!"

의사가 잠이 덜 깬 것 같은 얼굴로 고개를 들면 천 형사가 긴장된 표정으로 말한다.

"깨어났어요. 들어갑시다."

특수 병실로 들어서는 천 형사와 의사.

침대에 묶인 채 누워 있는 조경수가 괴성을 지르며 난동을 부린다.

"으아아아! 이거 풀어! 풀어 달라고!"

천 형사가 다가가서 그런 조경수의 옆에 의자를 끌어다 놓고 앉는다.

천 형사가 특수 병실을 돌아보면 곳곳에서 녹화가 되고 있는 CCTV 카메라들이 보인다.

조경수가 버둥거리면서 그런 천 형사를 보고 으르렁거린다. 평소 극히 이성적인 배역을 주로 맡았던 조승수지만, 지금은 상처입은 짐승처럼 몸부림을 치며 거친 조경수의 캐릭터를 완벽하게 표현해 냈다.

연기라도 저렇게 심하게 움직이면 압박 보호대에 팔다리의 피부가 상할 것 같아서 걱정이 됐지만 조승수는 아랑곳하지 않았다.

"당신 뭐야? 이거 풀어! 풀라고, 시발!"

차가운 눈으로 그런 조경수를 노려보던 천 형사가 눈앞으로 신분증을 들이민다.

"조경수 씨, 당신은 지금 민지영 씨 살해 용의자로 긴급체포 됐습니다."

순간 조경수의 눈빛이 출렁하고 흔들린다.

천 형사가 안주머니에서 사진을 꺼내 조승수에게 한 장씩 보여 준다. 반라의 몸으로 피투성이가 되어 살해당한 채 바닥에 엎드려 있는 손예지, 아니 민지영의 시신을 찍은 사진이다.

물론 이 사진은 이 씬에 앞서서 미리 촬영을 했다.

사진을 본 조경수의 표정이 오히려 차분하게 가라앉는다.

"조경수 씨, 인정합니까? 당신이 아내인 민지영 씨를 살해했다는 사실을."

조경수가 천천히 허공을 바라본다.

마치 정신세계가 다른 시공간에 있는 사람처럼 시선이 아득하게 먼 곳을 향하는 것 같았고 눈빛은 공허했다.

퇴마하는
톱스타

천 형사가 다시 재촉한다.

"조경수 씨?"

"예, 인정합니다. 제가 죽였습니다."

한순간의 망설임도 없이 단호하게 대답하는 조경수의 태도에 천 형사가 옆에 있던 의사를 돌아봤고 의사가 차트에 뭔가를 적는다.

천 형사가 묻는다.

"왜 죽였습니까?"

조경수의 시선이 다시 천천히 아득한 기억을 더듬는 것처럼 움직이면…… 천 형사가 예리한 눈빛으로 조경수를 관찰하다가 다시 묻는다.

"한지훈 씨는 지금 어디에 있습니까? 한지훈 씨도 당신이 죽였습니까?"

여전히 먼 허공을 바라보는 조경수의 얼굴에 쓸쓸하게 미소가 번진다.

"컷, 오케이!"

오프닝 장면으로 여러 가지 미스터리를 품고 있는 대사와 표정 연기들이 결코 쉽지 않은 장면인데, 조승수도 그렇고 천길강도 그렇고 테이크를 몇 번 갈 필요도 없이 태수가 그렸던 분위기를 그대로 재현해 냈다.

새삼 이런 배우들을 데리고 영화를 말아먹으면 감독이 욕을 먹어도 아무런 변명도 할 수 없겠다는 생각이 들었다.

다들 최고의 전문가들만 모인 덕분에 오케이 사인이 떨어지자마자 다들 신속하게 장비를 챙겨서 장소 이동을 했다.

다음은 조경수와 민지영 부부가 살고 있는 전원주택 회상 씬이다.

이 드라마는 첫 장면부터 남편인 조경수가 아내인 민지영을 살해했다는 전제하에 드라마가 시작되기 때문에 대부분의 장면이 회상 장면으로 흐를 수밖에 없다.

부부의 집인 전원주택은 이번 드라마에서 가장 많은 장면을 촬영하게 되는 장소다.

씬. 전원주택.

카메라가 아름다운 전원에 어울리는 전원주택의 전경을 촬영하면 그 위로 조경수의 메마른 음성이 내레이션으로 입혀진다.

"저는 알츠하이머병을 앓고 있습니다. 그리고 제 아내에겐 남자가 있습니다."

씬. 안방.

마침내 손예지가 등장하는 씬이다.

조승수가 침대에 누워 있고 섹시한 슬립 차림의 손예지가 카디건을 걸친 채 화장대 앞 의자에 앉아서 감정에 몰입하고 있다.

태수는 노출이 많은 옷차림 때문에 손예지가 불편하지 않도록 방 안에는 최소한의 스태프만 남겨 두고 모두 밖으로 나오도록 조치를 취했다.

조승수가 시나리오를 보며 물었다.

"장 감독, 이 시점에서는 조경수가 민지영한테 남자가 있다는 걸 의심하는 거야 아니면 확신을 가지고 있는 거야?"

"확신을 하고 있는 거죠."

"확신을 한다. 시나리오에는 조경수가 그런 확신을 하는 장면이 나오질 않지만 그런 설정으로 시작한다는 거지?"

"네. 조경수란 인물이 의처증이 심하고 자신의 기억이 자꾸 끊어지기 때문에 민지영에 대한 불신이 점점 더 심해지는 거죠. 망상도 심하고."

"무슨 말인지 알겠어."

조승수가 금방 감정에 몰입해서 조경수의 시선으로 화장대 앞에 앉아 있는 손예지를 노려봤다.

손예지가 화장대 거울로 자신을 노려보는 조승수를 보고는 팔뚝을 어루만지며 말했다.

"나 어떡해, 선배 표정 너무 무서워서 방금 소름 돋았어."

조승수가 굳어 있던 표정을 풀고는 웃으면서 말했다.

"야, 왜 그래? 어쩔 수 없어. 내가 무서워야 드라마가 산다고."

태수도 동의했다.

"맞아요, 승수 선배가 무서우면 무서울수록 드라마가 살아요. 자, 숏 들어갈게요."

순간 조승수의 얼굴에서 금방 웃음기가 사라지고 눈빛에 무슨 짓이든 저지를 것 같은 살기가 이글거리며 떠올랐다.

손예지도 언제 겁을 냈나 싶게 어깨에 걸치고 있던 카디건을 벗고 섹시한 슬립 차림으로 화장대 앞에 앉았다.

"숏 들어갑니다."

"레디…… 액션!"

카메라가 돌았고 민지영이 화장대 거울을 보며 화장을 하고 있다. 침대에 누워서 그런 민지영을 바라보는 조경수.

얇은 슬립 차림으로 화장하는 민지영의 뒤태가 너무도 섹시하다. 카메라가 그런 조경수의 시선을 대신해서 민지영의 섹시한 몸매를 육감적으로 훑는다.

그런 카메라의 무빙 위로 조경수의 내레이션이 다시 겹쳐진다.

여기서 내레이션은 특수 병실에서 조경수가 천 형사에게 범죄를 털어놓는 과정이자 관객에게 하는 독백이기도 하다.

"내 아내는 대학교 때 캠퍼스 퀸으로 뽑힐 정도로 아름다운 미모를 가진 여자였습니다. 난 아내와 결혼했을 때 세상을 다 얻은 것 같았습니다. 하지만 아내는 날 사랑하지 않았습니다. 난 아직도 아내가 왜 사랑하지도 않는 나와 결혼을 했는지 답을 얻지 못했습니다. 그리고 그 답은 이제 영원히 얻을 수가 없습니다."

민지영은 화장을 하는 척하면서도 거울로 보이는 조경수의 동물적인 시선이 계속 신경이 쓰인다.

조경수가 묻는다. 어딘지 모르게 강압적이고, 부부 관계가 수평적인 관계가 아닌, 가부장적인 권위가 강하게 느껴지는 말투다.

"동창 모임이라고 했나?"

"네."

"몇 시에 만나기로 했어?"

"……2시요."

조경수가 씁쓸하게 웃으면서 말한다.

"남들은 허니문 기간 지나면 와이프 봐도 아무런 감정이 들지 않는다고 하는데 난 이상해. 시간이 흐를수록 당신이 점점 더 섹시하게 보인단 말야."

민지영의 표정이 순간 살짝 굳어지는 걸 조경수가 놓치지 않는다. 그런 민지영의 표정 변화가 조경수의 가슴에 다시 질투와 분노의 불길을 지피게 만든다.

그런 조경수의 심리를 의식한 듯 민지영이 벌떡 일어나서 장롱을 열고 옷을 꺼내 방을 나가려는 순간 갈고리 같은 조경수의 목소리가 발목을 잡는다.

"어디 가?"

"옷…… 입으려고요."

"…… 여기서 입어. 설마 남편 앞에서 옷 입는 게 부끄럽다는 소리는 아니겠지?"

민지영이 입술을 깨문 후 슬립을 벗는다.

조경수는 팬티와 브래지어 차림의 민지영이 스타킹을 신고 치마와 블라우스를 갈아입는 모습을 이글거리는 눈으로 지켜본다. 마치 남편이 아닌 낯선 남자가 훔쳐보는 것 같은 끈적거리는 눈빛이다.

옷을 모두 갈아입은 민지영이 도망치듯 서둘러 방을 나가려고 하면 조경수가 묻는다.

"몇 시에 올 거야?"

"모르겠어요. 많이 늦진 않을게요."

"정확하게 몇 시?"

민지영이 지겹다는 듯 눈을 감았다가 뜨고는 말한다.

"10시까지 들어올게요."

"8시까지 들어와."

민지영이 도저히 못 참겠다는 듯 돌아서서 말한다.

"내가 애도 아니고……."

차가운 조경수의 눈빛을 마주한 민지영이 흠칫하며 포기하는 것처럼 말한다.

"알았어요. 8시까지 들어올게요."

민지영이 방을 나가면 팬티만 입은 조경수가 침대에서 나오는데 의외로 근육질이다. 조경수가 2층 테라스로 나가서 보고 있으면 정원으로 나온 민지영이 벤츠에 올라탄다.

부릉. 시동을 걸고 출발하는 벤츠.

멀어지는 차를 이글거리는 눈빛으로 바라보다가 어딘가로 전화를 한다.

"지금 출발했습니다. 네."

전화를 끊는 조경수의 눈빛이 서늘하다.

씬. 국도/ 자동차 안

차를 몰고 국도를 달리는 민지영.

담담한 표정으로 운전을 하던 민지영이 갑자기 갓길로 핸들을 확 꺾고는 브레이크를 밟으며 급하게 차를 멈춘다. 민지영이 울음을 터뜨리며 운전대에 얼굴을 묻는다.

조경수의 앞에서 참고 있던 여러 감정들이 한꺼번에 터져 나온 것이다.

관객들은 그런 조경수와 민지영의 모습을 통해 민지영이 조경수를 두려워하고 있다는 걸 짐작할 수가 있다.

그리고 멀리서 그런 민지영의 차를 지켜보며 미행하는 차가 보인다.

씬. 전원주택/ 샤워실.

이 장면에서는 조승수가 처음으로 자신의 몸을 전라로 드러낼 예정이다, 아무리 남자 배우라도 민망한 장면이라서 그런지 조승수도 계속 멋쩍은 웃음을 지으며 긴장된 표정을 지었다. 물론 알몸은 뒤태를 찍을 예정이다.

드라마의 모든 장면에는 의미가 있다. 그래야만 배우를 설득하고 관객에게 호응을 받을 수가 있다. 특히 노출 씬의 경우에는 더더욱.

이 장면이 필요한 이유는 단단한 근육질 몸을 보여 줘서 동물적인 조경수의 캐릭터를 더욱 강렬하게 관객에게 심어 주기 위함이었다.

역시 최소한의 스태프들만 촬영에 참여했다.

슛 들어간다는 소리에 허리에 수건을 걸치고 있던 조승수가 과감히 수건을 걷어 내고 벽을 향해 돌아섰다. 우락부락한 근육이 아닌 정말 관리를 잘한 잔근육들이 멋진 역삼각형으로 카메라 렌즈에 모습을 드러냈다.

이번 영화를 통해 관객들은 조승수가 저렇게 몸이 좋은 배우였나, 깜짝 놀라게 될 것이다.

조경수가 샤워기를 틀었다.

"레디…… 액션!"

조경수가 벽을 짚은 채 머리에서부터 근육질 몸으로 쏟아지는 물방울들을 고스란히 맞고 있다. 본편 드라마에서는 그런 샤워 씬 중간중간에 삽입 장면이 들어갈 예정이다.

바로 민지영이 낯선 남자와 정사를 벌이는 장면이다. 낯선 남자의 얼굴은 흐릿하게 보이지 않고 민지영은 가슴 부위가 살짝 드러나는 정도의 노출 수위를 유지한다.

남자와 열렬하게 키스를 하는 민지영.

관객의 입장에서는 그 영상이 실제인지 조경수의 환상인지 확실치가 않다.

조경수가 괴롭게 머리를 흔들며 거부하려고 하지만 영상은 머릿속에서 계속 떠오른다.

조경수가 결국 샤워를 끝까지 하지 못하고 샤워 꼭지를 거칠게 잠근다.

씬. 거실

카메라가 거실을 비추고 있으면 샤워를 하다가 나온 조경수가 거실로 걸어 나오는 뒷모습이 화면에 나타난다. 몸에서 물이 뚝뚝 떨어지는 전라의 조경수가 거실 한편에 뒤로 돌아서서 우두커니 서 있다.

거실 곳곳에는 유화 그림들이 상당히 많다. 몇몇은 액자에 넣어서 벽에 걸려 있고 몇몇은 바닥에 비스듬하게 세워져 있다. 민지영의 직업이 화가이기 때문이다.

조경수가 그림들을 천천히 돌아보더니 갑자기 거실 구석

에 세워져 있던 골프채를 집어 들고는 괴성을 지르며 그림 액자들을 닥치는 대로 부수기 시작한다.

이 장면을 위해서 미술 팀이 며칠 전부터 유화 그림을 전공하는 학생들과 함께 그림들을 직접 그려서 액자에 넣어 준비를 했다.

NG가 나면 준비할 시간이 많이 걸리는 장면이라서 사전에 조승수는 태수와 함께 골프채를 휘두르는 동작과 동선을 여러 차례 리허설했다.

조승수는 수없이 같은 동작을 반복하면서 몸에 익힌 후에 본촬영에서는 NG 한 번 없이 광기에 사로잡힌 조경수의 모습을 제대로 표현해 냈다.

알몸의 조경수가 골프채로 액자를 부수는 모습은 그의 동물적이고 파괴적인 본능을 관객에게 드러내고, 앞으로의 전개에 긴장하게 만들어 주는 중요한 장면이다.

관객들이 몰입하는 대상은 민지영이기 때문이다.

씬. 몽타주.

동창을 만나러 간다던 민지영이 혼자 시간을 보내는 모습들이 다양하게 보여진다.

혼자 스파게티집에서 밥을 사 먹고 커피숍에서 음악을 들으며 커피를 마시고 대학로 벤치에 앉아서 버스킹을 하는 모습을 보기도 한다.

마치 답답한 집 안을 탈출하려고 동창회가 있다고 거짓말을 한 느낌이다.

그런 민지영을 몰래 미행하면서 계속 촬영을 하는 홍신소 직원.

민지영이 누군가와 통화를 하는 모습이 보인다.

씬. 전원주택 / 안방

침대에 쓰러지듯 엎드려서 잠이 든 조경수. 초인종 소리에 눈을 번쩍 뜨고 일어난다.

황급히 시계를 보면 저녁 8시가 넘었다.

다시 초인종이 울리면 화가 난 표정으로 아래층으로 내려가 현관문을 벌컥 열며 소리친다.

"내가 분명히 8시까지 오라고……."

소리치던 조경수가 멈칫하고 보면 민지영이 아닌 강한울, 아니 한지훈이 눈앞에 서 있다. 당황한 표정의 한지훈을 적대적으로 노려보는 조경수.

캐주얼하게 잘 차려입은 한지훈은 잘생겼고 20대 후반의 젊음이 느껴진다.

"뭡니까?"

한지훈이 안쪽을 기웃거리며 묻는다.

"혹시…… 지영 씨 있나요?"

지영 씨라는 호칭에 표정이 변하는 조경수.

"당신 누구야?"

"저는 옆집에 사는 사람인데, 어제 지영 씨한테 이걸 빌려서 돌려드리려고요."

그러면서 한지훈이 내미는 건 와인 따개다. 한지훈이 조경수의 등 뒤로 난장판이 된 거실을 보고는 걱정스럽게 묻는다.

"지영 씨는…… 지금 없나요?"

조경수가 험악한 표정으로 말한다.

"경고하는데 앞으로 내 집사람한테 관심 꺼. 알았어?"

다짜고짜 소리를 지르는 조경수의 태도에 당황하는 한지훈의 표정이 화면에 가득 잡힌다. 여기서 한지훈의 표정은 관객의 심리를 대변한다.

별일도 아닌데 처음 보는 사람한테 다짜고짜 소리를 지르는 조경수의 모습에서 관객들도 느끼는 것이다. 조경수의 심리 상태가 정상이 아니라는 것을.

불안정한 조경수의 심리 상태는 드라마가 진행되는 내내 관객을 불안하게 만들게 되고, 결국 아내인 민지영을 살해하게 되는 파국으로 치닫는 촉매가 된다.

"무슨 오해가 있으신가 본데……."

한지훈이 대사를 하는데 마침 마당으로 들어서는 벤츠.

두 사람이 돌아보면 벤츠에서 민지영이 내린다.

민지영, 두 사람을 번갈아 보고는 당황한 표정이 역력하다.

씬. 전원주택 마당.

벤츠에서 내린 민지영이 새파랗게 질린 표정으로 조경수와 한지훈을 번갈아 본다.

조경수의 눈빛이 희번덕거렸다.

조승수는 조경수가 민지영의 모든 걸 완벽하게 알고 있어야만 안심이 되는 인물이라고 생각했다. 근데 아내가 자신도 모르게 낯선 남자와 알고 지냈다는 걸 알았으니 질투와 분노가 솟구쳐 오르는 것이다.

의처증을 가진 남자에겐 늘 두 가지, 공포와 의심이 공존한다.

자신의 아내가 자신을 떠날 수 있다는 공포.

그런 공포는 다음의 두 가지 의심으로 발전한다.

내 아내는 부도덕해서 나 아닌 다른 남자를 갈구한다는 의심, 다른 남자는 그런 내 아내를 성적인 욕망의 도구로 호시탐탐 노리고 있다는 의심.

기본적으로 그런 의심을 하면서 망상을 키우기 때문에 한지훈의 등장은 그런 망상에 기름을 붓는 격이다.

조승수는 그런 조경수의 심리를 눈빛과 표정 연기만으로 전달했다.

　　손예지는 이 순간 민지영이 느끼는 감정이 공포라는 걸 알고 있다. 이 사소한 일로 자신에게 닥쳐올 후폭풍이 얼마나 엄청날지.

　　민지영이 조경수의 눈치를 살피며 한지훈에게 묻는다.

　　"어쩐…… 일이에요?"

　　"어제 빌렸던 와인 따개를 돌려 드리려고 왔는데 남편분만 계셔서…… 여기…….."

　　한지훈이 와인 따개를 내밀고 민지영이 받는다.

　　그 순간 조경수가 민지영의 손목을 확 거칠게 끌어당긴다.

　　"들어와!"

　　"악!"

　　와인 따개가 바닥에 떨어지고 짧은 비명과 함께 집 안으로 끌려 들어가는 민지영.

　　한지훈이 뭐라고 말을 하려는 순간 눈앞에서 쾅 하고 문이 닫힌다.

　　한지훈은 바닥에 떨어진 와인 따개를 바라보며 충격적인 표정을 짓는다.

　　한지훈이 바닥에 떨어진 와인 따개를 집어 들고는 걱정스러운 마음에 선뜻 문 앞을 떠나지 못하고 문에 귀를 기울인다.

집 안에서 아득하게 민지영의 비명이 들려온다.

한지훈이 문을 두드리려다가 훌쩍 담을 올라가서 뛰어넘는다.

담을 넘어가면 정원수가 심어져 있는 정원이 보이고 거실을 들여다볼 수 있는 통유리가 보인다.

한지훈이 정원수에 몸을 숨긴 채 조심스럽게 통유리를 통해 집 안을 들여다본다. 집 안을 들여다보던 한지훈의 눈이 휘둥그레진다.

부서진 액자와 파편이 흩어져 있는 난장판의 거실.

그 난장판의 한복판에서 조경수가 성폭행범처럼 민지영을 쓰러트리고 옷을 찢는 모습이 보인다. 누가 봐도 강제로 성관계를 시도하려는 그런 장면이 통유리 너머로 고스란히 보인다.

놀란 한지훈이 저도 모르게 다가가 통유리를 두들기려다가 멈칫한다.

알몸에 가까운 민지영을 덮치는 조경수.

처음엔 저항하던 민지영이 이내 자포자기하듯 마네킹처럼 조경수에게 몸을 내맡겼던 것이다.

그런 민지영의 위로 올라간 조경수가 짐승처럼 성관계를 한다.

도저히 부부 사이의 성관계라고 볼 수가 없는 명백한 강간이다. 숨어서 그 모습을 지켜보는 한지훈의 눈빛에 여러 복잡한 감정들이 혼란스럽게 떠오른다.

분노, 질투, 욕망.

"컷, 오케이!"

배우들에게 너무도 힘든 연기이기에 태수는 물론이고 다른 스태프들도 NG가 나지 않기를 바라며 지켜본 장면이었다.

다행히 두 배우 모두 완벽한 연기로 한 번에 오케이 컷을 만들었다.

오케이 사인이 나자마자 대기하고 있던 스타일리스트들이 손예지에게 달려가 커다란 수건으로 몸을 가려 줬다.

조승수는 아직도 감정의 여운이 남아서 떨고 있는 손예지를 다독였고 태수도 얼른 안으로 들어가서 손예지의 상태를 체크했다.

손예지가 괜찮다고 말은 했지만, 목소리와 눈빛에는 정말로 방금 성폭행을 당한 여자인 것처럼 공포와 두려움이 고스란히 남아 있었다.

조승수와 손예지 두 사람 모두 워낙 몰입을 해서 연기를 했기에 감정을 정리할 시간이 필요했다.

태수는 잠시 촬영을 중단시켰다.

손예지와 조승수가 어느 정도 감정을 정리한 후에 태수는 강한울까지 넷이 모인 자리에서 커피를 마시며 앞으로의 촬영에 대해 얘기를 나눴다.

감독은 촬영 전은 물론이고 촬영 중에도 배우들과 끊임없이 대화를 나눠야만 한다.

　시나리오를 보면서 캐릭터를 분석했을 때와 실제 연기를 했을 때 느껴지는 캐릭터가 달라지는 경우가 많기 때문이다.

　오늘이 촬영 4회 차니까 전체 분량의 3분의 1이 넘는 분량을 찍은 셈이었다.

　강한울이 커피를 마시며 말했다.

　"전 솔직히 후반부 반전이 없었다면 조경수의 행동을 이해하지 못했을 거예요. 누가 자신의 아내를 그렇게 성폭행을 해요?"

　조승수가 말했다.

　"아냐, 현실에서 그런 일이 얼마나 많은데."

　"진짜요?"

　"그럼. 예전에 영화에서 형사 역할을 맡는 바람에 경찰서에서 며칠 동안 체험을 한 적이 있었어. 근데 가정 폭력 사건 중에서 남편이 아내를 강간하는 경우가 꽤 많더라고."

　손예지가 아직도 촬영 당시 생각이 나는지 몸서리를 쳤다.

　"연기인데도 이렇게 끔찍한데 직접 당하는 여자들의 마음은 어떨까?"

　조승수가 손으로 얼굴을 감싸며 농담처럼 말했다.

　"나…… 이 드라마 찍고 여자들한테 비호감 배우로 찍히는 거 아냐?"

태수가 그런 조승수에게 약속했다.
"절대 그런 일 없도록 제가 약속할게요."

씬. 한지훈의 집.

어두컴컴한 밤이다.
한지훈의 집은 민지영 부부의 전원주택과 10여 미터 정도 떨어진 곳에 있다. 한지훈의 집 2층 테라스에서 보면 민지영의 집 정원과 마당이 보인다.
한지훈이 커피를 마시면서 불 꺼진 민지영의 집을 보고 있다.
그 사이 사이로 민지영이 조경수에게 강간을 당하는 장면이 인서트처럼 들어간다.
한지훈의 눈빛에 분노와 함께 야릇한 욕망이 떠오른다.
그런 상념에 빠져서 커피를 마시던 한지훈이 뜨거운 커피에 입술을 데며 '앗, 뜨거.' 한다.

씬. 같은 시각 민지영의 전원주택 / 안방

민지영이 영혼 없는 표정으로 침대에서 옆으로 누워 창밖 어둠을 가만히 바라보고 있다.

씬. 같은 시각 민지영의 전원주택 / 서재.

스탠드가 켜져 있고 조경수가 누군가와 통화를 하며 노트
북을 보고 있다. 노트북에는 흥신소 직원이 낮에 민지영을
미행하며 찍은 사진들이 떠있다.

조경수가 양주를 홀짝거리면서 노트북 속 민지영의 사진
들을 보고 있다.

조경수, 민지영이 행복하게 웃는 사진만 골라서 확대해서
자세하게 본다. 집에서는 한 번도 보지 못한 민지영의 웃음
이다.

사진을 보는 조경수의 표정이 일그러진다.

"만난 사람은 아무도 없습니까?"

－예. 집을 나서서 몇 시간 동안 혼자 걷고 차 마시고 구경하고 한 게
전부입니다. 그리고 누군가와 전화 통화를 많이 했는데 대화 녹음한 파
일 메일로 보내 드렸습니다.

"상대방 전화번호는 몰라요?"

－예. 그것까지는…….

"알겠습니다."

조경수가 전화를 끊고 메일로 들어가면 오디오 파일이 첨
부되어 있다. 민지영의 휴대폰에 몰래 깔아 놓은 앱을 통해
녹음된 통화 녹음 파일이다.

조경수가 파일을 클릭하면 민지영과 어떤 남자가 통화하

는 소리가 흘러나온다. 남자가 민지영의 휴대폰으로 전화를
한 모양.

　긴장한 민지영의 목소리가 흘러나오면 이어서 들려오는
남자 목소리.

　−여보세요?

　−지영아, 나야.

　남자의 목소리를 듣자마자 흐느끼는 민지영. 그런 지영을
다독이는 남자의 다정한 목소리.

　순간 조경수의 눈빛에 살기가 떠오른다.

　−울지 마, 지영아.

　흐느끼던 민지영이 대답한다. 조경수는 한 번도 들어 본
적이 없는 촉촉한 민지영의 목소리다.

　−너무 보고 싶어.

　−나도 보고 싶어, 지영아.

　−우리…… 앞으로 어떡해?

　−지난번에도 말했듯이 방법은 이혼하는 것밖에 없어.

　이혼이라는 소리에 조경수의 입꼬리가 뒤틀리며 올라간
다.

　−그 사람이 가만있지 않을 거야.

　−알아, 내가 곧 방법을 생각해 볼게. 조금만 더 참아.

　조경수가 통화 내용을 들으며 노트북 화면을 노려본다.

　노트북 화면에는 누군가와 통화하는 민지영의 사진이 떠

있고, 그런 민지영의 사진을 노려보는 조경수의 두 눈에 질투의 불길이 일렁인다.

–집에 있는 시간이 너무 무서워. 그 사람 무슨 일이라도 저지를 것 같단 말야.

–내가 걱정하는 것도 그거야. 차라리 경찰에 신고…….

단호한 민지영의 목소리가 들려온다.

–그건 안 돼.

조경수의 미간이 치켜 올라가며 혼잣말을 중얼거린다.

"안 된다고?"

조경수는 민지영이 자신을 경찰에 신고하면 안 된다는 말을 하는 게 몹시 꺼림칙했던 것이다. 평소 자신을 대하는 민지영의 태도를 생각하면 더더욱.

"대체 이유가 뭘까?"

민지영이 말했다.

–당신이 더 잘 알잖아. 왜 안 되는지.

–미치겠네, 정말.

–나 어제…… 강간당했어.

–뭐, 뭐라고?

이어서 남자의 분노한 목소리가 흘러나온다.

–그 미친 개자식. 죽여 버리고 싶어! 으흐흐흑.

–내가 괜한 소리를 했나 봐. 미안해, 당신도 어쩔 수 없는데.

–지영아, 무슨 일이 있어도 놈을 자극하지 마. 놈은 이미 사람을 여러

명 죽인 살인마야.

민지영의 흐느낌이 들려온다.

－흑흑.

조경수가 쓴웃음을 짓는다.

"날 알고 있는 놈이란 말이지? 처음부터 알고 있었단 말이지? 근데 왜…… 지금까지 신고도 하지 않고 모른 척한 거야? 대체 이유가 뭐야?"

남자가 말한다.

－힘들겠지만 조금만 더 참고 버텨.

민지영이 묻는다.

－그럼 우린 언제 만날 수 있는 거야?

－조경수가 병원에 가는 날. 셋째 월요일이니까 다음 주 월요일이겠네.

－그날은 만날 수 있을까?

－놈이 예정대로 움직여 준다면. 무서워도 그때까지는 어떻게든 버티고 참아야 해.

－……사랑해.

－그래, 나도 사랑해.

통화는 거기서 끝났다.

민지영의 사진을 확대해서 대화를 하듯 말하는 조경수.

"대체 이놈이 누구야? 너희들 지금 무슨 짓을 꾸미고 있는 거야?"

민지영과 얼굴이 드러나지 않은 남자가 알몸으로 섹스하는 장면이 다시 눈앞을 어른거린다.

창문 쪽으로 돌아누운 채 잠들어 있는 민지영의 얼굴이 화면 가득 보인다.

카메라가 천천히 빠지면 침대 옆에서 서서 민지영을 내려다보는 조경수가 보인다.

어두워서 표정은 보이지 않고 실루엣만 보이는 조경수.

그런데 조경수의 손에 망치가 들려 있다.

망치를 들고 가만히 민지영을 내려다보는 조경수.

그 순간 어둠 속에서 민지영이 눈을 뜬다.

조경수는 돌아누운 민지영의 등 뒤에 서 있다.

그런 조경수의 모습이 민지영의 눈앞 창문에 비친다. 조경수의 손에 들린 망치의 모습도 또렷하게 보인다.

천천히 망치를 들어 올리는 조경수.

민지영의 눈빛이 두려움에 파르르 떨린다.

조경수가 욱하는 분노를 느끼며 갈등하다가 팔을 내리고는 망치를 침대 밑으로 밀어 넣는다.

조경수가 나이트가운을 벗고 알몸으로 침대 안으로 들어가 민지영을 끌어안는다.

비로소 안도하며 눈을 감는 민지영의 뺨을 타고 눈물이 한 방울 흘러내린다.

씬. 전원주택 인근 들판.

화창한 날씨의 전원을 배경으로 민지영이 이젤 위 캔버스
에 유화를 그리고 있다.

장소를 섭외할 때 지금의 전원주택을 선택한 건 주위에 그
림을 그리고 싶을 정도로 아름다운 풍경이 있었기 때문이다.

숨 막히는 잔혹 스릴러의 분위기에서 아름다운 전원의 풍
경으로 화면이 극적으로 전환될 때, 관객은 호흡을 잠시 조
절할 수 있고 화가인 민지영이 그림 그리는 모습을 보여 줄
수도 있다.

산들바람이 부는 수풀 속에서 그림을 그리는 민지영의 뒤
로 다가가는 한지훈의 모습이 보인다.

조경수가 전원주택 2층 테라스에서 그런 두 사람을 지켜
보고 있다.

민지영의 뒤로 다가간 한지훈이 말을 건다.

"그림을 그리면 마음이 평화로워집니까?"

민지영이 흠칫 놀라며 돌아보고는 이내 모른 척 계속 그림
을 그린다.

한지훈이 아름다운 풍경이 담긴 캔버스를 보며 말한다.

"아름다운 풍경을 그린다고 현실이 바뀌는 건 아니잖아
요."

민지영의 붓 끝이 흐트러진다.

민지영이 경고하듯 말한다.

"내게 다가오면 당신도 다칠 거예요. 그러니까 제발 그냥 가세요."

한지훈이 앞으로 돌아와서 풍경을 가로막으며 묻는다.

"왜 그런 일을 당하고 사세요?"

민지영이 흠칫 놀라며 한지훈을 노려본다.

"어제 당신이 남편한테 어떤 일을 당했는지…… 다 봤습니다."

민지영이 놀라서 캠퍼스와 화구를 황급히 챙긴다. 떨리는 손끝에서 화구가 바닥에 떨어지지만, 집을 생각도 하지 않고 돌아서서 전원주택으로 급하게 걸어간다.

전원주택 2층 테라스에서 자신을 보고 있는 조경수가 시야에 들어온다.

민지영은 처음부터 조경수의 시선을 느끼면서 그림을 그리고 있었던 것이다. 그를 자극하지 않으려고 애를 쓰는데 한지훈이 끼어든 것이다.

한지훈이 따라와서 그런 민지영의 팔을 낚아채며 말한다.

"왜 그렇게 살아요? 경찰에 신고해요, 경찰에 신고하면……."

짝!

민지영이 조경수가 보라는 듯 한지훈의 따귀를 때린다.

"남의 일에 함부로 끼어들지 말아요."

민지영이 돌아서서 달려가면 한지훈이 소리친다.

"그건 강간이에요! 부부 사이에도 강간은 성립한다고요. 바보같이 왜 그렇게 살아요, 왜!"

민지영이 빠른 걸음으로 전원주택을 향해 달려가고.

한지훈이 고개를 들어 보면 전원주택 2층 테라스에서 한지훈을 노려보는 조경수가 보인다.

그런 조경수를 마주 노려보는 한지훈.

씬. 한지훈의 집.

한지훈이 컴컴한 침실에서 잠을 자려고 뒤척거리고 있다.

현관문이 열리고 거실을 가로지르는 운동화가 보인다. 걸음걸이에 맞춰서 리드미컬하게 흔들리는 누군가의 손에는 망치가 들려 있다.

침실 문이 열리면 한지훈이 돌아보고 시커먼 그림자가 빠르게 다가온다.

"누, 누구……."

그런 한지훈의 머리 위로 떨어지는 망치.

퍽퍽퍽!

한지훈이 침대에서 바닥으로 굴러 떨어져서 바닥을 기어간다.

그런 한지훈의 등을 발로 밟는 운동화.

카메라 T.U(틸트 업) 하면 한지훈을 내려다보는 서늘한 조경수의 얼굴이 보인다.

머리에서 피를 흘리며 버둥거리는 한지훈을 무표정하게 내려다보는 조경수.

이윽고 피가 흐르는 망치를 들어서 다시 내려친다.

퍽!

다음 권으로 이어집니다

빌런 경찰 이진우

이해날 현대 판타지 장편소설

『어게인 마이 라이프』작가 이해날의
뒷목 잡는 특제 막장 복수극이 펼쳐진다!
『빌런 경찰 이진우』

인수합병을 통해 굴지의 대기업 진백을 세운 백동하
임종의 순간, 믿었던 가족과 친구에게 배신당하고
과거와 미래를 보는 능력을 가진 경찰 이진우로 깨어나다!

배신자들에게 지옥을 보여 주기로 결심한 진우는
특별한 능력과 기업사냥꾼으로서의 지식을 활용해
경찰로서 진백을 공략하기 시작하는데……!

전직 회장이 보여 주는 기업사냥의 진수!
상상을 뛰어넘는 대기업 흔들기가 시작된다!

ROK
MEDIA
로크미디어

공정거래위원회

현우 현대 판타지 장편소설

중소기업 후려치던 인간 탈곡기
공정거래위원회 팀장이 되다!

인간을 로봇 다루듯 쥐어짜며
갑질로 무장한 채 한명그룹에 충성을 바쳤지만
토사구팽에 교통사고까지 난 성균
깨어나 보니 다른 사람의 몸이다?

새로운 몸으로 눈을 뜨고 나자
비로소 갑질당한 그들의 눈물이 보이는데……
이번 생엔 그 죄를 참회할 수 있을까?

죽음의 문턱에서 얻은 두 번째 삶!
대기업의 그깟 꼼수, 내 눈엔 다 보여!

꿈의 도약, 로크에서 하십시오
(주)로크미디어에서 신인 작가를 모십니다

즐거운 세상, 로크미디어는 꿈을 사랑하고 도전을 두려워하지 않는 작가 분들의 참신한 작품을 기다리고 있습니다. 21세기 장르 문학계를 이끌어 갈 차세대 선두 주자 (주)로크미디어에서 여러분의 나래를 활짝 펴 보시길 바랍니다.

모집 분야 판타지와 무협을 포함한 장르 문학
모집 대상 아마추어 작가, 인터넷 작가
모집 기한 수시 모집
　　작품 접수 시 유의 사항
　　　1. 파일명은 작가명_작품명.hwp형식을 갖춰 주십시오.
　　　1. 파일에 들어갈 내용은 다음과 같습니다.
　　　　ㅡ 성명(필명인 경우 실명을 밝혀 주세요), 연락처, 이메일 주소
　　　　ㅡ 제목, 기획 의도
　　　　ㅡ A4용지 1장 분량의 등장인물 소개
　　　　ㅡ A4용지 2장 분량의 전체 줄거리
　　　　ㅡ 본문
　　　1. 작품이 인터넷에 연재되고 있다면, 게시판명과 사이트의 구체적이고
　　　　정확한 주소를 기재해 주십시오.

선택된 작품은 정식 계약 후 출판물로 간행되어 전국 서점에 유통됩니다.
작가 분은 (주)로크미디어의 전폭적인 지원하에 전속 작가로 활동하시게 됩니다.
※ 자세한 내용은 로크미디어 홈페이지(rokmedia.com)를 참조하세요.

(04167)서울시 마포구 마포대로 45 일진빌딩 6층
(주)로크미디어 편집부 신간 기획 담당자 앞
전화 : 02) 3273-5135
www.rokmedia.com　　이메일 : rokmedia@empas.com